悄吟文丛

古耜 主编

第三辑

阿微木依萝 著

我们五个

中国言实出版社

图书在版编目（CIP）数据

我们五个 / 阿微木依萝著. —— 北京：中国言实出
版社，2024.1
（悄吟文丛 / 古耜主编. 第三辑）
ISBN 978-7-5171-4738-1

Ⅰ.①我… Ⅱ.①阿… Ⅲ.①散文集—中国—当代
Ⅳ.①I267

中国国家版本馆CIP数据核字（2024）第018511号

我们五个

责任编辑：王建玲
责任校对：张天杨

出版发行：中国言实出版社
地　　址：北京市朝阳区北苑路180号加利大厦5号楼105室
邮　　编：100101
编辑部：北京市海淀区花园路6号院B座6层
邮　　编：100088
电　　话：010-64924853（总编室）　010-64924716（发行部）
网　　址：www.zgyscbs.cn　　电子邮箱：zgyscbs@263.net

经　　销：新华书店
印　　刷：徐州绪权印刷有限公司
版　　次：2024年2月第1版　　2024年2月第1次印刷
规　　格：787毫米×1092毫米　　1/32　　10.375印张
字　　数：180千字

定　　价：59.80元
书　　号：ISBN 978-7-5171-4738-1

女性散文何以风光无限

古耜

在中国古代，知识女性撰写锦绣文章虽系凤毛麟角，但属确切存在，易安居士和她的《金石录·后序》便是这方面的标本和佐证。不过作为一种创作现象或文学品类，女性散文终究是五四新文化运动推动妇女解放的产物，冰心、庐隐、丁玲、林徽因等才是其发轫与前驱，而女性散文真正的强势崛起和蔚为大观，则是从新时期到新世纪伟大时代的馈赠。

近半个世纪以来，在思想解放和改革开放历史大潮的强力推动下，从五四新文化现场一路走来的现代女性散文，越发显示出生机勃勃、阔步前行的态势：几代女作家进一步冲破陈旧观念的束缚和保守势力的阻滞，以崭新的精神风貌、饱满的生活热情和旺盛的创作精力，投身于变动不居而又生机盎然的生活现场，既积极参与公共空间的世相书写与问题探讨，又潜心关注女性自身的发展、提升与进步，从而不断捧出流光溢彩、质文兼备的散文佳作；一大批女性散文家正是在这种有内涵、有难度、有追求的创作实践中砥砺前行，逐渐登上一个时代的散文标高；而整个女性散文创作亦凭借持久的不间断的繁荣红火，成为当今时代散文现场勃发向上的重要一翼。恩格斯说："在任何社会中，妇女解放的程度是衡量普遍解放的天然尺度。"而女性散文的蓬勃发展正是女性解放的卓然呈现，透过它，可以看到国家的昌盛、社会的进步和民族的振兴。

女性散文何以风光无限，其中的原因应该有以下几个方面：

第一，新时期以来的女性散文创作，蕴含一种多方探索，跃动不羁的内在活力。曾有如是说法：在新时期的文学领域，小说、诗歌、戏剧乃至文学评论，都经历了强劲大胆的文体变革，唯有散文安步当车，依然故我，给人以陈旧保守的感觉。这样的说法是否符合散文的实际尚待讨论，但如果拿它来评价女性散文，则明显是圆凿方枘，失之偏颇。

事实上，女性散文并不缺少试验和探索。二十世纪八九十年代之交，"小女人散文"不胫而走，风行一时。其中掺杂的琐碎、无聊和自恋固然需要摒弃，但它对世俗场景的关注，对笔调的经营和细节的把握，以及由此酿成的较强的文本可读性，还是给散文创作以有益的启示。稍后，一种直接以"女性散文"为标识的创作群体亮相文坛。叶梦的《羞女山》、王英琦的《女性的天空是高远的》、韩小蕙的《女人不会哭》、张爱华的《关于爱情：往错了说》、斯妤的《也是叹息》、匡文立的《历史与女人》、唐敏的《女孩子的花》等一批作品，勾勒了这一群体的早期阵容。毋庸讳言，这些作品或多或少带有西方"女权主义"的影子，但更多的还是连接着中国女性实际的生命体验和观念认知，是基于自我感受的艺术表达，唯其如此，它们对于强化散文创作的女性意识，推动女性散文向纵深化和个性化发展自有重要意义。接下来，"新潮散文"和"新散文"交叉或次第登场，其中一批才华横溢的女性散文家，如周晓枫、格致、冯秋子、张立勤、陈染、塞壬、洁尘、杜丽等，以特立独行，高蹈脱俗的创作吸引着文坛的目光，其新颖的散文理念，个性化、陌生化的叙事风格，还有在语言修辞层面的苦心孤诣，剑出偏锋，均为女性散文的柳暗花明、推陈出新提供了有力借鉴，进而成为女性散文创新发展的重要资源和不竭动力。

第二，历史语境的转换和社会氛围的变化，为女性散文的繁荣发展提供了特殊机遇。无论古代还是现代，个体人生的日常生活都是丰富和重要的，然而由于文化传统、历史条件和社会心理的复杂互动，在较长一段时间里，人们的日常生活并没有得到文学书写的青睐，相反常常被忽略或遗忘。新时期以降，随着社会主义市场经济的兴起和人的主体意识的确立，以及商品和消费理念的传播，日常生活开始越来越多地进入人们的视野，并迅速成为文学的主要表现对象。在这一过程中，日常生活不再单单是一种题材或景观，同时还是一种不可缺席的审美要素——即使是篇幅宏大的历史或地理散文，日常生活亦常常是一种基因性底色性的存在。也正是在这一过程中，女作家的特长和优势得以充分展现：约定俗成的社会伦理和家庭分工，决定了她们相对疏离公众诉求与商场奋斗，而更多同衣食住行、儿女情长缠绕厮磨；长期的家庭责任和亲情输出又让她们对日常生活拥有更多形而下的理解与把握；加之有现代女性的思想和知识就中加持，这使得她们笔下的日常生活不但栩栩如生，活力沛然，而且时常发人深思，耐人寻味。近年来很是活跃的女性散文家，如苏沧桑、陈蔚文、李娟、阿微木依萝、钱红莉、王芸、指尖等，虽然创作题材与艺术风格均有较大的差异，但其中异曲同工、美美与共的一点，便是对日常生活的准确把握和生动描摹。而正是这种对日常生活的成功再现，给当下的女性散文增添了别一种精彩和魅力。

第三，在散文和女性之间存在一种微妙而稳定的对话与契合关系。曾有研究者认为：散文是一种更接近女性的文体。这话初听会觉得笼统和偏颇，但细想又不无道理。如所周知，散文属于文学中的"自叙事"，它通常需要作家更多调动主体的才华和手段，以构建属于"我"的精神天地与情感世界。而在"表现自我"的维度上，女作家显然更得缪斯的神髓与钟爱。你看：抒情是散文重要而得力的表现手段，网络背景下，一些沉溺于匆忙叙事的男性作家不同程度地舍弃了它，而在阿舍、安然、许冬林的笔下，一种源于女性生命深处的汩汩深情，或与岁月同行，或请山川相伴，或携诗境共生，则是一派流光溢彩，沁人心脾，显示出"情为何物"的力量。自视与内倾是五四时期女性散文常见的言说特征，这一特征在当今女作家中不仅得以延续，而且获得新生。不是吗？同样的绵绵絮语和娓娓道来，以往主要是精神沉吟，心灵独白，如今则更多引入日月消长、万物更迭，将其化作人在天地间的哲思和同一切生命的对话，张映姝、祁云枝、朱朝敏、项丽敏等女作家的生态书写，可谓这方面的生动展现。尤其值得关注的是，一批女作家如李舫、何向阳、艾平、王雪茜、林渊液等，大抵从弗吉尼亚·伍尔夫的创作理论得到启发，在坚持女性散文基本特征的基础上，开始进行积极的吸收与拓展，如大胆突破约定俗成的题材限制，合理强化作品的理性元素和文化内涵，不断尝试多见于男性作家的技巧手法乃至风格营造等，所有这些都有效地强化了女性散文的表现力、感染力和影响力，同时也为散文的整体发展提供了启迪与借鉴。

正是基于以上事实，窃以为，当下文坛应当对女性散文多一些关注、研究和推动。也正是沿着这一思路，笔者在中国言实出版社的鼎力支持下，选编了旨在展示当下女性散文创作成就的"悄吟文丛"，并于2017和2021年先后出版了该文丛的第一、二辑，每一辑均包括十位女作家的潜心创作。现在该文丛的第三辑翩然问世，再次推出十位女作家，她们是朝颜、阿微木依萝、黄璨、宁雨、罗张琴、蔡瑛、菡萏、张映妹、斤小米、张金凤。我热切希望读者能喜欢这些作家和作品，同时通过"悄吟文丛"，感受到中国女性散文的风采以及她们欣然前行的跫音。

（作者系著名文学评论家、作家）

目录

现在这房子是我的了

现在这房子是我的了，再有二十分钟她便从这个房间里搬走（我估摸着，她最后那点儿行李再有二十分钟可以打理好）。她很不舍，望了望四周，包括光秃秃的墙壁——不，墙壁上有光，不算光秃秃，这个时候是晚上，那些光斑像秋天的稻穗。

她是个离了婚的老女人，大概快七十岁了，带着孙女住在这间建筑面积只有六十四平方米的小房子里。她很孤独，不用问我也知道，浑身上下的黑色装扮已经透出来那种凉水一样的孤寂——生活早就浸湿了她的一生。可是我也同样感受到，她那孤寂中的体面和尊严，她喜欢化精致的妆容，口红色调恰好将她的面容衬托得年轻了好几分，时尚的皮质高跟凉鞋，脚指甲涂了颜色，头发干干净净，烫成了这个年纪最适合的小卷发。在她身上，除了难免的孤寂的气味儿，以及偶尔从她脸上一闪不见的疲惫，看不出被孤独和生活的困境击溃的样子。

当然，可能眼下这一刻，她内心有点溃散，生活的重力撕扯了她。我不敢上去打扰这种"离别"，这是她与这套房子……不，是她与自己的生活作别的时刻；她之前有多想离开这儿，此刻就有多不舍得，这是很矛盾的心理，也许到了一定的年纪才会理解和渗透她这种心境。

我站在一旁，搓着双手，像个屠夫，像是来宰杀她好容易喂胖的日子。

她叹了一口气。小心翼翼地叹了一口气，生怕自己一个莽撞的行为给别人造成不好的印象或麻烦。我当时下决心买这所房子，正是因为她给我的这种感觉：小心翼翼。可我没办法安慰她，我沉醉在自己新生活的喜悦之中！人生就是这样，过于同情一个人的时候，心窝子会痛，这种感觉我曾体验得过久，导致心情抑郁，患了胆石症（当然这更像是患病后找不到别的借口）。我是这儿的房主了，这六十四平方米的钱，分文不少地划到了她的银行卡上，她得抱着这一大笔钱，像是抱着一大堆打包好的生活，从四楼405号房间乘电梯下去，走出小区大门，她的生活就在外面重新开始了。我打定了主意不再同情她，不再观察她的心里想些什么，内心十分坚定地警告自己：让她走，越快越好，她在这儿驻留的时间越久，对我越不利，会使我想起过去那些难熬的苦日子。

我已经不打算回忆往事了，买了房子哪怕是旧房子，再去回味过去的生活恐怕是可耻的，这就跟一遍一遍地蹲在墙根下，老狗似的"呜呜"地告诉别人，你过去的日子多么凄惨，让人与你一同分担……这种举止令人厌倦。我不要这么回想了，已经很厌倦去蹚过去那些苦水。只要我稍微催促一下，她就得早一些离开这儿——"走吧！"只要我狠心这么一说，问题就解决了。

可我啥也说不出口。

都怪我跟她是一类，都是小心翼翼，想在生活里充当一匹冷酷无情的狼，实际上，只不过是一只温驯的狗子，对任何事与人，仅仅龇了龇牙。

我突然在担心，"继承"她的房子，会不会还"继承"一些别的，比方说，一个人在一套房子里住得太久了，总会遗留很多东西——当然也说不清遗留了什么。可是作为一所房子，它其实是会"吃"掉很多东西的，比方说我们总是做梦，一早醒来却记不清做了什么，这些都是被房子吞掉了。它本身就是空荡荡的被人从地上垒起来，必须吞咽一些东西才能让自己饱满——这些无形的东西将在往后的生活里，与我的气息相融，就比如此刻，我也带着女儿住了进来，花了一笔不小的钱，是我全部的积蓄，来"继承"这套房子未来的所有时光。我们的一些生活习惯，可能会受到她们祖孙二人的影响，没准儿，从今天开始，我又会格外喜欢黑色的衣服。说我过于神经质也好，别的什么毛病也罢，总之我在想，人与人之间，相互传染的不只是疾病，习性和命运都有可能变得相似。我从前一直喜欢黑色的衣服，刚结婚的第一年，我还喜欢浅色衣服，婚后一年之后，我竟然一直在买黑色新衣，仿佛生活从某个时候黑了下去。去年的下半年，我才告别了黑衣服，决定从暗淡的颜色里脱身。我可不想重蹈她的覆辙——不，是我自己的覆辙——在这套房子里黑漆漆地生活。

我今天穿着喜庆的颜色，淡粉色，像一个十足的年轻人，心里装着过去某个时候最新鲜的梦想。我希望以后，生命的鲜活可以从着装里渗透出来，再也不要像从前，让女儿指着我曾经那顶黑色的帽子说：总是黑色的帽子，总是黑色，就不能买别的颜色吗？

我招呼着孩子坐在窗前最明亮的位置，让她感受一下，从今天开始，哪怕我们买的是一所旧居，可生活从此以后是个新的篇章了。我给她扎了可爱的冲天揪，看上去像一头小独角兽，让她坐在那儿，她抱着她要用来买别墅的有一千多块压岁钱的存钱罐，像个小小的土财主，架着二郎腿。窗户外面的天空上云彩洁净，风把她头顶一小撮头发吹得飘来飘去。

老房主在伸手摸她的墙壁，我就知道她要这么做。

"我是个很念旧的人。"她有点抱歉的意思，"如果不是很缺钱，我不会把它卖了。"

"是的，我看出来了，您是个很感性的人。"我说。

她很满意我的回答。不过，她说话的语速还是有点快了。

"人在这个时候卖房子，就像一只老鸟在快死的时候把窝掀翻了，而她还没有力气重新盖一个新窝。"

她的话让我内心震动。"我可以理解您的心情，放心吧，一切都会好起来。"我说。

她问我做什么工作，我不能说我在写作，如果这样回答，她可能就不跟我说话了。我只能说，我是个自由职业者。她点了点头。

随后，她坐在旧沙发上，那是她自己的沙发，本来打算搬走，后来又说不必了，送给我了。

我倒是希望她搬走，沙发旧得都快看到"骨头"了。

她拍了拍墙壁，"看，多结实"。就像在拍一个人结实的臂膀，差不多可以理解成她要对你说："看，多靠得住。"

我想对她说，走吧，拍也拍了，住也住过了，该腾地儿了。

她还是不走。由于一身黑衣，贴着墙壁站在那儿像根烟囱。

我坐了下来，在内置阳台跟前，对着强烈的阳光。我没有给她倒水，我觉得恍惚，到底谁才是这个房子的主人，我俩都是，又好像都不是。我们干脆谁也不管谁了。

她丢给我几把钥匙，突然精神一振，脸色有点骄傲、不屑，再也没有不舍的味道了。

"现在这房子是你的了！"她说，说得那么潇洒，像个黑色的女王。

之后她踩着那双时尚的高跟凉鞋从木地板上走到门边，在那儿，含着笑，无比温柔，毫无半分不舍的意思，对我和我的女儿说："再见，祝你们母女每一天都生活得开开心心。"

然后她开开心心地走了。

我跟女儿一脸茫然地互相看了看，然后，我忍不住哈哈大笑，女儿也哈哈大笑，但是她不知道我为什么要笑，她是因为我笑而跟着笑，她问我："你笑什么呢妈妈，还笑出眼泪花花了？"

我停下来，说："那个奶奶今天结束了她过去的一大段生活，她祝我们在这里的生活每一天都开开心心，所以，笑一笑吧，总是要礼貌一点的。你不希望她搬出去的生活也开开心心吗？"

"她会像我们一样哈哈大笑吗？"

"对啊，她会的，她会每一天都挂着一张笑脸。"

"她疯了吗？"

"没有，为什么要这样说？你觉得我们这样笑，是疯子吗？"

"有点像。"

"人在生活里觉得疲倦的时候就会这么笑一笑。"

"什么是疲倦？"

"就是感觉有点累。"

"你们常觉得累吗？"

"是呀，差不多。"

"那为什么还要笑，累不是应该躺下来休息？"

"就是因为没办法躺下来休息，才觉得累。"

"别人也这样笑吗？"

"是。"

"可我没看见别人这样笑呀。"

"他们不会在人多的地方，他们只会在人少的地方，一个人，或者像我跟你，两个人躲起来傻笑。"

女儿对我的回答不满意，她说她觉得也没什么可笑的，有什么可笑呢，挺无聊的。

现在这房子是我的了，我带着女儿到楼下搬东西，都是旧的，过去生活里用旧的物品——锅碗瓢盆，衣物，书籍，花花草草，大包小包捆扎起来，从海边的租房里打包运过来的。我们干得很热闹，看上去像是在搬一些土壤、种子，包括风、阳光和雨水，好天气或坏天气，好像都被我们扛在了肩膀上。

月亮咬住了狗尾巴

噢，那"庞然大物"就是我爹的老年代步三轮车，它有个响亮的称呼：宝马。我爹考虑了一个月定下来的名号。

我爹是个固执的老头，也是个幽默的老头。

是个脾气暴躁的老头，也是个冠心病患者。

是个上网积极分子，也是个有追求的吃货，他的追求是：每顿有肉，多少不限，一小片也行。他也是个有审美情致的人，喜欢房子周围种满花草和果木，六十多岁了还很天真，很自恋，很自信，很骄傲，很冲动，也很冷静，是个相当复杂的矛盾体，退役后，他的兴趣是改造任何可以改造的东西，改造不好的就扔出门去，比如我。

宝马刚买回来那会儿是原装货，按照设计师喜好打造的外观，算不上特别好看，但也不丑，现在嘛，您一定想亲眼瞧一瞧，用我爹的话说：整个镇找不出比它漂亮的。它经过一番改造，已经不是原来的它了。

我爹最先看中的就是这辆老年代步车的小巧，按照心理上"居高临下"的看法，这么小的车子就算想飞起来，他也能一把摁住，车子的体积正是他这种反应逐渐迟钝的老头能驾驭的。但毕竟现代化的东西不可小瞧，他十分清醒地下了决定，不轻举妄动，改造的事暂放一边。因此第一天，他并没有着手改造它，而是上车熟悉环境，就好比古时候买了马，要跑一跑才知道马的耐心和脚力。他上车试了几圈，都是开在最慢的挡位，摇摇晃晃速度恰好。到了第三天下午，他有点底气了，玩起了"飙车"，把它开在最快那个挡位，当然啦，只在直路上放开"缰绳"，拐弯处还是比较遵守交通规则的，减速慢行。

我妈觉得这种小心翼翼的举动纯粹就是怕死，她会骑摩托车，我爹不会，这种技能是她在我爹面前永远的骄傲。有时为了炫技吵嘴，她会昂起脑袋："老子骑摩托车，'呼'一下就过去了，你连灰尘都吃不到一粒，你信不信？"我爹也会昂起脑袋并摇着他的二郎腿："如果翻车，你也'呼'一下就过去了，你信不信？"

吵架已经是他们两个一辈子的事业。像月亮咬住了狗尾巴，我爹我妈，他们的生活里大部分光阴都用在了吵架上。

我爹改造宝马车是在半个月以后，陆陆续续，网购的各种工具和材料也收到了。他首先给车子安装框架，四根空心不锈钢架子，就像四根开天辟地的顶天柱子，把一块遮风避雨的灰色顶盖罩在了车子上，等于给它弄了个吊顶。

之后网购一些围帘，都是不透雨的材质，帘子的颜色很讲究，迷彩色——他一辈子的审美终结色，把帘子往四根柱子上一挂，厢式老年代步车的样子就出来了，也终于有了过去时候的轿子的味道。如果把轮子取掉，"走嘞"一声落下，四个人就可以抬着"轿子"出门。车轮胎三个，每一个轮子都有自己的备胎，打气筒从手动到电动各一把，车子喇叭揪下来换了新的，因为在战场上打聋了一只耳朵，他觉得自己听不到的声音别人都听不到。车头上的灯有备用的，就连车屁股上的两盏刹车灯也都有备用。他在机械方面极有天赋，年轻时候会组装机械手表，修理电视机，各种家电类维修无师自通，对于老年代步车的简要维修，不在话下。这么一番下来，国家发给他的优抚补助，几乎都用在了宝马身上。我们有时候怂恿他发个红包在家人群里，让儿孙们试一试抢红包的手气，让大家都高兴高兴，他不肯，他说他不高兴，他要勤俭持家。

骑车到镇上是他一天中最快乐的时候，不管有事没事，没事创造一件事也要去一趟。

他在镇上交了许多新朋友，当然也结下许多"仇家"。他过于维护宝马，就仿佛那是一匹汗血宝马，同时也斗智斗勇，在不伤害别人的情况下满足愿望。他对很多喜欢的东西，爱护得就像身上的羽毛，我亲自试过，稍微伸手碰一下车灯，他都要立马制止。

您如果非要从他口中亲耳听到宝马与人产生矛盾时，他是如何维护宝马的，是不可能的，他不会承认，他只会告诉您，他是个多么慈祥多么彬彬有礼的老头儿，"与人为善"是他的生活准则。您只能从别人那儿听到，他确实跟人吵架了，恐怕还不止一次。吵架这件事他不擅长，基本以输告终，这一点我妈可以证明，不过，也许他真没觉得那是吵架，他只会坚信那是交通堵塞时的小摩擦。

　　他其实有点儿轻微路怒症，这个毛病是在他买了宝马不到半年形成的。造成这个后果的原因，是我们居住的那片山路上，所有的骑手都不太遵守交通规则，因为它不是主路，只是乡村公路罢了，拐弯不按喇叭，行驶抢道等现象屡见不鲜，这些都让他生气，别人的车子过去很久他还在向着人家的屁股后面喊话："你张嘴吼一声不行吗？你差点把老头子的宝马吓死，晓得吗？"不过，不用想，他不会亲口承认他在路上唠唠叨叨，您只会在某个社交网络上看到他拍的自己的大头贴以及路上的美景。他是个有正义感但情绪管理能力基本为零的人，这一点我是可以肯定的，因为这个毛病我很好地继承了，也是因为这个毛病，他最终放弃改造我，一个人要改造和自己一模一样的人永不可能，他深知这个道理，他一开始发觉我就是他整个性格的翻版的时候，就决定把我扔出门去。从我离开家门以后，他背地里有时候称我"跑烂摊的"，有时候称我"小杂种",即便我是他的女儿,他也从不客气,从不把我当女儿看。优秀的人没有性别,因为灵魂没有性别,他大概是要表达这个意思。从小到大,在他的眉眼和话语之中,我就能捕捉到,他期待我做的职业一直是偏雄性的,比如去当一名拳击手,也许这样他就可以名正言顺地跟我打一架了。我说他最擅长的是忍不住脾气去亲自帮助警察叔叔指挥交通,确实,我没有说谎,车子们拥堵在一起的时候,他的车子也寸步难移,体积小,总受"欺负",困在哪个角落根本挪不动。有一次他被彻底困住了,并且车子的"眼睛"还被前面的车屁股碰了一下,这可就坏了,脾气控制不了,他在那儿吼车子的主人,不是针对哪一个,而是一副他要"大开杀戒"的样子,对着前面所有的车子一大片言语喊了出去,那都是一些和他一样上了年纪的老年代步车主人,女人居多,但是他不怕她们,他拉直了声音说:"——你们家的路吗?都是木头做的人吗?堵成一麻袋一麻袋的啦,不会拐个弯绕到边上吗?"他就是这样,沉不住气,永远像个战场上的吹号兵,他说他其实最喜欢当一个吹号兵,要是吹得准调子他就去申请了,可惜他试了一回,吹偏了。现在也一样,也吹偏了,她们都知道被这个狗日的(她们心里一定这么骂了,在我们这个地方,这是口头禅,骂架之前必须先来一句狗日的)老头吼了,就都把嘴巴对准了他,他呢,也不松口,挺直了腰杆站在宝马车旁边。听说那天下午，他跟她们吵了好大一架，最后大家都累了才散伙，交通也不堵了。那应该是他这辈子吵架成就最高的一回，以一敌几十。

宝马车现在什么活都干，每日驮着我爹去赶集，还负责家里添补柴火的工作。它的主人虽然爱惜它，但主人是个怕冷的动物，冬天来临之前，它的车厢里可就塞满了柴疙瘩。长久的工作使它逐渐露出疲相，爬坡开始费劲了，每到快要死火（脱气）的时候，主人就给它打气：冲啊兄弟，快上去了，你可以的。

我爹是个遵从自然法则的人，周边如果有人去世，别人都在说可惜了，怎么怎么，他不一样，他搞不好抬起下巴就是一通大笑，他经常把谁的死亡称为"翘辫子"。总之，死亡从他的语气里流出来是一件平常事。

其实，我爹根本没有从战场上回来。当然，他只会跟您说，他回来了，他多么幸运，在前线没有阵亡，退伍的那天走在月光下，走向了回家的路。我们的确跟他鲜活的生命生活在一起，可他的灵魂没有回来，至少没有全部回来。他年轻时候喜欢东奔西走，结婚了也很少在家，几乎是个有家的流浪汉，我觉得他就是在寻找一些自身散落的东西，当然您问他，他也说不出他丢了什么。这是我妈极不满意的，他们两个如今最大的遗憾就是，年轻时没有离婚。我爹的世界里有月亮，但月亮咬住了狗尾巴，我爹就是那只忧伤的狗。

世界上如果有一个鬼的话，那就是你妈。这是我爹说的。

世界上如果有一个恶鬼的话，那就是你爹。这是我妈说的。

世界上如果有两个鬼的话，那就是我爹妈。这是我说的。

忘记是在什么时间说的了，只记得我说完那句话，他们齐心协力地跟我说了一个字：滚。

我们不肯离去

　　他那中山装的上衣口袋里站着一支钢笔，金色的笔盖露在外面——这不是一个教书先生，这是我们爷爷日常的穿戴，他只是一个普通的炊事员。他的钢笔经常用来记录多少个鸡蛋，多少斤肉，每个月开销多少等，我们曾在某个小本子上看到那些流水账。

　　不过现在，他不在我们眼前，他正在给乡政府的工作人员煮饭。现在大概是早上八点钟。我们走在上学的路上，我们的上学之路必须经过乡政府，爷爷煮饭的厨房就在这条路的坎下，炊烟就像其他人家的炊烟一样，总是朴素地流到天上去。

　　炊烟里有肉味传来——肉质偏红的腊肉（他们多数时候在吃这个），新鲜的红辣椒和绿辣椒，新鲜的蒜头，晾干了水分但麻味不减的大红袍（花椒），然后是烧烫了的油锅，所有食材依次放到锅里翻炒，我爷爷的厨艺非常好，他一定是这么做的，我们通过嗅觉已经"看"到那盘漂亮的菜起锅了，香气四溢地摆在灶头一角。

我们不肯离去，站在路上，伸着鼻子。天不亮时下着雨夹雪，现在完全只在下雪了。身上披着父母用破胶纸为我们制作的"风雪大衣"。"再过几天就放假了，知道吗？熬一熬就过去了，知道吗？"父母总会这么说，只要下大雪，他们就这么说，已经懒得找新鲜的话了，只有在觉得很爱我们的时候，才会低头伸手抱一抱。我们踩在雪上，身体之外的地方还飞着雪花，包括炊烟，也被大雪打乱；我们有时睁不开眼睛，只能尽量张开鼻孔，让它在爷爷此时翻炒出来的香味里，不仅仅找一点想象中的温暖，也找一点饱腹感。走了一段长路，我们又累又饿，但尽量不说话，挪动脚步也不敢大声，我们的爷爷不太喜欢我们站在厨房背后闻炒菜的味道，这个样子只会让他觉得丢脸，让他以为我们又要像去年或者前年的某一次，跑到他的厨房里偷东西吃，他会用那双祖传的大眼睛瞪着我们的眼睛，再瞪着我们的嘴巴，他大概希望我们把吃掉的食物都吐出来。就是那样，我们的爷爷脾气好大，他跟别人的爷爷不太一样，我们都觉得他身上有大雪的味道，有时候更会坚信，我们的爷爷是个雪人。

我们不肯离去，就像这儿有一把刀子逼着我们的脖子，如果谁的头往前伸一下，谁的脚往前走一步，脑袋就会从上面滚下来。

锅里"欻"的一声，我们听见一瓢水下了锅，我们跟着一阵激动，因为接下来，爷爷会走到厨房门口大喊一声"吃饭了"。这三个字会把我们的心喊得"亮"起来。他会把这几个字的音儿拖得尽量长一些，让每一个字都传进那些工作人员的耳朵里。

"吃——饭——咯——！"听吧，他开始喊了，用标准的方言那么有劲儿地喊道，像一只打鸣儿的老公鸡，在这个地方喊了差不多十年啦。我们听到了，一字不差地听到了，但，当然啦，就像我们妈妈说的，太阳照在每一个人身上，但幸福并不照在每一个人身上，并不是每一个能听到爷爷的喊声的人都可以跑过去吃饭。我们站在这块地方还不能让他发现呢，最好住在乡政府旁边的人家也不要发现，否则他们就会喊着我爷爷的名字说："嗨，那不是您的亲孙子嘛，哈哈哈，您的几个儿子给您带来了不少后代呀，您可真是世界上最幸福的人啦，只是他们看上去好像有点儿可怜。您的儿子们都是穷人，您的孙儿们走这么远的路去上学，到您这儿正好走了一半，肯定是饿了，他们在家里也吃不到什么好东西，应该吃不到什么好东西对吧？就算吃了一大碗玉米糊糊，几泡尿就尿完了，恐怕大人走到这个地方也饿了，您是不是应该让他们进去吃点儿东西呢？您以前一定没少让他们进去吃饭吧？瞧瞧，您在这儿煮饭，厨房里什么都不会缺，您随便匀一勺就够填饱他们的肚子，您不要觉得过意不去，这是人之常情嘛，您是一个受人尊敬的老炊事员，我们这些人知道了也不会说什么，坐在那儿吃饭的人知道了也不便说什么，他们才不会计较那么一勺两勺饭，对吧……您一定经常接济您的儿孙们吧？"我爷爷会在那些人说了这么一肚子话，等到他们走了之后……"哈哈哈哈！"……他会笑得比平时大声，让那些人走出老远还听得到，随后脸色就沉下来，就像我们伤了他的心那样，黑洞洞的夜空似的脸庞上那双发光的眼睛，直戳戳地看着我们，看得我们的汗毛都要立起来。他会什么都不说，或者问我们的爸爸干什么去了，是去哪儿要饭了还是怎么了，怎么就没有人管，任由我们在这儿晃来晃去，像是来这里故意"戳"他的眼睛。

他最好别发现我们呀！

我们听到吃饭的人已经走到厨房门口了。大人们的嗓子里像是塞满了炸药，他们有时候说话特别大声。

我们听到有人抽拿碗筷的声音，然后抽拿凳子的声音，随后，我们就开始想象到，那一个个屁股落座上去，开始扒饭，开始夹菜，开始咀嚼……噢天哪，香味贯穿他们！

我们的爷爷会是最后一个上桌吃饭的人，出于一个老炊事员的本分，他要先看看吃饭的人的表情，看他们是不是吃得很满意，从那些愉悦的表情中，他可能会获得某种成就或幸福感；毕竟他最看重的也是自己的厨艺，即便真正的职业其实是木匠。

我们稍微挪了一下脚步，轻微地，不踩出雪的声音。此时只剩下三个人了，我们的哥哥已经忍受不了吃饭声，拔脚走了。

后来只剩下两个人——我，还有弟弟。我们两个站在雪地里不肯离去。主要是我弟弟不肯走。

他也不是不愿走，是他的脚不愿走。

——哈哈哈哈哈！

我们姐弟只有一双鞋子，换着穿，大概每个人可以穿着鞋走两百米，然后脱下来给另一个人，反正总是有一段路，我们两个要轮流打赤脚。轮到他赤脚的时候恰好走到爷爷的厨房背后。他还剩下大约一百米的样子才有鞋穿呢。

本来我们各自有一双鞋，但他那双彻底坏了，走出门三公里左右，鞋底不仅脱落，还碎了。是他一次一次往返在上学的路上给踩碎了。我们翻着那双破鞋仔细研究了一下，找草根捆绑也不行，完全没用了，就算我们的妈妈看见了也无可奈何。它碎了，甚至碎得有点可笑，因为实在是太碎了呀，那会儿我们实在忍不住笑起来，要不是天气冷得把笑声冻住，还打算多笑一会儿呢。我弟弟将鞋子抓起来，扔到了路坎下。我们的妈妈还以为那双鞋子至少还能穿一天，她明天再去借钱或者想办法缝一双，呵呵呵，她总是低估这些山路，就像我们的老师说的，人总是低估了生活……生，然后活。

我们听到有人吃完饭出了厨房。他们一定很暖和了吧，不仅脚感到暖和，整个身体都会暖和，对于他们来讲，天空也不再下雪了吧。

我弟弟的脚早已不知道冷，可能一个人要想暖和，只好与"冷"合二为一，成为"冷"本身。

他跳了跳脚，有点站不住了。香味在风雪中早就散了，但我们的想象中还萦绕着那种丰富的味道。

我们稍微往前走了几步。

"该走了，"我说，"要迟到了。"

我弟弟继续跳脚，他像是要在这儿玩雪。

"往前走一百米，你就有鞋穿了。"

还以为这句话会给他带去多大的吸引力。

"再闻一会儿吧。"他说。

我们的妈妈说得对，食物才是人类的天堂。难怪她们成天在庄稼的丛林里忙得像可爱的狗熊。

我们的爷爷突然就出现在眼前，他从断墙那边过来，断墙里面种了他的葱和蒜以及芫荽（这是以前，现在这个天气里啥也没有了），他肯定是在断墙围着的那一小块菜地里散步，背着双手，略微弯腰，在里面转来转去，就像村里那种转圈圈追自己尾巴的狗。

他低头看着我们，就像老天爷下大雪覆盖我们。

我们应该这样做的，如果弟弟愿意配合的话，他这个时候最好突然咧嘴大哭，我再装模作样气呼呼地给他脸上来一小巴掌，让爷爷认为这是两个孙子走到这儿闹矛盾打架了，不是刻意站在这里闻别人的菜香。可是弟弟今天跟往日不太一样，他居然是一副有点气势汹汹的生气的面孔，他不是那种特别会表达自尊心的孩子，只是气鼓鼓的，用这种方式让别人想象他的怒火到了哪种程度。

爷爷非常淡定，不慌不忙地问我弟弟："你咋啦？"

现在可有好戏看了，一个从来不会问我们"咋了"的人，居然问了，一个从来不表达愤怒和伤心的人，居然也表达了。我有点激动。

"我问你咋啦，你咋不说？"

爷爷使用的是必须得到答案的语气。

弟弟抬高了脑袋，就像大雪覆盖的细草费劲但勇敢地钻出雪地，把脑袋的尖子戳到天上去了。

"你宰鸡给那几个人吃！"

"你说啥？"

"某某某家的娃儿！"

爷爷脸色阴沉沉，哈哈哈，我就知道，他会是这个样子。他最听不得我们提起某某某家的娃儿，那三个孩子可是寡妇某某某的孩子，他对他们比对他的儿子们都好，风言风语早就弥漫到每一个角落，他虽然一点儿也不顾什么，可是如果他的孙儿——我们——只要谁嘴巴里冒出相关的一个字，他就会生气。他有一次杀鸡给那三个孩子吃，而当时，我和弟弟本来也很饿了，我们故意走到厨房门口，看看是不是可以弄到一口吃的，可我们看到的却是那样的场景——三个正在狼吞虎咽的孩子。那三个孩子都是我们的校友，其中一个女孩子是我的同桌。随后，事情过了好几天，就在我们的课桌上，我有很多次几乎从她的嘴角边仿佛看到我爷爷宰给她吃的鸡爪子；反正，看到她的嘴我就生闷气。我们的友情变得很尴尬，本来我是多么喜欢她，喜欢跟她一起聊天，喜欢与她去松树林找菌子，喜欢谈成年以后要去远方，并且，我也喜欢她的妈妈，那个可怜的丧偶的中年妇人，她总是一个人在地里干活，我们路过她家门口，她会喊我们进去吃饭，有时候我们故意进去找水喝。有人跟我们说，你们一定要天天进去找水喝，没准儿能遇见你们的爷爷，当然，自从有人这么指使我们进去找水喝以后，我们就不去了，大人们的心思比我们的心思复杂并且令人讨厌。后来就完蛋了，我和我的同桌，两个人坐在一张桌子上根本无法正常交流，她知道我看见她吃鸡了，我也确实看见她吃鸡了，可她不知道如何解释那只鸡，我也不敢问。

我本来强制性地忘记了这件事，同桌也换了座位。可是弟弟居然又把旧事翻出来，呵呵，就在这个时候，他赤脚站在雪地上，一副什么都不害怕的样子。

我们的爷爷脸色阴沉沉，我就笃定了他不知道怎么回答。

"还不快走，你们要迟到了！"

爷爷丢下这句话就走了，茫茫的背影留给我们，后背上落满了雪花。其实啊，他也孤零零的，有些可怜呢，大雪下在他身上，他又继续把雪下到地上，他只要回家，我们的奶奶就会无限次数落他，说他是个野人。他也确实越来越像个野人，野人大概是不需要回家的吧，或者他时常觉得回家没有意义；可是野人也需要有人爱他吧，在这个世界上，他孤零零的，在此刻的大雪中，他孤零零的，只要有人爱他，是什么人又有什么关系呢？可是肯定没有人真正爱他，至少无法真正爱他，那些爱只是一场大雾，不然为什么像个雪人一路掉着雪花，孤零零的。可我不能把这些话说给任何人，他们说，我们这样年纪的孩子什么都不懂。

弟弟吸了一口冷气，等到爷爷走得看不见身影，我们才从厨房后面离开。走了大概一百米，我把鞋子脱下来递给他，上学的路还有很长的距离，但是，没关系，我已经弄明白了，一个人只有走很远的路，才能走出一条自己的路。

我们被大雪覆盖，路也被覆盖。

风吹荒野

　　我们经常蹲在高松树对面的山坳里，我们当然是在放牛啦，牛又憨厚又骄傲，数量多的时候它们也欺人，只要一头牛想跑到山坳外面看看什么情况，其他的牛都会跟着，我们也就不能高高兴兴地在山坳里玩耍，只能跟在消失于山林中的牛群后面大喊"牛啊、牛……"我们总是那么两三个人，白绒儿、方月，还有我（偶尔没有我或她们其中一个），我们不再有别的同伴。我妈妈隔一段时间就会跟我说，那地方有什么水草？您打算窝在那个山坳里一辈子吗？您可真是我生的三个孩子里最聪明的一个！

　　她说——"您"！

　　每当她生气的时候，客气得就像别人家的妈，她揍我的时候也从未把我当成亲生孩子，有一次……

　　算了，反正一直以来，只要她揍我，我心里就不把她看成亲妈。我跟我妈的关系和烂柿子一样坏了，我决定长大的第一天就离家出走。

　　实际上我已经尝试过离家出走，当然没有一次成功，可能是我太小了（即便已经九岁），或者这儿的山道十分难走，每次出村口没多远肚子就饿，饿了自然不能远行啦。我在那些路上故意拐来拐去，假装是随意走到那个地方散步玩耍，凑足了这种玩耍的感觉以后，果断并自信地回家。回到家我妈就会问，你死哪儿去啦？（我都能学她的语气了！）我就会伸着下巴，学我爸爸的模样随便指个方向：那儿呗。

我妈是个有梦想的人，这是她与别的村妇不同的地方，也是她没有别的村妇快乐的原因。是她跟我说的，年少的时候只差一点点儿就成为歌唱家了（她也确实有一副好嗓子），差点儿就被城里来的歌舞团的人招走，那些人跟她说，只要把小学五年级读完，他们就来将她带走。那时候她在上小学三年级，也自那时候起，她的梦想开始了。她上到四年级的时候，她的爸爸却死了，她爸爸，也就是我外公，是唯一可以支撑她梦想的人，因为我的外婆是个非常古板的老太婆（这可不是我说的，是她女儿说的），她不赞成女孩子上学，她觉得女孩子有女孩子该做的事，比如刷锅洗碗，再不济，出门放猪也行。

就是说，我妈的梦想在她上小学四年级的时候就该完蛋了，可这顽固的女人一直到结婚生了我，还抱着那个残梦，每天扛着锄头在山坡上唱歌，搞得别人以为她干活干得很幸福似的，也只有我知道，她灰头土脸，唱得双泪直流。她教我吊嗓子——"来来来，幺儿乖乖，你试着张大嘴巴吼，看我，这样，啊啊啊啊啊……"

我不喜欢吊嗓子，并且隐约觉得有梦想可能不是一件好事，它会让人灰头土脸，动不动就想哭，而且还总是躲起来，总是不太快乐。但我妈却非常坚定地给我传递另外一种信念：没有梦想的人更可悲。

我喜欢蹲在山坳里放牛（不知道这算不算一种梦想），如果暂时不能离家出走，躲起来是最好不过的。山坳里几乎不进大风，我和白绒儿以及方月，都觉得在山坳里特别舒服。

白绒儿的姐姐是个比较聪明的姑娘，她比我们大了好几岁，她在十七岁那年就有了清晰的梦想：挣钱。中学没读完就出去闯荡了。我妈说，在我们山区，辍学以后越早出去见世面，说明越有出息。

白姐姐不怎么搭理我，因为我妈妈的梦想跟她的不一样，她说梦想是会遗传的，我将来的梦想肯定与挣钱没有太大关系，也就是说，跟她不是一路人。"你将来不是唱歌就是跳舞，还能是什么？鸡生鸡，蛋生蛋，还能做什么？"她这么嘲笑我。我不服，我跟她说，鸡生鸡蛋，鸡不能生鸡，蛋不能生蛋。

白姐姐回来那一年可真漂亮，她挣钱了，她出去了好几年，一看就是个挣了钱的样子，浑身香水味儿香得让人没办法，就连白绒儿从她身前路过都要捂鼻子。

我不会轻易告诉别人，白姐姐有一次跟人打架，险些被扔到山沟里，但这件事我心里时常想起。那是个黄昏，太阳从山顶不知摔到哪里去了，我从山坳里收了牛，回到家中无事可干，在马路上晃荡；就是在那个时候，我看见白姐姐和一个男人在吵架。我躲在一块很高的石头的脑袋后面，也就是差不多挂在石头的脖子上看到的，很难形容我当时那个藏匿的姿势，确实太费劲了。

那个男人说：

"你真狠心，你真的不回去了吗？"

白姐姐说：

"我回去个鬼，我跟你的日子到头啦！"

男人说：

"该死的蠢女人，你给我生的孩子不要了吗？"

白姐姐说：

"你会把他给我抚养吗？"

男人坚定摇头：

"当然不会！"

白姐姐也坚定摇头：

"我当然不回去！"

男人说：

"为了孩子也不行吗？"

白姐姐说：

"不行。我们两个的饮食习惯，性格，包括说话方式，全都不搭，你觉得我为了孩子留在你那个地方，会好过吗？"

男人没说话了，他想了想，伸手去抓她的胳膊，就是想要强行将她带走的意思。白姐姐一边挣扎一边说，你要抢人吗？然后她就张着嘴巴喊了一连串：杀人啦、抓贼啦、打人啦、抢人啦……

（她如果学唱歌的话，肯定会比我有天赋。）

男人一生气就把她扔到马路坎下，幸亏那是个缓坡，再下去一点就是深沟悬崖，白姐姐要是没有那么手快，抓住一根马桑树的枝干，那么当天下午她就是个死掉的白姐姐了。

男人拂袖而去，看他的样子是个有点文化的人，戴着眼镜，不胖不瘦。男人走去很远以后停住脚步，突然又回到白姐姐身前，以有点复杂的眼神看着她。

白姐姐刚从路坎底下爬上来。

"怎么了？要重新把我扔下去吗？如果是的话，你不用费劲，我自己再摔下去就行，反正跟你回家是不可能的。"

她很坚决，做出随时要往路坎底下跳的准备，这种坚决的态度几乎跟我妈是一样的，我妈要我吊嗓子的时候就是这种样子。

男人从衣兜里掏出一点钱，递给了白姐姐，有点伤心的样子说："如果你还想回家的话，这是路费，如果你不想回家的话，这是散伙费。"然后他就走了。

白姐姐可能也没想到男人最后会给她钱，站在那儿发呆了几分钟。之后我就从石头背后突然蹦出来站在她跟前，差点儿把她吓死了。

"这是多少钱？"我问。那时候我非常穷，主要是我妈太穷了，我想象和期待了一下，有没有可能从白姐姐这里得到一两毛钱。

"你的梦想是当乞丐吗？"她斜了我一眼就把钱装进了口袋，转身就走了，跟她家的狗一起回去的。我是后来才看见那只狗，因为那只狗是在男人走了以后才从马路那边过来接她。白姐姐的妈妈去世得早，实际上，在他们那个家里，白姐姐最辛苦也最勇敢，她的爸爸和我爸爸一样，几乎不着家门，而奶奶年龄又很大，话也多，整天叨叨叨，让人觉得她的嘴巴上装了一个小马达。白姐姐能一个人走夜路，总是背着厚厚的庞大的一捆枯草或鲜草，给牛吃或给母猪垫窝。草垛把她整个人压在底下，我每次撞见她的时候只能看见她的下半个身子，凭感觉知道那就是白姐姐，一喊她，果然也就是她。妈妈死了以后，有些活总是会落到她身上，白绒儿是妹妹，有些活不适合她。白姐姐的妈妈在活着的时候已经早早地教会白姐姐做很多家务，就仿佛她能预测自己很早便不在人间，要训练她的女儿独立。

白姐姐也的确很独立，有时候我们都觉得她可能是个男孩子，在出去闯荡之前，谁也没见过她穿裙子，哪怕浅色衬衫也不会有一件。直到十七岁以后，她才以女孩子的面目短暂地在村里生活了几天，就离开家门了，因为白绒儿要上学，要花钱。白姐姐跟白绒儿说，你以后好好上学，长大了当老师，我挣钱给你读书。

白绒儿的成绩也就那样，她自己也知道当老师这个梦想恐怕难以实现，放牛的时候她非常认真，似乎是作为一种弥补。当我们将放牛看作是逃避作业的一条出路时，白绒儿将它看成了自己将来要干的大事。

我妈跟人聊天的时候说，白姐姐没有挣到钱，她在外面走投无路嫁了个男人，又反悔了，就自己悄悄逃回来了。我几次想跟她说，白姐姐赚到钱了，赚了好几个，可是最终只张了张嘴巴，白姐姐那天转身走的背影总是堵在我心口。有梦想的人的背影比没有梦想的人的背影更让人看了伤心。我妈说我过于敏感，敏感的人很难实现自己的梦想，因为情绪就是一道一道的坎，稍有不慎，一败涂地。

我有时在想，我妈最适合干的职业可能不是农活，也不是当歌唱家，而是到天桥底下给人算命。反正她最爱干的一件事，也是拉着我四处算命，算得我头晕眼花，算得我到最后差点儿也会算命了。

而我爸，他从不跟我谈论什么梦想，似乎只给我传达一种态度：人活着，高兴就好。

他挺高兴的，即使这种高兴的背后偶尔会流露出一些我看不太明白的苦味。他毕竟是上过战场的人，杀过敌人，见过战友之死，生死像流水一样在他的眼睛里淌过，这在后来的生活中，哪怕是在我这样的孩子的眼中，从他的神色里也总会触及到什么，即使我说不清那是什么。他给我讲述最多的就是战场上的事，比讲述我们祖上的事情更细致。我不知道他为什么总是一遍一遍地讲，讲到深处总是停顿，总是哽咽，总是让我看到一张被过去的事情和记忆摧毁的面庞；我却无法真正感受到他所讲述的那些，使他激动不已的事件，在我听来也只是一个还不错的故事，生死战场，于我毕竟是遥远的。

我能切身感受到的，是白姐姐的不高兴，她的梦想是那么清晰明白，可能因为她还不到我爸妈那种年纪，还不会隐藏情绪。

白姐姐后来又走了，具体什么时候离开的村子，谁也不知道，因为白绒儿怎么也不肯说。那个时候白绒儿已经不去学校了，她辍学了，成天窝在高松树对面的山坳里，一句话都不肯多说。我们只有在周末与她相见。

白姐姐再回来的时候，已经生了第二个孩子。那是个黑黢黢的小男孩，一看就是成天趴在灰堆里玩耍。依照我们的看法，她的丈夫比起先前那一位可是差得有点儿远，可这个家伙嘴巴特别能说，并且总是一张笑脸。他也戴眼镜，面对镜子的时候，他跟我们说，小姑娘们，我感觉我帅得眼镜都戴不稳了。白姐姐很喜欢他，看得出来，她恨不得给他生一百个孩子；她那脸上已经没有什么赚钱的梦想，不仅仅白绒儿辍学后不需要太多学费，单纯就是她的梦想本身，也拐了弯。

"一个女的爱上一个男的，她就会为他放弃很多。"白姐姐是这么跟我们说的。

"一个女的爱上一个男的，可以为他放弃很多，但不能放弃梦想，你一旦放弃了梦想就等于放弃了自己，如果那个男的有一天离开你，你就会成为真正的穷光蛋。"我妈却是这么跟我说的。当我告诉她白姐姐的话，她就迫不及待地，恨不得从我脑子里将白姐姐说的那些话不留痕迹地"抠"除。

我们再也不去放牛了，辍学后的白绒儿去了远方，方月也跟着她的亲戚去了某个地方谋生，她们都走了。那时候我也没再上学，一个数学总也考不好的人，即使家里有学费读书，也读得非常害怕。初一的下半学期，学费就要交的时候，我妈无论如何拿不出来，筹借无门，而我，心里欢呼雀跃，一个包袱很快就要从我身上滑下去的那种轻松感。我几乎是离家出走的（终于达到了这个目的），十五周岁，当着我那无奈的、几乎要哭出来的妈妈的面，非常高兴地踏上了去州府的班车。我回头看见她在班车屁股后面走了几步，想要将我喊下来的那种意思，可是我也看见，她坚定地停下了脚步，我就知道她会这么做，她需要我去走自己的路。我不懂十字路口该怎么过，我们的县城还没有这种东西，我不懂红灯停、绿灯行，不懂人行道和车行道，我几乎是个睁眼的瞎子。下了班车走在州府宽阔的马路上，不知道该往哪个方向去，我第一次感觉到世界上那么多人，他们从我身前走过就像风从我身前吹过。那是快要入冬的季节，那一天也没有太阳，我觉得那是我流浪在世界上的第一天，觉得世界并非五彩缤纷，它那么冷，虽然路那么多，可是每一条的前方都看不到尽头，人们像秋草一样，车子像扭曲的蛋。

我不知道我的梦想是什么（并且非常讨厌总是提起它），很多年我都搞不清自己，我爸要我快乐自由，我妈要我强大自尊，他们说得都有道理，而我很少去研究这些了。我踏入社会的很长一段时间，在生活的长路上喘不过气，处处都有规矩和秩序。到了寻找工作的时刻，才体会到学历这种东西的重要。有一次，我很不幸地进了一家厂子，被分配到最繁杂最累最不需要动脑子但每天忙得像个陀螺的工作岗位，我跟分配工种的人说，我不笨，我可以在另外一个工作岗位。她笑了笑问我，你有学历吗？没有学历就做没有学历的工作，这里不看你聪不聪明（在哪里都一样），而是看学历。我每日被压榨十二个小时以上，时不时通宵加班（我们的基本工资很低，只能依靠加班，几块钱几块钱地往上凑），每日睡眠五个小时（这包括了吃饭），在一间矮趴趴的一百块钱一个月租金的阁楼上，睡觉经常腿脚抽筋，而站起身，就会昏昏沉沉一头撞在阁楼的顶墙上。那是我最没有梦想也是最有梦想的时期。我想要过一种有尊严的生活，不用面对小组长那张傲慢的脸，大呼小叫，催赶我们的时候可比当年我们放牛时一巴掌拍在牛屁股上狠；也不用因为喜欢抹口红而被嘲笑"你一个女工也配"。我突然觉得，任何一种梦想的目的，它的前路，其实非常简单，只是想要一种朴素的被尊重的感觉，你在任何情况下，收获的永远是平等的目光和相互理解，是一种在某个层次和境界才会有的优质的教养。

风吹荒野，总是将我们每一个人，吹得都很荒凉。不经过苦难锻造和重塑的灵魂无法觉醒。

我曾很长时间被生活的潮水淹没，有时候会软弱到祈祷曾祖来梦中见我。还真有那么一次，在梦里，一只壮硕威猛的老虎，站在周边包围着树林的圆形的山包跟前，它眼里尽是慈爱，就像我祖先的慈爱。它在我跟前停留，我们对望了一会儿，然后它就朝前方走，边走边回头看我三次，仍然是慈爱的目光。醒来之后心中清明，我觉得我获得了什么，当然，我说不清获得了什么。

稻草人

　　我们的记忆是一面镜子，镜子里照着每一个时段的故事。我现在要写的，是我少年时代的往事，那时我十三岁，坐在五年级的教室里，沾个子矮的优势，坐在前排，如果我不说，没人可以从外表上看出我的年龄。

　　我的语文老师是个很善良的农村姑娘，住在半山腰，学校在山顶，条件所限，她必须住在山上。她每个星期天中午开始爬山，从自家的菜园摘了新鲜的蔬菜和瓜果，然后像个上了年纪的老人一样，拄着松枝往山上爬。我曾恨她，在我默写生字时，四十个字写错三个，她就狠狠地给了我三板子，把手心打得像煎了鸡蛋。我看见她打别的孩子的手心就没有那样使劲。他们至少错了一半。但我也不能否认，她是个好心的老师。她给我垫交学费，后来直接给我交学费。因为这样，我的一部分同学嫉妒我，他们看见我就跟见了刺一样难受。他们说语文老师是我的亲妈。我不反驳，我都巴不得她是我亲妈。

　　我的同学依色住在山上，星期六放学以后要早早跑回家放羊，一点也不能耽搁，这是父母分给她的任务。我和依色是同桌，但我不喜欢她。她有时候偷东西，是一只连窝边草也吃的不讲情面的兔子。我跟她坐过一张桌子，可她却连我的橡皮擦都"劫"走，在橡皮擦上写了一个"色"字做标志，就说那是她的橡皮擦了，一直就是她的了。从那以后我就决心再也不能忍这个坏蛋，我要跟她划清界限，于是故意在桌子中间画一条线，超出画线我们就要打一架。她是整个学校里我唯一可以打得过的人。她时常超线，我们就时常打架。但是那一天她很上火，力气很大，把我打败了，从此那条线就没有了。我们又变成了好朋友。

学校的食堂建在操场边，出门往右是一条水沟，水浑突突的，水沟靠着山脚的地方，有羊屎疙瘩躺在里面，也有鸡和狗在水沟里蹚水，所以也有鸡和狗的粪便。妈说，眼不见心不烦，不干不净吃了不生病。有了这些话，每一顿的菜汤我都喝得就像山珍海味，"哗哗啦"响。

食堂最初收苞谷面，后来不收了，炊事员嫌麻烦，苞谷饭做起来不如米饭省事。有土豆的人家用土豆到街上换大米，一百斤土豆换三十斤左右的大米（也许二十斤）。我们家没有土豆，吕秀家也没有，依色家有土豆，但不愿意换，她爸骂炊事员懒鬼，最后给依色买了一只小锅，和我们一样，自己带了苞谷粉、盐巴和辣椒，自己做饭吃。

我们根本都不太会煮饭，好在只是糊弄自己，那倒也简单了。从三年级开始，我们一直吃稀饭，不吃菜，因为不会做菜，也没有时间做菜。开始做稀饭的头一年掌握不住火候，不是烧焦了就是半生不熟。但那时候的胃很好，可以把石头消化掉。

我的弟弟负责找柴，他就像一只可怜的鸟一样在林子里穿来穿去，破鞋子时常踩着刺。鞋底脱了帮子，他就用草绳把鞋子绑在脚上。手和脸也被刺扎得血珠子往外冒。这不是最糟糕的。最糟糕的是雨天，他要摔好几个跟头，原本绑一次的鞋子要绑至少五次，原本只扎十根刺的脸要扎更多。

煮饭在水沟边，没有棚子，遇着雨天柴火就点不着了。这样的鬼天气，仅仅烧火就要花去一个小时。我们时常围着几颗火炭吹得头晕眼花。用自己的身体遮住雨水，就像一张细长的芭蕉叶，稳稳地把千辛万苦烧出来的一点火炭挡在身体下面。火炭像天上的星星，看着很亮，却是冰冷的没有生气的亮，也像是炊事员笑脸上方的冷眼，他做完了自己的饭，就站在山包上看深沟里烧火的我们。他会发出一阵笑声，然后发出他的同情——娃娃们，回去叫你爸妈找点大米，我帮你们煮——他在山包上扯着嗓子喊。

在那个时候，我最爱太阳，它的光可以晒干柴火，可以让我在早课之前吃到一顿饱饭，不用饿肚子上课。早课七点开始。

雨天我们只吃一顿饭。只有下午有足够的时间烧火，所以这顿饭，我们只能选在晚上吃。整个白天几乎饿着肚子。经常读着一篇文字，就会想到各种吃的，尤其不能闻到学校背后人家的炊烟。

我的语文老师来水沟边看过我们，她几乎要哭了，帮我们烧火，教我们稀饭要怎么煮才不会烧焦，怎么把柴藏起来才不被雨水打湿。她建议学校给我们一间房子做饭，但是学校不同意。学校怎么能同意呢？如果学生们自己可以做饭吃，那么要炊事员做什么？集体生活必须要有集体意识，学校能够容忍我们在水沟边煮饭，已经是睁一只眼闭一只眼。她的建议只受到一顿批评，说她作为老师，不劝说自己的学生以及家长想办法弄粮食到食堂吃饭，还帮倒忙。

四年级下半学期的某一天，我出麻疹，躺在床上天旋地转，吃不下饭，也没有力气做。接下来的两天我都没有吃饭。我的弟弟自己做饭吃。他提着烧焦后发黄的稀饭问我要不要吃，我说不吃。我抬眼看他，发现他的脸上全是锅灰，手上也是，嘴角没有擦干净的稀饭印子像胡须一样粘在那里，那会儿我觉得他已经老了，完了，我想，他都还没有过上一天好日子就老了。他的衣服小得只够盖住半个肚脐眼，裤脚高高的，露出那双破胶鞋。富贵可以藏，唯独贫穷是怎么也掩盖不住。我想起还没有上学的时候，我们在公社食堂的后面对着烟囱闻味道，我们猜他们炒的是鸡肉还是猪肉，为了这个问题，我们在公社食堂后面争论不休，差点儿打起来，最后菜要起锅了，他才急忙喊停。我说走吧，人家要吃饭了，他不肯，说要再闻一闻炒菜的味道。这个印象简直像噩梦一样挥之不去。想到这些我想哭，我可怜我的弟弟，也可怜自己，但最后我一滴眼泪都没有流出来。我九岁就不爱哭了。我习惯忍住眼泪，不管遇到什么悲伤的或者再坏的事，我都不哭。"你吃饱了吗？"我问弟弟。"吃饱了。"他说，然后背着书包去了一年级教室。他原本可以不住校，但是父母不放心他单独走三个小时的山路上学。弟弟走后，我揭开锅盖，里面的稀饭一半是生的，一半烧焦了粘在锅底。他翻吃的是烧焦的稀饭，想把没有烧焦的留给我呢。

生病时，我的语文老师来看我，她摸着我的额头，就像母亲的手，温暖而轻柔。她理了理我的头发，我已经两天没有梳头。那一瞬间我感觉自己的病好了。我咧开嘴对她笑，干裂的嘴唇出血了，我都尝到了自己的血腥味儿。她扶着我去卫生院拿药，再扶着我回来。那天下午，她给我弟弟拿了一碗米饭。弟弟赞美了那碗米饭半个时辰——用他仅会的几个词语反复念：好，很好，非常好——然后才一点一点将它吃进肚子里。那都成了一碗冷饭了，他才去吃它们。他没有热一下米饭，我们的锅就摆在枕头边，发出一股烧焦的味道。

下雪天我们找了一个烧炭的窑洞，窑洞的门子有三尺左右，低矮，潮湿，但是可以挡住一些雨水。山上有时候一边下雨一边下雪，就像夏天有时候一边出太阳一边下雨。冬天为了节省空间，我和吕秀，以及依色，我们合伙煮饭吃。轮流烧火，不烧火的退出来站在门洞前淋雨。那时候身体好得就像一棵树，淋一场雨都能长高一点似的。

五年级上半学期，我去依色家串门。为了联谊感情，我们就像亲戚一样互相走动。她家住在山顶，那是一个山顶盆地，空气稀薄，景色壮美。住在那里的人一色地披着毡子，戴着毡帽，如果在地里劳作时不起身，他们就像一群羊。

依色的爸爸是一个瘦高的男人，他黑黝黝的，我都分不清他到底是老还是不老，常年不洗脸的样子。她的母亲显得苍老，包着黑色的头巾，穿一件暗绿色外衣，背脊弯拱，手脚抖颤，好像生着病。依色是家中最小的孩子。她的哥哥已经结婚，姐姐也嫁人了。

"你们家的马真漂亮！"我到她们家首先赞美的是马。

"这是我嫂子的马。她买的，不许别人碰，你尤其不能摸它的尾巴。那条尾巴比我嫂子的尾巴还珍贵。我摸了一次，她骂了我一顿。"依色吐着舌头。

"你嫂子有尾巴吗？"

"有啊。"她哈哈大笑。

依色的任务是放羊，我去的时候，也照样陪着她放羊。她的早餐是在路上吃的，两个土豆，一根泡好的还没有捞出来晾干的酸菜，外加一个红辣椒。

"将就吃吧，或许晚上会给你杀一只鸡。按照规矩，客人来了是要杀鸡的。我想他们会想办法搞到一只鸡。"她安慰我。

没有杀鸡。依色的父母煮了一顿丰盛的土豆招待我。

"娃娃，吃吧，土豆是养人的。你来我们家，我们应该杀鸡招待你，可是你看见了，我们家连根鸡毛也没有了。下次，下次一定杀鸡招待你。"依色的爸爸承诺似的跟我解释。

依色的妈妈，那个背脊弯拱的老女人低着头，坐在火塘边赔着笑脸，因为失礼，她感到不好意思。她说："我们从来没有这样怠慢过客人。请你一定告诉你的父母，我们家确实没有这个条件了。"

依色家住的还是老旧的草房子，四面的墙壁都开着裂口，风呼呼往房间里灌，山墙上时常落着泥沙。年轻的两口子住在偏房里，中间只隔一道木门；老两口住在堂屋的火塘边，用一道长竹席挡住火塘，灰黑的床就摆在竹席后面。床下塞满了酒瓶子。

"你的房间呢？"那天晚上，我很担心自己没有地方睡觉。

"我？"依色摇一摇头，万分愧疚地对我说，"好对不起你，我没有床，我是用绳子绑起来挂在墙上睡的。不知你习不习惯这样睡觉？但是没有办法了，今晚你得习惯这样。没有那么难受，真的，绑的时候用两块木板夹住身体两边，这样你在睡觉的时候就不会滑下来，要不然绳子滑到脖子，就会把自己吊死。"依色拍一下我的肩膀，"放心，今晚我挂在墙上不睡，看着你睡。如果绳子滑上去，我帮你拽住它。"

我被依色的话吓得心慌。

依色看出了我的恐惧，用手指一指羊圈："那里，看到了吗？那就是我睡觉的地方。"

那一晚我和依色睡在羊圈里，晚上我做梦，梦见自己也变成了一只羊，拉着黑色的圆溜溜的粪便，甩着短小的尾巴，跑在羊群的最前面，啃着地上的青草。依色第二天告诉我，晚上我在磨牙，就像吃草那样，"咔嚓咔嚓"的，还说梦话，简直要吵死她了。

依色放羊是一把好手，她的羊从来不乱跑。她喜欢弹口琴，三片的，琴叶像蜻蜓的翅膀，薄而扁长。一个人的时候，她就对着羊弹琴。

"它们可以听懂的。你信吗？"依色不管我信不信，径自展开琴片，坐在草地上弹起一支古老的曲子。

我再次去依色家，她的爸爸已经病死一个月了。她的妈妈一个人坐在火塘边，用火钳夹着火炭，火堆里烧着两个土豆，煳了，她继续用火炭盖住土豆，任由它们烧焦。

依色的妈妈头也没有抬一下。她自己跟自己说话。

"你可真有本事啊，一辈子喜欢喝酒，就算知道我没有钱买酒，你也想办法出去把自己搞醉，像你这样的人就是因为喝酒才死的，不然你可以活到一百岁，我保证。现在好了，我说的话都灵验了，你死在酒上了。酒是鬼，酒是恶鬼，我这样说你偏生不相信。你说你的肝脏好像不好了，它们仿佛在你死之前就断了气。活该！你怎么就不能戒酒呢？你喝了多少酒，你看，床下的瓶子都塞满了。如果你再活几年，瓶子应该堆到火塘边了，它们像山一样站在我的床下，我每晚都在酒瓶子山上睡觉。报应！你真是死了也要折磨我。我以为我会比你早死，至少我认为我应该比你早死。像我这样的人，又老又丑，常年生病，地里的活帮不了忙，家里的活也做不了多少。我这样的人活着就是浪费粮食。你看看，依色又在读书，她的嫂子大着肚子；你看看，你的儿子和你一样爱喝酒，地里的庄稼已经长满了草，他没有心情打理。难道我没有教训他吗？我说啦！可他说我疯了，你死了我就疯了。我要是真的疯了就好了。我说我白天看见你在地里忙活，我跟你的儿子说：'看看，你的爹死了，但是他的鬼魂还在干活，你还好意思整天喝酒吗？'他不理我。他说你死后我就疯了。我已经一个月没有离开火塘了，我被火烟熏得像一颗火炭。这个我知道，我有很长一段时间没有出去走一走，山上的萝卜地，山下的玉米地，我都很久没有去看它们了。我想我也要死了。既然你死了，我也可以死了。"

依色的妈妈吸溜了一下鼻子，我以为她在哭，仔细看看，她没有哭。她又懒洋洋地扒拉一下火炭道："你活着就爱吃土豆，走了怎么习惯？再烧几个给你好啦。"依色的妈妈低声说个不休。她不与任何人交谈，只把这一大串话反反复复地说给空气。

"她已经烧了一百个土豆了。这种话她已经说了一百遍了。她大概是真的疯了。"依色说。

依色读到五年级下半学期就退学了。她说家里的羊越来越多，自己的羊没有几只，帮人放，现在家里忙不过来，要她退学回去放羊。

"我偷别人的钱是想吃一块泡泡糖，我看他们嚼在嘴里，好像很好吃一样。我忍不住口水。但你知道，我没有地方可以偷钱了，大家都挺穷的，并不是总有东西可偷。"依色在离校的头一天晚上这样跟我说。

"泡泡糖的味道我尝过了，并不好吃。"她点着头，十分肯定地说，"那种甜味儿非常短暂，几乎没有，要不是我的舌头非常敏感，根本就感觉不出它有什么甜味，咀嚼几下，就仿佛是在咬一张破胶纸，简直伤我的牙根，浪费我的牙劲儿。我居然还为了这么破烂的玩意儿，这么短暂的甜，差点儿背上一个偷钱的坏名——我是说，如果我那次偷到钱的话。我翻开那个同学的书包，我可是分文没取呢，因为，他根本就身无分文嘛。"

她又说："我是这样尝到泡泡糖的。那天大扫除，我看见一个男生朝水沟里吐了一块泡泡糖，水虽然很脏，但我想，捡起来洗洗就可以了。我捡起来了，但是没有时间洗，我怕被人发现，所以我很快就把泡泡糖扔进嘴里嚼。把脏水咀嚼出来吐掉，再吞掉后面咀嚼出来的我认为干净的糖水，结果呢，哼，根本就没有糖水！"她一副痛苦的样子。

水沟是寝室门前的一条污水沟，夜里有人不敢独自上厕所，偷偷往里面撒尿呢。我往里面尿过。

"我妈说，没有钱给我读书。"第二天，依色跑到语文老师的寝室这样解释。她去辞别。她可以不去辞别，可以像其他学生一样，读着读着，突然就不来读了。

语文老师劝了好一阵子。依色流着泪。她站在语文老师的面前，使劲揪着自己的衣角，她无法解释清楚自己为什么不能继续读书。

"是因为吃饭的问题吗？"语文老师又说，"如果是吃饭的问题，下雨天你们可以到我的寝室来煮。"

依色摇头。半天解释不清，她干脆跑了，拿着自己的书包和已经打理好的行李冲出学校。语文老师站在她身后喊她。她跑得很快，好像没有听见谁的声音，我的，吕秀的，还有语文老师的。

依色走后我很孤单，我的同桌换成了吕秀。我时常喊错吕秀的名字，我以为依色还在。

"你记住我家的路，以后有时间来找我玩。"这是依色最后跟我讲的话。

我没有记住。去她家的山路要走六七个小时，其间要穿多少个山林，跨多少山沟，遭遇多少岔路，我都无法记得住。我敢肯定，不能独自准确地走到她家门口去。

我再也没有去过依色家。

煮饭的人就剩下我和吕秀了。我们占着破损的窑洞门子，在别人的烤烟地里找来一块废弃的薄膜搭在门子上，没有两天就被风吹走了。雨水照样淋湿我们，也打湿我们的饭，我们就把雨水也吃了。

"你喜欢月亮吗？"有一次吕秀问我。

"不喜欢。"

"为什么？"

"因为不喜欢。"

"我喜欢。因为我妈喜欢。"吕秀说。

我陪着吕秀看月亮，那时小学快要毕业了。平时感情不怎么好的同学也学着上一届学生，着手准备歌本，写道别辞等。我收到一句话，放在我的书页里，上面写着："某年某月某天，你会想起我的。"这个蠢笨的家伙没有留下名字。

我和吕秀什么也不做，好像毕业不关我们的事。我们照常煮饭，炊事员有时也来沟边转一转。看完准备走时，他说："可怜的娃儿，你们怎么像孤儿一样。"

"你才是孤儿。你做的菜汤里有蛆。"我吼他。

"还有瓦片。"吕秀补充道。

炊事员很恼火。他骂我们没有家教，他做的饭是世界上最干净的饭，他做的菜是世界上最干净的菜，他的手是世界上最干净的手（他的手确实很白），怎么会有瓦片和蛆呢？他说我们的嘴是乌鸦的嘴，我们的眼睛是魔鬼的眼睛。如果我们不是小孩子，他要拿刀砍我们。炊事员激动得暴跳而去，但是过不了多久，他又会来看一看，再把他之前说过的话重说一遍，好像要表示，不是他把我们赶到这里来的，而是我们自己不交大米，自己愿意来这里吃苞谷稀饭。

"你们的父母太抠了，一个星期几斤大米都没有吗？没有可以用土豆换。"他说。

"唉，可怜的娃儿，你们太像孤儿。你们的父母怎么舍得呢？"他又说。

他这样说了几次以后就不说了，因为有一天，吕秀哭着用牛粪打了他。

吕秀没有妈妈了。她的妈妈被一个村医误诊，一针打死了。吕秀的爸爸到处求娶，后来终于娶了新妻，又给吕秀添了一个弟弟。吕秀并不快乐，失去妈妈之后，她认为自己就是一个孤儿了。

那是个星期四，吕秀和我坐在旗杆下看月亮。她给我讲起了关于她妈妈的事情。

"我妈死的时候，我记得是早上，她说头疼，然后去找那个老医生打针，去了还没有一个小时就有人来传话了。那个人站在我家后面的山坡上大喊我爸爸的名字，他只会说：'快来快来！你们家出大事了！'可是他不知道，我爸爸都没有在家里，他出去干活或者喝酒去了。"吕秀说到这里停顿了很久，她揉着双手，好像正处于冬天的极寒之中。缓和一阵后，她才继续往下说："我也去了，我的脚短，走得慢，我虽然不知道出了什么大事，但也明显地感觉到自己的心跳很慌。我到的时候，我妈躺在地上，脸色是灰色的，好像罩着一层雾，又好像被柴灰抹过，反正是一点血色也没有了。我不知道她死了。我坐在地上摇她，喊她，她不应我。"

"你还记得你妈妈的样子吗？"

"不记得了。又好像记得。她活着的样子记不太清楚，她死时的样子我倒记得很清。她有时候来我的梦里，化成别的女人的样子，有时候化成我后妈的样子。"

"你后妈打你吗？"

"打，但我会骂她。有一回我咬了她的手指，差点咬断了，哈哈哈。"吕秀的脸上闪过一丝痛快，很快她又表现得十分沮丧，"我咬了她的手指后，我爸打我了。如果不是还有一个妹妹，我就走了。"

"你能去哪里呢？"我像是在对自己说。

"我想我可以住到月亮上。我外婆跟我讲嫦娥的故事，她就是变成神仙飞到月亮上的。"吕秀笑眯眯地指着月亮。

讲完故事的那天晚上她大概失眠了，床靠着窗边，有一束月光正好打在她的被子上。她的手伸出被子，正好握住那束月光。

我去过吕秀家，见过她的后妈。她的后妈不漂亮，但是很年轻，至少比吕秀的爸爸看起来年轻。她是个不太喜欢笑的女人，也不怎么说话，但她只要一开口，吕秀的爸爸就把她的话当圣旨一样。

升学考试后，成绩很快贴出来了。吕秀没有考上中学。按照她平时的表现，她不可能落榜。

那天去看成绩单，吕秀没有去。

语文老师站在教室门口，递给我一支笔，她说："好好读书，你会有出息的。"

我是在街上遇见吕秀的，她背着一包行李，和她的爸爸、弟弟妹妹，以及她的后妈，他们一家背着大包小包的行李站在路边等车。

"去哪里？"我跑上前问。

"出去打工了，搬家……"吕秀的父亲慢慢地说。

"去外地包土地种。那里有水田，可以种很多谷子。"吕秀把我拉向一边，低声道。

吕秀上了车。她很快消失在我的面前。那一面之后，我就再也没有见过她。

我也再没有见过依色。

在我后来的幻想里，依色变成了一只羊，吕秀变成了一粒谷子，语文老师变成了枯瘦的老太太，拄着拐杖往山上爬。她们都没有在我的幻想中变得美如天仙，过上美好的生活，可能我们在一起的那些时候，实在是太苦闷了，让人都想象不出未来能有什么变化。

在她们的眼里，我肯定也是生死不明的人。

我们都是稻草人，最初守在一片田野，守着守着就被风吹散了，包括身上的积雪，阳光，雨水，眼泪，还有欢笑，而这些东西，只从嘴里说出来是多么的轻微。

志不在此

　　我就摸不透她的心思，傍晚从针织厂里出来，已经很累了，却无论如何要我跟她一起散步。我们牵着手在巷子里逛了三趟，天空阴沉沉的，像一块抹布，一只脏兮兮的流浪狗跟在旁边，使得这场散步让人看了觉得挺邋遢。我无数次回头看那条狗，也不知道为什么要去关注这样一条脏狗，它那乞怜的尾巴，每一次我看它，都给我拼命地抡成一个圆。它肯定想得到一点儿吃的，随便一小口就行，因为这个时候，梅子，就是跟我牵手的这位朋友，我新认识了三个月的好伙伴，她嘴里正在啃一块蔬菜饼干。直到天完全黑下来，巷子对面那条街的夜市热闹开了，那条狗才从我们身后消失，当然，它始终没有得到吃的。我的朋友是个不太喜欢与小动物打交道的人，据说在她很小的时候，被一条凶恶的黑狗骑在脖子上咬，其中一只耳朵险些被撕毁，小命差点儿落在狗嘴里，从那以后，她对长毛的四条腿的东西就充满了本能的恐惧以及恨意，如果不是因为她要跟我不停地说话，而且还要分心吃东西，她早就捡起石头把它赶走了。

　　整个散步过程中，她都在跟我讲述一件无聊的往事。大约是在说，她那从前的男朋友今天早上给她发了一条短信，说是后悔与她分手了——咳，什么从前的男朋友，实际也就三个月前刚分的手，那会儿她还趴在我肩膀上可怜兮兮地痛哭了一场呢。

　　我想结束这无聊的散步。如果我跟她说，我想回去看书，她一定会张口给我几声大笑："这个年代谁看书？"

　　没来由的颓丧。

　　半个月前，我陪她到凤鸣公园对面的商场里买了一台手机，是她死活拽着我去的，无论如何要让我增长见识。"你这样的古人，"她说，"不能让书本给毁了。"她几乎在扮演着我的好姐妹，或者，我那老母亲的角色。她选了一台一千块的手机，据说，这是目前市面上卖得最好的一款，在浙江地区极受欢迎，米色的翻盖手机，女孩子专属款。我不知道她哪里来的那么多钱。"它可以上网，知道吗？"她刚拿起手机那会儿，就在柜台前伸着脖子给我讲解。我的确见识很浅（好吧，其实是太穷了），不知道什么叫"上网"，和那些农村老太太一样，以为"网"是一种实体的存在，跟蜘蛛网差不多。

　　后来我才开窍，"不存在"的东西已经在身边蔓延，简直到了随时感觉智力有问题、"这也不懂那也不懂"的地步。

过了几天，从她那些有一搭没一搭的话缝中，落出了一点儿消息：买手机的钱是两个男朋友给的。我是说，刚刚给她发短信的那个男孩子不算在里面，是另外两个男朋友——没错，就是两个，明明白白的数字：二。一个住在深圳，一个与我们在同一座城市但并没有住在一起，他在城市的那头。都可以称为"异地恋"。二位男生也永不可能知道他们拥有同一个女朋友（这是我的猜测）。

两个男生，我不知道她是如何周旋的。我不能接受这种"广撒网"的方式，但也许内心里是可以理解的，甚至，对于她的出身，常有"我们是亲姐妹"的感觉。她的母亲生了三个孩子，她是长姐，中间还有个妹妹，最后一个才是她们父母的宝贝儿子。"我高中还没毕业就被撵出来打工挣钱，供弟弟上学，他过得可像个少爷嘞。所以，一个男朋友太穷了，有钱的人我又不想找，心里有自卑感，只想找和我一样穷的，我在心理上至少会觉得跟他们平等，与他们般配；这就是找两个男朋友的原因，因为他们穷，我更穷，他们只有合力才能给我稍微足够的零花钱，能让我眼前的生活过得不那么紧张。你不要以为我欺骗他们的钱，我告诉你，不到万不得已，我不跟他们任何人要钱。事实上，都是他们自己主动给我钱，我很多时候都拒绝了，毕竟是有自尊心的人，何况良心时常感到不安。我就是那种

看起来像是很坏的人，实际上又坏不到底。我只是目前太
穷，也太孤独，有人关心我，我就无法拒绝，我需要关心。
他们差不多是在同一个时间段追求我，那正是我最苦闷的
时期，我一个也没有拒绝。他们都是很穷的孩子，也是农
村出来的，我有时候觉得，我是不是把他们当成我的影子
了。我基本上喊他们'哥哥'，很少说什么肉麻的话，我怀
疑自己真的将他们看成了哥哥。你不要笑……好吧，你随
便笑，感情是很复杂的，反正他们应该知道我不可能只有
一个男朋友，你懂我的意思吗？就是说，他们知道，但谁
也没有把这件事说穿……他们同情我。从他们的眼神里我
就看明白了，除了爱情，更多的就是同情。这个你应该很
清楚，越是命运相似的穷家伙，越会相互吸引，大概'穷
味相投'吧。我跟你说这些，你肯定也不太能弄得明白，
男人的直觉有时候恐怕比女人的直觉还准，只不过他们比
我们理性，理性就会消磨掉一些感性，当然，也会减少一
些麻烦。女人太感性，太爱招惹麻烦，比如你，就太感性
了。你成天这种茫然失措的样子，跟那种被掐掉了头的蜈
蚣有什么区别？那种无头蜈蚣，即便有很多只脚也没有用，
乱七八糟地在地上摆来摆去，很多条路也没有用，它都不
知道把哪只脚放在哪条路上。你心里就是有这么一条蜈蚣，
你自己不知道而已，你不知道你的路在哪儿，你说，你知
道吗？"她就是这么跟我说的，东拉西扯，最后顺便教训我

一通。后来又说:"女孩子,一出生就注定是'外面的人',我父母就是这么说的,亲口跟我说的。你父母是这样吗?"她跟我说这些,无非就是想让我说,是的,我父母也是这么想的……但我只跟她说,我们同是天涯沦落人。这话她听了一半差点儿就吐出来,做了个"呕"样给我看。我不知道她对书本有仇,还是某种刻意的、因为失去而故意做出厌恶之情,以此回避。不管怎样,她还挺愿意跟我做朋友,说一些掏心窝子的话,当然,也可能她并没有把我当成朋友,相反,是当成了世界上最陌生的那个人,人海中短暂地相遇,知道对方给自己不会造成什么伤害,有朝一日必然分别而且终生不再相见,那么,那些藏于心底,无处可说的话,就可以大胆地说出来了。我自己恐怕也是这种心情,不然怎会跟她在这条街上逛来逛去。这会儿我们已经在夜市上来回走了两趟。

"你有什么打算吗?都2006年了,马上就要过年了,你对未来还没有大体的方向吗?"她问道。

我很久没有被人问过这个问题,回答不上来,也懒得回答。何必呢,反正也没什么头绪。早些年我想当老板,这个念头是在成都一条光秃秃的马路上冒出来的,之后事实证明,我最"风光"的时候也仅仅是当上了地摊老板,最残酷和最失落的日子,也是当上地摊老板的时候,算错账,永远少收很多钱,不识数,永远收很多假钱,造成了我个人的金融大危机，险些流落街头讨饭。当老板的念头，从那以后就不敢再有。后来的一些年，基本不去想象未来，想得最多的是如何租住更便宜的房子，在同一个城市搬家，甚至在同一栋楼搬来搬去，是我经常干的事；我有一只红色大胶桶，什么菜板、碗筷和洗漱用品，都靠它一股脑儿装着，在大街上或者同一栋楼层提来提去，很多人已经熟悉我的胶桶了，他们有时候开玩笑会说：哎呀，它还活着呀！

我把她的问题又丢给她，问她对未来有什么计划，是不是要在这里继续摆摊卖鞋子。

她每个晚上都会到夜市摆摊，秋冬卖毛拖鞋，春夏卖内衣裤（偶尔会遮遮掩掩卖情趣丝袜）。她是个比较勤快和聪明的女孩子，而且，看她的劲头，是想依靠自己的双手改变现状，过上体面的生活。

"摆摊？不不不，我志不在此。"她只给我这几个字。

"我刚才在想，你是个聪明的人，以后的日子肯定会过得很好。"我犹豫着说。

"聪不聪明都得活下去呀，使劲活着就对了。"

然后我们就一路走，又在夜市上来回走了三趟。熟悉她的摊主问她为什么今天晚上没有摆摊，她只给对方丢去一个比较清淡的笑容。

后来，我们离开了夜市，走进更为幽暗的巷子，完全没有路灯，所有房间的灯都闭着眼睛。我们就像走在一个完全没有尽头的地方，看不到脚下的路，也看不清墙壁，遥远的夜空上面，早就穷得连月亮都不敢露脸，故意去撞墙的时候才被两边的墙壁弹回来，我们竟有些激动，这种糟糕透顶的巷子，夹板似的道路，这种路谁也不会闯进来的，除了倒霉蛋。心里起了狂欢，她已经在哼着一首什么曲子。"就差一支香烟了！"我想，她接下来会这么说。但谁也没有说话，我们只是双双停下脚步，突然站在原地不动。像风吹翻在地的玉米秆，我往旁边靠了一下，然后坐在地上。她掏出打火机，打燃了再熄灭。

走出巷子，外面的空气像从海边过来的，带着一股鱼腥味。巷子正对面的一座旧楼旁边，是一家海鲜馆。

"看，出来就有吃的。就知道哪儿都有吃的，只要有钱。"她掐灭烟头（掏出打火机，那会儿其实已经点燃了一支烟，我没太注意），口气听上去像从远方赶路来的过客。尤其是她的头发，烫过的，蓬乱的，看上去遭了多少雷电似的，把脑袋搞成一副要炸了的样子，头很大，身子又很单薄。

我们是在海鲜馆旁边的拐角分别的。"我走了。"她说。我以为她说的是回自己租房的地方。"要离开这里了，我是说，离开这座城市。"我才知道她发起的这场散步邀请，纯粹是在做一场她认为很有意义或者极有必要的告别。

她顶着那颗爆炸头，消失在海鲜馆对面的那条街道上。我也没有追上去问她要去南方哪座城市。她只跟我说，不想当针织女工，与各种颜色的线条打交道，时间一久，脑子里一团乱麻，完全看不到希望，她要去更大的地方寻找出路，也许这几年摆地摊的经历可以使她有机会成为一个老板。她希望我真心实意地祝福她，就像祝福自己的亲姐妹。

　　无论如何，现在，这场散步算是彻底结束了。

她坐在阴影里

如果您是我认识的朋友，正好问路，要去那个叫"水打坝"的地方，必须从我们旁边村的那条路上经过的话，我建议您绕个弯子，从侧面的山坡钻过一片小树林，就接上了您本来要走的那条老路。不一定非要从她门口经过，我真不喜欢看她那双眼睛，也不希望多一个人为此费神。她的泪水随时会瀑布一样洒出来，如果您觉得我说得有点儿夸张，那我就稍微缩小了说：她的脑袋就像只长了两个眼子的花洒，泪水从眼子里喷出来，毫无防备地喷出来，搞得你整个人心情都是潮的。我是见够了。因为她是我的朋友，我恨不得赶紧告诉她，我们两个就这样散伙算了，当作互不相识，别再来找我哭诉，那些乱七八糟的话，我听得耳朵想聋掉。

但她此刻就坐在我面前呢，坐在窗子旁边一大片阴影里。我没有开灯，甚至连一杯茶水也没有准备。时间已是傍晚了，等一下天空就会黑下来，会越来越黑，黑得我俩互相看不清，而我整个下午都在喝酒，半醉半醒，如果她不说话，如果不是天空没有黑尽，我还以为我是一个人坐在房间里。

"你知道吗？"她说。

我没吭声，我心里想：我不要听。

"那孩子完全关不住了，他会跳起来打人，猛一下蹿起，我一个人根本摁不住，又没有别的办法，只能死死地拼命摁住，不然他只会给我惹出大麻烦。你知道，没有人可以帮我。

"你在听我说话吗？

"你的房间好暗。

"我觉得你今天心情不是很好，你不是一直很开心的吗？你是一个很洒脱的人。

"那孩子现在长大了，是个大疯子了。

"你为什么不说话？"

我为什么要说话？难道我要说，哎呀恭喜你，他长成了一个大疯子！

我无话可说。一个从小疯到大的人，从他母亲——就是眼前这个絮絮叨叨的女人肚子里出来的第一天，他就注定了是个不幸的人。他母亲怀他的时候，突然不想要了，想打胎，私自弄了一些偏方，吃了什么药，结果胎没打下来，孩子却弄成了傻子。就是这样。这样的一件事，我能说什么？

小疯子还小的时候，倒是有几分可爱，他那种疯疯癫癫不同于别的孩子的性格和做派，在幼童时期似乎也可以被看成一种天才。我朋友那个时候甚至觉得，她的一生是有希望的，孩子没有受药物影响，没准儿将来考个名牌大学，再出国，再娶个外国老婆，如果那样的话，回不回家无所谓了，把她的孙子送回来给她带一带就行。小疯子小时候没什么攻击性，后来就不行了，也许疯子不知道自己能长多大，就往疯里长，长成了彪形大汉，经常从家里逃出去，堵在路上打人、骂人、吐口水，尤其是对方是个姑娘的时候，他就大喊大叫追在别人屁股后面，而那张疯疯癫癫的脸上更是露出一副邪恶的样子。我朋友一天比一天失望，被无数人堵在家门口教训，说她不应该把一个疯子放到路上影响别人。她只好狠狠心，把他关起来。

对一个人长期性的同情也会有疲劳感，对那些烦心事，我基本只能以呆滞的微笑回应。

"我遭报应了，"她说，"你会看不起我吗？"在那一大片阴影中，声音柔和得像一股流水，我就仿佛被她的声音给洗了一把脸，我醉醺醺地，晃了晃脑袋，听到僵硬的脖颈"咔嚓"一声，我以为断了。

"要怎么办？我的日子什么时候是个头。"

她不知道我是个神经衰弱患者，更不知道我最近的心情有多糟，她的声音能震入耳心，就像一直在我两边耳朵的门口敲鼓。

"你打起精神听我说话行吗？我没有地方可以去，也没有地方能说话。"

我只好支棱起来。

"我们去看看他吧，你很久没去看他了。他也是你朋友的孩子，如果你还把我当成朋友的话。"

真是个可怜的傻子。

"好吧，"我说，"我们去看看。"

我们走进了夜色里，穿过一条满是羊屎疙瘩的小路，从两棵红椿树底下穿过，到了她家。

院墙已经塌了一半，从那个塌掉的缺口里长出来许多青草，在夜里的灯光下，微风一吹动，吹出一股幽深的荒凉感。院墙里面，一只底子烂掉的背篓还剩大半个框架，像谁的肋骨一样摆在墙脚。

那家伙，他站在黑洞洞的铁皮棚子里，一道坚固的铁门将他困在里边，我确实很久没来了，差点儿认不出他就是当年那个小疯子。我们从铁窗往里看，他也在看我们——一双空茫的眼睛，眼神并不复杂，只是空茫，仿佛没有思想又似乎还存着某些飘忽的意愿。

"嗨嗨，说'一'，说'一'啊！"他在跟我说话。我不知道这是什么意思。我朋友说，别管什么意思，反正也没什么意思。我笑了笑，觉得这不算没意思，天地万物，他还能说出个"一"字，算是疯子的思想吧。

然后他就奔过来，使劲拍打窗户，眼睛瞪得溜圆，嘴里嘶吼乱叫，随即又在地上滚了两下。

朋友从窗口投进去一袋饼干。"他爱吃零食。"

疯子果然安静下来。

看得出来，她平日就是这样往里投食。她知道什么情况下，他在表示自己想吃东西了。"哪怕是个疯子，他也在用自己的方式表达饥饿。我已经养了他这么多年，摸清楚了他的脾气。"

棚子里打扫得很干净，但仍然透出来一股尿臊味。

疯子对待食物是温和的，安静地扯开饼干袋，全部倒在地上，再一片一片捡起来塞进嘴巴。然后他转脸突然对我们笑了起来。他的笑很天真，像从未长大的孩子。

朋友拉我坐到屋檐下，她扛着脑袋看天。她跟我说，曾经有个时候，她想把他带到很远的地方，然后将他丢在那里。她在为曾经有过这样的念头感到愧疚。这没什么，我说，这是人之常情，即便你是他的母亲，有那么一瞬间，你处于精神崩塌的边缘，想做出一些让自己解脱的事，并非可耻的。

我们又顶着夜色回我的住处。不知道为什么，她还要跟着我回我的房间，半途中有好几次想喊她止步吧，回你自己的房间，但终究没有说出口。那个家只有一个疯掉的儿子关在铁棚里，垮掉的院墙缺口上几根荒凉的青草总是出现在我的脑海，就更是不能说出让她回家的话。可无论怎样，她的确应该留在自己的家里才对，天亮之前，那个疯子又会饿得怪叫。他只有吃饱了才会思考：你说"一"，说"一"啊。

　　我没有阻止她的脚步，她跟着我进了房门。看样子，她打算坐到天亮才回家，要跟我秉烛夜谈。

　　我在另一扇窗户底下的桌板上点燃一根蜡烛。她还坐在原先那扇窗户旁边，蜡烛照不亮全部的黑，她还在阴影的包围之中。我也终于准备好了，闭上眼睛，让她接下来要说的那些话流水一样穿过黑夜，涌到我的心尖上。

她说要带我去看花花世界

我说我再也不出门了，我指的是那些毫无意义的出门，毫无意义的聚会，一些完全没必要去应付的虚情假意。我的朋友听完之后觉得她很有必要和义务将我从这种灰色心情或者说灰色生活中解救出来，本着我们相识多年的情分来看。我也恰好是在离婚之后有了这种"转变"，她认为这是很不好的讯息，以为我现在这种年龄出现的这些"问题"，很可能是"女性更年期提前综合征"诸如此类的毛病吧。反正她很担心。

我需要这样的关心吗？当然不需要。但我无法阻挡这种可以用"气势汹汹"来形容的、不顾一切冲上门来的关心。而且我必须表示感谢。

就是这样，一辈子都在感谢，从生下来第一天感谢妈妈开始，我们就一直都在感谢。

那么，现在，我必须在听到敲门声的第一时间来不及穿鞋就跑去打开门，假装"心有灵犀"（仅凭着脚步声、敲门声或者随便什么感应就知道她来看我了）地拥抱我的好朋友，然后邀请她进屋。她坐在我的对面，就是眼前这种样子了——她坐在我的对面，心里满怀悲悯（"你不要被生活打垮了"这种意思），像是看落水鸟或者落水狗那样的慈悲双目紧紧地却又温和地照着我。探照灯似的，现在我就必须在这样的探照灯中保持我落水鸟或者落水狗的样子。我最好很疲惫。我最好很落寞。我最好还有点想哭。为了附和之前我们在电话中的一些聊天，对生活的某些乱七八糟的感叹，我尤其最好不要突然间像个神经病似的哈哈大笑，这样就会让她觉得这一趟跑来完全是多余的，不仅显得可笑，而且像是我耍弄了她的关怀之情。

那么，我就只能这样装可怜了，越可怜越好。谁叫我生活在一个庞大的无法隐身的世界当中呢。从来就没有什么生活和空间能够完全独属于我们自己，谁也不能单独的、像个守财奴似的抱着我们坚持的某种活法。完全不能够促成这种局面和条件。"真是悲哀呀！"顶多我们可以发自内心地悄悄去感叹这样一句。

现在只能这样，硬着头皮，像个深谙世事的老油子，把我本身鲜活的心情搞得还剩半口气也无所谓，我得拿出一些在社会上学来的圆滑处世的能力，去周旋目前冲击而来的关怀之情。

她的样子真感人。

她一定是这样觉得的：她很感人。

她现在心里一定在观察我，为何我今天和过去那么不同（死气沉沉，活得也太封闭了）。虽然我在过去也并不喜欢热闹，并不参加太多聚会，但是跟朋友们在一起的时候，我可一点儿也不像个喜欢独处的人。

我吓到她了。尤其当我说，我正在研习一些东西，不能陪她饮酒的时候。

假设你要变得和之前有些不同，由内而外的变化，从性格的变化，思考的模式，生活的模式，完全和过去来个大对调，就必须付出这样的代价——你的朋友认为你疯了，或者身体健康出了毛病。

非常幸运的是，你将看到她们突然间有事可干了，这样也好，这样有助于你在僻静处反过来观察她们。如果一个人要静悄悄地过日子，那就必须加强她对外界的更多关注。所以这种所谓的"不出门"模式仅仅是换了一种角度与世界接触，譬如放大镜，一种小小的圆圈，在那样一个有限的圆圈中把事物放大多倍，更为清晰地呈现事物。可这引起了恐慌。她们化身为某种心理专家，抑或生活领域中某一类的天才，她们觉得经过一番努力解说，一定可以将你"完好"地解救回原先那种她们较为习惯的生活模式，或者正常的社交圈子当中。

如果放在昨天之前，说到这些我就会忍不住要生气了——为什么我们稍微表现出不同就要去跟身边的人解释我们为何突然间不同了，我们获得了某些知识或者经历之后的变革，比方说你突然间从一个无信仰者成为一个有信仰者，这样的蜕变，促使你要和过去生活中的某些人以及习惯说再见，这个"再见"难免牵扯到一些人际活动，这个时候你的朋友们不干了，她们觉得你一定是心理出毛病了。

所以她冲过来了——她们中的其中一个——也许还是怀着某些英雄主义情结冲过来的……来解救宇宙中的一粒沙。

我的心理能有什么毛病？

当然，要说谁的心理一点儿毛病也没有，我也不信，包括她，以及她们，还有他们。

从进屋那一刻她就死死地盯着我。

你可不能这样。她说。

怎样？我说。

反正就是不能这样。

你是说，我今天不能陪你出去喝酒了，而且今天我也不吃肉。

是的……当然啦……为什么你要这样呢？

为什么不能这样？我只是吃素，你干啥这么可怜我的样子，搞得我好像真的挺可怜，搞得我好像不是个人了。

你以前吃肉。

我现在也吃。我只是这几天不吃肉了。这是一件我自己生活中的很小的事啊，你根本不需要上心。

你以前可没有这样。

我以前只是没有告诉你我这样。

你以前花天酒地。

我现在也花天酒地。除了有几天我不这样。

你以前喜欢到处去逛。

我现在也喜欢到处去逛。和以前一样，不经常，但也不是完全不出门，只是我现在基本上一个人出去逛。

你以前喜欢跟我们一起出去逛。

我突然间发现，我并不喜欢好几个人簇拥着才能走路似的。

反正今天你得跟我出去走一走。我必须把你带出去看花，春天的老城墙，夏天的老城墙，秋天的老城墙，每一个季节的老城墙都有不同的景色，你看了会有不同的心情。她说。

然后呢？如果我要继续追问，她一定还有更多的词。

为了不浪费时间，为了满足我们身边的一些感情有所着落，有时候，我们得把自己变成一个肉质的包装盒，里面要塞满许多可爱的小物件儿，所以我确实得跟她出去。赶紧的。

她要带我去看花花世界。

她带我去看的花花世界都是世界的表象。她不知道这些东西我早就看过了。

现在我看世界的方式换了一下角度，我看我自己，而万物就在其中。

她拉我去巷子里喝酒，指望像从前那样，我们一起喝到吐。

当然只能是她一个人吐了。我坚持只喝茶。今天我就是这样的。我现在根本不害怕别人骂我自私鬼，因为我比谁都清楚自私是每个人类心里的小花瓣，只要太阳一晒，它就到处散发它的小味道，它根本不可能在乎谁的鼻子喜不喜欢闻。有人只是非常聪明地掩饰了这种味道，而有人以为自己根本没有这种味道，而有人，我，根本懒得掩藏这种味道。

现在，我把她扶回我家里醒酒。她骂骂咧咧地说我是个冷淡鬼，我完了，七情六欲好像都没有了。她没醉的时候还这样教训我呢，现在呢，先前那种要解救我的气势完全瘪了。

我早就说过了，毫无意义的聚会就不要强求了，毫无意义并且不被需要的解救行动也大可不必。她可真有点重啊，我扶她的时候费了不少力气，就连身体的相扶有时候我们都感到吃力，那些隐秘的沉重之物又如何能在对方的生命河流中搬得起一块积石呢？岁月用小石子给我们堆积的肉身，比我们显现的肉身可大多了。

她难以忍受孤独，我知道的，一个人坐下来的时候，她会坐立不安，总要出去走一趟，才会觉得自己还活在人群中。

我偶尔也会感到孤独——那却是我走在人群中的时候。

如果一个人活到三十多岁还不能独立，还不能独处，还以为人生真的是"抱团取暖"，还以为我们需要解救谁或者能解救谁，能陪伴谁或者依靠谁，还以为我们掌握了幸福的诀窍，那一定是不负责任的吹嘘。

但她不信我的独处有什么作用，看上去有点装怪，阴气森森。

而我也不信她的花花世界有什么作用，浮荡，嘈杂，没有芯轴。

她竟然和我从前一样，喝醉了也打鼾。这恐怕是我们除了悲伤不在一个原点之外的相同之处。小石子堆积的肉身，有时是倒塌的响声，有时是沉湎。

我的地

　　我的地就在河沟边。我是六岁知道自己有地的。她说，在这个世界上，那么大的一片地方，那么多人，每一个人都有一片地。以后我所有的吃食都从这片属于我的土地上来。

　　"那就是你的地。"她牵着我的手对我说。这个时候我七岁多一点。

　　她当然是我的母亲了，不然谁还会牵着我的手呢。我还那么小，大概比我的狗高出一个头。尾随在她身后想要完全靠自己的能力跟上她的脚步会很吃力。我几乎是被拖着走的。

　　您如果要听我说往事就一定不要走神，我只说一遍。我是个没有耐心的人。很多时候我的思维跟醉鬼差不多。您或许还不知道，山区长大的人爱喝那么二三两苞谷酒，酒量不如酒胆，一两就醉翻了天，要让这样的人讲一个条理清晰的故事不太可能，您听完自己理一理吧。

　　那时候我们这个村子还很穷，不，是所有山区里的人都穷得叮当响，一阵大风或许可以将一个人刮走，但绝不能轻易把这儿的贫穷刮走。我不是在哭穷，我只是忘不掉这段记忆。既然您要我讲一段记忆深刻的，就不要打断我的话。

来，我们接着说。

我们这个地区的人只好苦巴巴地过日子。山风大一点的时候我们就站到风口上，也不知道为什么要站在那样的地段。我是看着别的孩子往那儿站，就跟上去站在他们身边，大概我是以为他们站在那个地方是为了等待顺风而来的鸟雀完全失控，一不小心掉一只进他们的嘴巴，他们就可以打打牙祭了。我是这么想的，可是一只鸟都没有掉下来，从四岁等到六岁，从未看见有鸟雀在风中发生意外。

我被母亲领着去看地。她说，该让我认一认自家的土地了。那意思我清楚，是让我明天就跟着她一起干活。我们这儿的孩子长到六岁就要给父母帮忙了，长到八岁还不帮忙干活那就是白养的，外人看了也要说点闲话。外人最爱说的话就是：您倒是眼看着要享福了，孩子一天天长大，可以帮您干活了。

我就是被领着认一认土地，为了干活做准备的。

我妈走在前面，把我的地都指给我看。三角形的，小四方形的，被几个大石头占据大片地方的，有的干脆只有两指宽，那么瘦弱的土地，完全可以不要的土地，被开垦出来灌了水称之为"田"的土地，都是我的地。由于它们的前身是地，后来才变身为田，我母亲就一直喊它们地。

我走在我的地坎上，望着那小块小块装着水的地。当时秋天，地里不仅装着水还装着正在逐渐转黄的水稻，看上去浩浩荡荡，金灿灿的，使我和我的母亲，我们这一对贫穷的母女突然像掘到一大片宝藏。我们心情突然就好起来。

"再过几天你就学着割谷草吧？"

"好啊！"

"喊你爸给你磨一把镰刀。"

"好啊！"

我们一路看下去，上看是我的地，下看也是我的地，我的谷子已经眼看成熟，我们就要吃到新的大米。

回家那天晚上我就做了一个梦，梦到整个大地上都是金灿灿的稻谷，都是我的。

我于是每天等着谷子成熟。我的镰刀我自己磨好了。

终于等到收割的时候，我拿着镰刀跟着他们下地干活。这是我第一次在自己的土地上劳动。妈妈说了，每个人都有一片地，而这里的地是分给我的。那么这些谷子也是我的呀！很多的谷子，金灿灿的谷子，我觉得整条河沟都充满了我谷子的香气。

后来就发大水了。第二年的涨水季，从未发过那么大的水，这一年算是创了纪录。整条河沟里都是浑水，泥石流加快了涨水的速度，短短半天时间我的地全被冲走了，就像豆腐下锅那样一块儿跟着一块儿全部流走，变成浑水了。

我妈站在一边，苦着脸。

大水之后，我的地里全是石头，事实上我也分不清哪里是我的地界。大大小小的石头占据整条河沟的两边，细小的河流从乱石间穿行，让人无法相信它先前的凶猛。

我的往事说完了。

您觉得没有说完？您觉得这点儿破事根本算不得"印象深刻"吗？

那我说完，即便我一点也不想说完。

好吧，我承认，我其实早就在某篇文字里说过。只不过我在那篇文字里没有挑明，不愿承认那是我和我母亲的经历。

后来我母亲要去跳河。那个时候我十岁，或者十一岁了，时间过得很快。她是因为我不小心弄一块柴砸在她身上才要去跳河，她拉我一起去。我当时按照她的吩咐在高高的柴垛上取柴，那块柴就是在某个时候不小心踩掉下去的，她坐在柴垛底下，头一天刚刚跟我父亲吵完一架，其实很多年了，从我记事以来，他们就没有不吵打的时候，只是这一次吵架才结束，她还处于伤心的情绪，坐在柴垛底下发呆，那块柴就是在她伤心的时候砸中她的。我就被她从柴垛上一把抓下来，像提小鸡仔那样提着甩到一边，又突然拽着我往河边走。她一边拖一边哭，她一边哭一边说，她说她失去了土地，什么都没有了，什么都选亏了，什么都赌错了，她的日子越来越难过，她的一生就这么完蛋了。她不要活下去，我是她的女儿，也不用活下去。

她死死地抓住我的手，太阳照得我眼睛发昏看不清她的脸，她的头发也完全蒙住她的脸。我恨她，那一刻，觉得世上再没有比她更狼狈更懦弱更丑的人。

我们离河沟很近了。

只有二十步了。

十步了。

五步。

她一边拖一边哭。她一边哭一边说。

我一边哭一边挣扎，一边挣扎一边说：地是我的、地是我的、地是我的……

我还不会更多理由，我只知道那些冲毁的地是我的。

我失去了土地，活不下去的却是我的母亲。因为那不仅仅是我的土地，其实是我们全家人的土地，只不过她要这么说，好像这么说会让我这个做女儿的一下子变得富有，像别的孩子一样不缺这缺那，因我有地，我能在土地上获得黄金。她大概以为是这样吧。我当然搞不清这些关系，无法体会她忍受的白眼和屈辱，因此她拖着我一起去死的时候，我说什么也不干。

她在离河沟五步左右的地方终于放开了我的手。她一屁股坐在地上放声大哭。这倒让我为难了。难道我该跟她说，您不要哭了，我愿意和您一起去死？当然不行的。虽然我年岁小，并不真正懂得死亡而且吓坏了，可内心非常排斥与她一起去跳河。我怕水，同时更怕她，她给我看到的是一副比死亡还令人恐惧的绝望，一个母亲疯狂的绝望——她要拖着自己的亲生孩子去死。

贫穷能让一个母亲变得更勇敢，也能令她发疯。

我想到那浑浊的河水，那些脆弱的土地，它们在浑水中一闪就流远了。我害怕我是那样一种再现，我的眼睛和四肢，我和我的母亲，我们的身体就是脆弱土地的本身，我们到了水中，永远不可能变成一条鱼。

我就是怀着这样的恐惧不愿去死。

我母亲几乎要哭趴在地上。她的父亲去世的时候她都没有如此卖力哭过。

她哭够了才从地上站起来，才对我怀有愧疚的意思，她对我说，永远不要将这件事告诉别人。永远。

现在我竟然说了出来。其实也无所谓，那浑浊的河流已经远去。

我忘记更多的事情了。您不用再问，我只知道我的那些土地再也回不来了。再也。

如苔藓

一

太阳推开山边那棵松树枝跳出来了，冷寂的大河坝铺满一层暖光；气温却没有因此上升，风还很冷。

昨夜一场小酒，今早起来还是醉的，牧马人吉克里布睡在宽敞的院子里的一堆干草上，太阳晒着他的屁股了，他还没有打算拱开披毡钻出来；四百匹矮马放任在大河坝周围，幸好距离不是很远，昨夜根本没有收回来，任由它们在那儿过了一夜。他还在打鼾，酒后的鼾声像喉咙里装着一条吹泡泡的鱼。

大河坝海拔三千三百米，除了吉克里布，还有一个孤单的牧马人永聪，就他们两个快六十岁的、有着丰富的放牧经验的人，住在各自宽大的院子里，养着众多的马、羊和牛，再没有多余的人与他们同住了。每一茬，他们养的马数量都是最多的，方圆百里，无人赶超，成了"著名"的牧马人。他们就像对待庄稼那样，一茬一茬地收割，如今手里养着的这些马，都是之前那些卖掉的成年马的后代，也不知道经历了多少更替，反正，光阴落在马蹄上，踩成了无数的脚印窝，无法计算了。

两年前，儿子们选择结束牧人的生活，带着他们的孩子搬到了县城里居住，吉克里布和永聪拒绝了搬家。他们各自的女人却非常愿意，大概跟着牧人过的日子实在令两位妇人厌倦了，儿子们说起城市生活的时候，两个老女人的眼睛里都快伸出翅膀来。她们更愿意跟儿孙们待在一起。两个坚守在高山顶上的男人经常在饭桌上佐以白酒度日，会在喝醉的时候将后代的生活称为"移民"。

"他们'移民'到了县城，就是这样，要远远地离开我们了，等着瞧，他们总有一天会厌倦在那儿的生活，没有马嘶叫的地方不算好地方，没有羊群的山坡不开花，没有牛尿冲洗的土地不长草，他们到了我们这个年纪才会明白，住惯了的山坡不嫌陡。"

儿子们最终同意他们留在牧场了，别无办法，除了考虑到老牧人的生活习惯，还有另一个因素：放牧对家庭的收入极有帮助。两个步入老年的牧人，挣的钱最终还是要给孩子们，不然给谁呢。

两个老牧马人舍不下高地的生活，成年累月地待在牧场，他们才会感到安心和快乐，当然更多的是艰苦，但这种艰辛已嵌入整个生命，成了生命的一部分。接受高寒地带的冷风和孤寂，接受马和羊群可能遭受的灾难和死亡，成了生活的内容，成了摆脱不了的惯性，有时候他们甚至坚信，在凉山州的众多山脉中，这样的海拔随处可见，像他们这样的牧人更是随处可见。即便在低海拔山区，人们也始终在放牧，这就像是，海边出水手，山边出牧人，生活环境造就的自然法则，到这个时候要换一种身份，哪怕活得比现在舒服，心理上也未必全盘接受。过于清闲的日子，没有风险的日子，对牧人的情感何尝不是一种抹杀。勇敢的人都乐意生活在大风里，因为他们会明白地感受到弱小生命在艰涩之中的挺拔和饱满。

但山下的确是热闹的，他们知道，他们见过那些五颜六色的灯光，饱满多情的夜景。他们像别的山区的老者一样，偶尔也渴望被潮水一样的热闹冲洗。为了打发孤寂，他们也会隔三岔五让一个人照看马群，另一个人下山去消解寂寞。轮换着去。

昨天轮到吉克里布下山。昨日的镇上，他遇见了不少熟悉的老朋友（包括我们这几个年轻人），甚至悲哀地遇见了年轻时候喜欢的姑娘，她已经老得快要没力气上街，看到她那个样子，他立马就泄气了。心爱姑娘的衰老明晃晃地戳在眼前，想要找根柱子稍微挡掉视线都来不及。在这片山区，女人们总是最先老去，这是所有人包括孩子们都明白的事。可他这会儿，却半点儿都不愿意亲眼见到自己喜欢过的姑娘衰老成这副模样。这就像是，他在同一个人身上失恋了两次。像所有的失恋者那样，他的一切情绪都表现在了神态上，他尽了最大力气才保持着清醒和体面，压制着哀伤的情绪走到已经满脸皱纹的姑娘跟前，满不在乎地打了一声招呼，就是这样，非常不在乎的样子。可是，这位心爱的老姑娘却并未马上将他认出来，她犹豫着，眨巴了几下"干枯"的眼睛，想点头又不想点头，最后若有所思地与他擦身而去，走出好几步才突然转身说"噢，是你啊"，没有表现出什么惊讶之色，比吉克里布的满不在乎更加满不在乎地走了。这就更让他难过了。他的"遭遇"当然被熟人们都看见了，我们也看见了，可我们这些年轻人与他的经历毕竟有悬殊，如果我们要安慰他，将是无从说起。只有他的老朋友们才能搭话，在过去二十年之前，他们在高山顶上一起放牧，那时候，大河坝还是挺热闹的，当然这说的是二十年前。老朋友们抓着他喝酒，想让他从刚刚坏掉的心情里面跳出来。他同意了，不再像前几次那样拒绝，这回他喝了好几杯酒，完全没有克制的意思，但他也没办法继续多喝，随着年岁增长，体内的器官对于酒精的消解感到吃力。

我们也跟他喝了起来。胡乱地在他的朋友那里到处敬酒，在他们面前，我们只能算是一群小朋友。当然，这已经是昨天的事情了。他从未像昨天那么醉过，还吐了一地。

昨天傍晚是我们护送他到山顶的，其实用不着护送，他的四百匹矮马中的一个，会准确地将他驮回家中。我们恐怕只能算作他的跟屁虫，时不时要来打扰他的生活。每一个季节，我们都会到大河坝住上几日。为了在他家旁边避风的地段搭上帐篷，可谓费尽心思，对他的马和羊群好一番赞美，直到他同意。昨天晚上，他倒是表达出了特别欢迎的意思。

现在他一定还感到头昏脑涨，稍微抬了一下脑袋就又放到了枕头上。山鹰在天上飞动，他掀开披毡时，正好撞见它们在云天上扇动的宽大翅膀，云彩白得晃眼。当然他也看见了我们，在他的院子外面，我们其实一直在等他醒来。

二

吉克里布有一双好腿，细瘦，有力，大河坝周围每一个山包，都被这双像缝纫机上不知累的细针样的腿，密密匝匝地"碾"过，我们甚至相信他能跟马赛跑。在他近六十岁的脸上，生命的活力一直没有消退，那是一张自信的脸，与他的目光相对时，觉得是在跟高空的星子相望。当他从早晨太阳的暖光中掀开披毡，他就用这双令人羡慕的勤快的细腿将我们领到了院子外面的山包上。灰色的草场外面是绿树，那树上已经坐满了野鸟。放养的黑山猪很早就在树林中活动，在落满了松果的林子中拱土，同时也将遗落在松叶里的松子吃掉。吉克里布和永聪喂养的白色乌鸡，也放养在草场上，它们经常跟野鸡野鸟们混在一起，也经常在黑山猪群里白花花地跑来跑去。吉克里布说，它们看到乌鸦落在猪背上时，会生气地跳起来把乌鸦赶走，不过它们经常看不见黑猪背上的黑乌鸦，都是黑黢黢的。在食物充足的草地上，鸡如果肚子没有填饱，在面对食物之外的东西上，注意力不会很集中。

这是初秋的草场了，马儿们很少出现在草地上，躲在草地边缘的树林中，可能在那些阴凉的树下的青草吃起来特别香，树脚下的花草总是最茂盛。它们倒是喜欢在中午太阳好的时候在草地上跑几圈，疯狂地扬起尘土，有时候四百匹马全部积聚在一起，商量好了似的进行一场拉练，从草场这头跑到那头，要很久才能看到它们再从那边回来，大河坝实在太宽广，也许它们觉得世界的宽大也不过如此。

我们要选在稍微高一些的山包上才能看到马儿们的活动。它们的身体是一条绵软的直线，它们漂亮、有劲儿，它们有温柔如水的眼睛，它们聚合在一起就像是被风吹胀了的大马，撒网似的铺天盖地从世界这边过去，再从世界那边回来。它们有顺滑的毛发和尾巴，有响亮动人的蹄音，只要站在高一些的山包上，我们就能见到它们自由的灵魂，仿佛是我们自己的灵魂的本相，在枯黄的草场上，跑得令人想要大哭起来。

吉克里布对我们每年都跑到山顶已经不感到奇怪了，在这片看似荒无人烟之地，时不时就要遇到一些陌生人，除了我们，他遇到过写书的，弹琴的，画画的，还有摄影师，都是一些看上去性格挺内向、情感很丰富的人。有人感到寂寞了，或者心情不舒坦，就总会跑到这儿来，就像我们，从未取消每年到这里住上几日的决定。生命在浩大的萧瑟中，不是被淹没，就是被漂浮而起，总会得到一些收获。

吉克里布把眼睛眯成一条细线，目光伸到草原的尽头，那儿还没有马跑回来的身影。我们还算幸运，就在刚才，上百匹骏马拉开身子跑过去了。

远处的金场坪子的山尖往年常有积雪，近年气候变暖，积雪的时间缩短了。山尖仍是亮眼的白，却并非积雪的白，是被阳光狠狠地照着，云彩一朵一朵从那儿的周围飘出，仿佛所有的白云都是从那个山尖上"吐"出去的。

吉克里布带着我们绕到了另外一个山包的梁子上，在最高处，一大片羊群和牛群铺满远处的草原，有吉克里布自己的，也有牧人永聪的。牲畜们只在小时候容易跑错院子，成年的羊群一眼就认出自己的主人，只要两位牧人往那儿一站，吹响口哨或张嘴喊它们，属于他们的牛羊就会来到身前。羊和牛，不太喜欢与马儿们待在一片地方，它们自觉地分成了两个队伍，当然有时候羊和牛也不喜欢待在一起，这样就会分成三队，因此，不管是吉克里布还是永聪，都需要在大河坝高高矮矮的山包上来来回回地跑，如果他们参加马拉松越野，可能也不会输给其他人；站在平坦的地方根本"追"不上牲畜们的影子，只有站到一个一个的山包上去追望，才能掌握它们在哪一片草场。它们也不会跑得太远，喜欢待在熟悉的几个地方转悠。当然，总有小羊丢失，有时候牛和马也会丢失，或者丧生在某个草场之外的悬崖。这些都是牧人必须面对的损失。"再正常不过的了，人吃五谷杂粮，生乱七八糟的毛病，牲畜们在野地上活动，总有跌落山崖的时候。"他们会这样去理解。

吉克里布用望远镜望了一下远方，脸上露出满意的神采。他不用仔细去数，牧人的眼睛和鹰眼一样锐利，只要不是一下子丢失很多只，就能掌握个大概。

太阳升到正空时，先前从草场跑出去的马儿们又跑回来了。

吉克里布唱起了山歌，唱山歌是他拿手的，跳舞就不行，他还不如一匹马的身段灵活。

三

抖掉烟斗里的残渣，重新燃起的烟叶还未抽完，吉克里布已经斜靠在火塘旁边的石头上睡着了。烟杆滑落到地上。他没有亲人陪伴，在他的脸上也就不会看到需要等什么人回家的那种盼望，他想睡就睡着了，放下所有的疲惫，柴火一燃，斜靠在那块石头上。那是一块特意搬回来做靠椅的石头，都已经有了年月，光滑得像一块褐色宝石。

可能只有在睡着的时候，人的衰老才会流水一样溢出，而这个真相，也只有在牧人的身边，与他近距离才能看到。脸上松垮的皮肤，粗糙如枯枝的手指，以及细瘦的小腿，头发过早地累成了灰白色，这一切只在他睡着了才会不受控制地展现。

门外是一场一场的秋风，风大的时候吹得山林全部叫唤起来。

马、羊和牛，已经在院子周围休息。狗叫声偶尔会在远处响几下，那是三条健壮的大狗，夜间，它们负责值守。在牧区，狗仍然有它不可替代的作用：防贼。在农耕地区，防贼就是它的天职，关键时刻还能救一下主人的性命。据说在某个牧场，一个牧人遭遇山贼，是他的狗儿们帮他打赢了那两个贼，若不是主人稍微阻拦，两个贼恐怕要丧生于狗嘴。

吉克里布无法闲着，众多的马匹和牛羊不能完全交给三只大狗，他每夜都要起来巡查好几次，在院子的外面跑几趟。冬天下雪时，他就必须赶着它们到避寒的地带寻找草料，夜间起来查看的次数就更多了。无论牲畜还是人类，都有体质上的差别，很多羊会在冬天死去，因为寒冷或是疾病，它们从体格上就比不过马和牛，生命的顽强似乎也比不过，幸好它们数量多，也就显得很旺盛。

今夜大风，吉克里布必须加紧补觉，他的五头牛在未来几天，也许就是明天或后天，就要下崽了。最麻烦的是，他的其中一只母猪也快下崽，也可能就在眼前这几日。母猪下崽最为烦心，如果是一只体形胖的母猪就更烦了，它会把自己生下的小猪崽全部压死，运气好了生得多，才有可能给人剩下那么两个三个。那笨拙的身体，就是无意中翻个身或者抬个腿，都能将它的孩子们全部弄死。母猪不宜过胖，胖了笨，笨了会要小猪命，就是这个原因。那将是他最忙的时候。他希望我们到时候可以帮他一把，可我们还从未见过牛是怎么生产的，包括猪，我们也不太了解。

吉克里布早就做好了给母牛接生的准备，还有快下崽的母猪，他也没有松懈。白天，母猪自行在草场觅食，傍晚，回到院子旁边的篱笆圈，他会给它精心准备一些汤水。

前几次下山，他选了一匹温驯的、脚力最好的马一起上街，买回来很多红糖，婴儿奶粉，几只塑料大号奶瓶，都是让那匹马驮回来的。这个地方上一次街尤其麻烦，幸好在两年前，因为他的养殖非常旺盛受到重视，上面特意给他从半山腰的主路上挖了一条可以通行小货车的土路，直延伸到他的院子门口。由于受海拔和山体条件所限，想要加宽到足够大货车通行难以实现，但小货车以及摩托车通行不成问题，马就更不用说了。它们有时候还特意在这条土路上跑几步。吉克里布卖出去的马和牛羊，总算不用像之前那样，自己费劲地请人帮忙一起赶送到半山腰交给买家。他现在下山赶集，也全靠这条新挖的路，即便这条路实在难走，几乎看不到泥土，全是石坷垃，又全是弯道，有些地方窄得刚好够放下小货车的四个轮子，胆量或技术不过关的司机根本不敢在这条路上跑。

吉克里布不会骑摩托车，永聪也不会。他们两个下山娱乐或采买的交通工具要么是自己的双腿，要么就倚靠马的四条腿。骑马是他们擅长的，无论上坡还是下坡，他们都可以稳坐马背。

过了大约一刻钟，吉克里布从瞌睡中醒来。他对我们笑了一下，擦掉从嘴角流出来的口水，将披毡裹在身上，摸黑到门外巡查去了。我们也跟着出门，他的房子位置选得很好，再大的风也动摇不了这块地方，这是个绝佳的避风口。

四

一头焦糖色的母牛站在月亮底下的院子里，这本来应该是一个不错的夜晚，因为月光很好，几乎把大河坝整个草场不留死角地照明了。吉克里布在房子外面的一个避风的角落生了一堆火，我们围坐在火边。今天傍晚时分，我们就被吉克里布从大河坝远处的灰色山梁上请回来，本来打算到另外的山顶走一走，恰好天气晴朗，山风也不大。那座我们想去的山顶，需要经过一片灰山石地带，再穿过两条杂木茂盛的山沟，才能见到那最高处的很多天然石笋和绝美的岩洞，运气好的话，还能遇到许多漂亮而物种稀奇的山鸡；当我们背着帐篷正要朝那个方向去，就被吉克里布喊住了，他非常焦急，一路上几乎是连滚带爬地追撵我们，因为母牛就要生产了，在我们告别他没多久，母牛就有了生产的迹象。这真是一头怪牛，我们坐在那儿等它生产的时候，它可一点儿动静都没有呢，等到让人失去耐心了，决定暂时离开了，它竟然要生产了。

那是一头第一次做母亲的牛，它惊恐难受地在院子的草地上折腾了好一会儿，却还没有将牛崽儿产下。吉克里布人手不足，永聪害了一场风寒，昨天晚上都没有到吉克里布的院子里串门，牛羊也是让吉克里布代为照看。

"这是牧人最大的麻烦，"吉克里布说，"不能生病，生病了也只能自己吃点儿药，硬扛，没有办法，谁都是这么混过来的。永聪在扛他身上的毛病，我只能自己给母牛接生啦。幸好你们在这儿，幸好我把你们及时地喊回来了，我需要人手。要是再年轻几岁，我一个人也可以应付。"

母牛有点难产，这是吉克里布着急喊我们帮忙的原因。

可我们什么都不懂。他还以为我们读书比他多，能有什么好点子，不应该对一头母牛的生产束手无策。我们到院子门口时，他说："你们都是农村长大的孩子，都见过这种场面的吧？随便搭把手就行了，你们按照我说的，我要你们怎么操作，你们就怎么操作。"我们含糊地不知道怎么表示才行。操作什么？真让人有点儿不好意思。

"好的呀，我们可以的。"最终，坐到火堆边时，我们这么说了。

母牛在草地上艰难地走动，四只脚因为肚子太大，走路时别扭地往两边分开，而它的尾巴下面，那团黑色的肿胀的肉洞一鼓一鼓的，仿佛还要继续增大，也的确在继续增大。

"它的羊水破了。"吉克里布说。

"噢天哪，要是在太阳底下就好啦。"我们说。

我们也不知道为什么说这句话。或许，一头母牛在月光下生产，会让月光变成凉水，凉水一样的光芒浇在它的身上，会让它看起来尤其可怜，而阳光不一样，阳光暖烘烘的，能让这个崭新的母亲在生产的时候舒服一点。

它在白扑扑的月光下，在我们无能为力的注视下，继续走了几步，痛得叫起来了。

我们望着吉克里布，想知道他有什么办法可以让母牛赶紧把小牛产下，它站在那儿的样子很伤我们的心，让我们联想到自己的母亲，不，我们其实是亲眼见到了自己出生的过程。母亲的身体在生产的那一天被血水浸湿，在那红色的河流里，我们也闭着眼睛，我们觉得小牛这会儿也是闭着眼睛的，像船一样划过它妈妈的身体，狭窄的"河水"的面上，就像我们曾经与母体世界告别那样，它也在与它的母体告别。只是它更艰难，等了半天，我们连它的小尾巴或者小脑袋都没有看到一点儿。可它早晚会出来的，会到明晃晃的太阳和月亮底下与主人和牛妈妈见面；它会拱破自己的原始的世界。我们也是这么出来的。我们的母亲不得不脱下裤子，像一条白鱼一样敞开肚皮，躺着，或者半蹲着，或者干脆坐到水里，据说在水中生产能减轻产妇的痛楚。不论在什么角落产子，她们都必须露出最为隐秘的地方。母亲们会目睹自己的下体渐渐变了形，疼痛已经吞噬了她。爱，在这一刻有力地侵袭到意识深处，也将作为一种支撑、一种信仰，使她打开自己，将那个心血凝成的孩子带到世上；她必须爱这个可以要了她性命的人，必须像一棵春天的树，把身体弯曲，再张嘴吐出新芽。她必须如此。她要看着自己变成一个古老的空洞，头发里流出的汗水仿佛是春天黑色的雨，这些她看得见看不见的苦难，都只能接受。她怀着巨大的羞耻和痛苦，最终发出虚弱的呻吟，并且流下了眼泪。母牛此刻也流下眼泪，它那低微的呻吟和人类母亲的呻吟没有两样。母亲们如果还想要保持自己的尊严，就只能把接生者当成空气，在产房里没有性别。母牛也是这么做的，它配合人类，当我们走过去明目张胆地盯着它的尾巴下面时，它就把头歪到了一边。

它继续走动，像个长条的蛋。

母牛最幸运的可能是它不用亲眼看到自己尾巴下面成了一个可怕的洞。

吉克里布脸上也有了慌张情绪，他好几次起身走到母牛身边，用手抚摸它的头，再绕到身子后面去观察产程。显然没有多少进展，它的产道狭窄，不过，也许是年轻的缘故，它很勇敢并持续发力。

"还早。"吉克里布说。他走回火堆旁边才说了这句话，在母牛跟前却没有吭声。

我们干坐着，不知道怎么办，就像我们的母亲生我们的时候，父亲就站在门口，咬着烟屁股转来转去，不知道怎么办。父亲也是造物者之一，可他似乎带着某种罪恶，有时候我们会这么觉得，所以父亲的形象偶尔显得那么脆弱和令人怀疑。母亲背负了许多苦难，她所享受的快乐那么短暂，痛苦却终生难忘。当然，她也跟所有坏的词和好的词联系在一起，她是一个丰富完整的"宇宙"，比方说，愚蠢，聪慧，豁达，无私，自私……她经历的痛苦后来需要我们来偿还，她给的爱，看起来是天性自然的，没有任何附加条件，是自然的本体的输出，可真相并非如此，她的爱有多温和就有多霸道，就像我们的母亲始终孤独地养育我们，几乎依靠不到自己的丈夫。母牛也一样，而且它更艰难，在畜界，双方交配完了之后，公牛就走了。公牛甚至可以不是吉克里布牛群里的一员，它随时有可能是在某一家人的牛群里发现的比较顺眼的"牛小伙儿"。母牛的意见是不重要的，公牛的意见也不重要，做牛的第一天就注定了，它们不需要有什么熟悉的过程，不需要在草地上跑几圈建立感情，甚至有时候，吉克里布说，也只有他还尊重着一头母牛的生理需求，它可以与陌生公牛交配已经算是幸福的事，起码让它看了一眼它未来牛儿的爹长什么样子，很多牧场里，母牛压根儿不用直接跟公牛交配，到它发情的时期，只会被人类的一只手掏鸟窝似的插入生殖器，进行人工授精，在它没有任何快乐的情况下直接怀孕产子。牛群的"爱"和野草一样，春风一吹，就要钻出泥土，就要迎接新鲜的世界。它们可能也早就习惯了。

这会儿，母牛已经侧身躺倒在地。它几乎失去了全部体力，原先的倔强荡然无存。吉克里布跑到母牛身后，很苦恼的样子，伸手抓了几下自己的头发。

"来帮忙吧。"他喊我们。

"找一根绳子来。"他指挥我们。

我们哪里知道他的绳子放在什么地方，左右找了几次没看见。他也突然想起来我们只是客人，笑了一下，自己跑进卧室抓了一条绳子跑出来。

我们有点茫然也很慌张，因为吉克里布这会儿突然变得更慌张了。

"给它助产。只能靠人力了。"他说。

这可就麻烦了，我们连母牛的那玩意儿是长在尾巴下面一点点也是刚刚才看清楚，我们之前还以为，它的东西是长在现在我们看清楚的这个位置再下面一点呢。小的时候我们见一头牛趴在另一头牛背上，还以为它们是亲兄弟在打闹，虽然这件事我们后来搞清楚了，但是，我们对牛的了解还是不行。接生就更不行了。

"我们不行。"张嘴就跟吉克里布说，求饶似的。

他连眼睛都懒得抬起来看我们一眼，低身把牛尾巴提着，让牛的屁股整个露在了外面。

"又不是喊你们生，是要你们帮个忙，只是小小地帮个忙，并不需要多大力气，听我指挥就行啦。"

牛屁股已经被羊水打湿了，母牛低吟着，它好像要死了。

一只黑色的小牛蹄子突然伸出产道，在那儿摇晃一下又想缩回去，可好像也缩不回去了。

"完了，这个小蠢牛，它来反了。"吉克里布说。他本来很焦灼，可能是终于看到小牛的蹄子了，又露出一点喜悦之色。

吉克里布把手伸入母牛的产道，将小牛往里边送了一下，我们已经看不到小牛的脚了，只看见吉克里布的手在产道里面帮小牛摆正位置，这要求手法必须掌握好，不然，也许会让母牛的子宫受损，没准儿还有更坏的事，母牛和小牛一起死掉。他已经是个老牧人了，见过许多母牛生产，也见过它们难产而死，他的接生经验都是从死掉的母牛身上积攒的，现如今，对于母牛的生产已经有了不少经验，可他同样也会害怕，再好的经验也难敌突发的意外灾厄。这里又高又远，不可能每一次都要依靠兽医帮忙。吉克里布抽出手，湿淋淋的羊水流到他挽起来的袖子上。要是在从前，我们会觉得这实在太脏了，黏糊糊的，邋里邋遢的。

随着他的手出来，小牛的脚也重新出来了，这回出来的是两只脚。吉克里布急忙抓着这两只脚，不让它乱晃。而我们，始终负责提着牛尾巴，也偶尔伸手去抚摸牛屁股，抚摸牛尾巴的根部，还有牛的肚皮以及背部，这些举动让我们心里舒缓和安定，一厢情愿地，仿佛帮助母牛分担了一些痛苦。

吉克里布用绳子套住了小牛的一双脚，它的小屁股也几乎要看到了，可是它卡住了，卡在母牛狭窄的产道里。他套好了绳子就把它递给我们。"抓稳了。"他说。

我们抓不稳。手在抖。这太刺激我们的眼睛了，生产的现场竟然是这么残暴。

"不要像个草包似的，你们一个个的，拿出你们见过世面的样子来。怕什么呢。"吉克里布用这种故意嘲笑的语气说。

我们平静心情，抓稳了绳子，稍微往后用力拖，有点儿像拔河但又不敢使劲。

吉克里布时不时用手去产道里掏一下，把小牛卡住的身子轻轻提拉或者挤一挤，母牛一声不吭，因为它已经没有吭声的力气了。它躺着，像个肉做的山包，只有虚弱的呼吸。我们撞见母牛眼里的泪水时，猛地转开目光，不敢与它对视。

"它流眼泪啦。"我们对着吉克里布的耳朵喊。

"那是汗水。你们一天天的，大惊小怪，把我耳朵吼聋了。"

"汗水？"

"就是汗水。"

"不可能，它肯定在哭。"

"就你们觉得它是在天天哭。不过也许它现在是在哭呢。要是这会儿我躺着生牛，我也哭。"

"不可能呀，不可能是汗水呀。"

"不可能'鸭'，肯定不可能是'鸭'，它是牛。狗可以从嘴里排汗，牛当然也可以从眼睛里排汗。它的汗腺没有那么发达，这会儿它经历产子之痛，挤压到泪腺，何况此时此刻，它这么劳累，想要排汗却无法正常排出，就会通过流泪的方式。我说清楚了没有？"

吉克里布边说边细致地把小牛的屁股往上提，又放下去再往左边晃动一下。动作娴熟。

看到小牛露出半个身子了，它是一头黑白色的小花牛，水灵灵的，非常可爱，虽然我们此时见到的不过是它的屁股而已，但无所谓，这起码也是个好看的屁股了。

吉克里布站起身，跟我们一起拽紧了绳子。"使劲拉。"他说。我们就使劲扯着绳子往后退，其中一人还提着母牛的尾巴，并且在那个地方随时观察小牛出来的状况，万一它又卡住了，就伸手帮个忙。吉克里布站在绳子的最前面，他需要告诉我们，什么时候该使多大的劲儿。

只听到仿佛是从河水里跳出来一条鱼的那种响声，小牛犊滑出产道，落在母牛屁股后面的草地上。它真漂亮，也真虚弱。小牛的嘴里呛进了羊水，吉克里布解开它后脚上的绳子，迅速将它倒提着，"挂"在了院子的围栏上。它软塌塌、乖乖地挂在那儿，整个产程也消耗了小牛的精力。

"一头小公牛。"吉克里布说。

我们不知道怎么一眼看出牛的性别，这个本事从小到大都不具备。就算刚刚我们弄清楚了母牛的生殖器位置，过几天把它投入到牛群中，我们还是分不清公牛和母牛。在区别食草动物的性别方面，我们没有能力，但我们仍然盲目地喜欢它们，认为它们身上有我们追寻却无法完成的某种自由精神。只不过，刚刚母牛的生产经历的确将我们从理想主义中暂时"扯"了出来，目睹了我们所追求的自由背后的钝痛，可这其实也没有特别影响我们对它们的热爱，除开生产以及繁殖遭遇，毕竟在草地上，所展示出来的表象的自由方面，它们给我们带来的精神上的满足感实在太强烈。谁让我们多数时候，在人类生活中，复杂的情感中，都不是特别快乐，尤其在遇到不好的人生遭遇时，很容易变成一群虚假的情怀主义者。我们不能像牛一样去吃草，却很享受看它们在阳光里吃草的样子，并坚定自己闻到了美好的自由香气。

我们根本也不会考虑牧人吉克里布生活里的艰辛，在他独自面对像今天这种母牛难产的状况时，他会像只可怜的老蚂蚁团团乱转，或者生病的时候，他怎么苦熬，我们不去想象，很难关心到这些。当然吉克里布也不会在乎我们关不关心，这是他自己的生活。

他把小牛从围栏上取下来，放到母牛身旁的干草上。小牛嘴里的羊水已经吐净。它绵软得像一团黑白色的云。

五

昨日新生的小牛给吉克里布带来了好心情，今日一过中午，他就开始张罗晚饭，煮了一只腊猪脚，杀了一只白色老公鸡。

小巧的簸箕里装了一堆玉米饭，用甑子蒸好倒入，搅拌蓬松之后堆成一个小山包。簸箕放在一块平整的石板上，石板足有半米高，也不知花了多少力气才弄回来的天然"桌子"。吉克里布喜欢将各种好看的石头往家里搬，磨刀石，桌子，凳子，包括火塘旁边那块倚靠着打瞌睡的石头，都是他弄回来的"家具"。这快要成为一个古人住的石头屋。

太阳偏西，饭菜准备好了。腊猪脚捞出来沥干汤水，围在簸箕里的玉米饭周围，猪脚汤里放了一把圆根萝卜叶子做的干酸菜，水再烧开后起锅，装入木萨（盛汤的器皿），几只木勺扣在簸箕边沿，鸡肉也沥干水分装入木萨，鸡头摆在最显眼的位置，是专门给主客食用的。吃鸡头的人必须有序地拆开头骨，观望骨内玄机，说一些吉祥话，诸如风调雨顺、畜牧旺盛之类。外地人至此，主客之间不会讲究太多。至于我们，也看不太懂，这个鸡头可以选择不吃，如果真想吃，拆开头骨后，说一些吉祥如意的话总不会错。这算是一顿上好的送别餐了，不仅是为了迎接小牛的新生，也是因我们明日一早下山，来不及吃早饭，吉克里布特意提早做了一顿感谢饭。

他从一个黑色木柜里掏出儿子们窖藏的老酒，瓶身还裹了一些发黄的旧报纸。

天黑时，我们全都醉倒了。吉克里布已经哼起了一种古老的民歌调子，这是牧人们喜欢随口编撰歌词的曲调，哼一会儿，歌词就出来了。他让我们自己翻译歌词，或者按照自己的理解去想象。我们便开始附和着他的声调，把那种经过了想象的歌词填入到他的曲子中。

秋天的草地马儿的黄尾巴

我的羊儿猪儿和灰色母牛

都在这片草原上

我的娃儿和他们的妈妈

去了高山下那个好地方

那怎么会有我这里好呀

可他们没有人会听我的话

吉克里布已经是个老人家

白天他醉醺醺在山坡上逛

晚上不清醒地睡着了

这是个没有人要的好地方

只有几个没有人要的好青年

背着行李跟我住了好几天

他们说他们来这里逛一趟

就仿佛回到了精神上的家乡

我想说孩子们呀，你们太年轻啦

我们的精神上，从来都没有家乡

……

吉克里布突然停顿下来，没有继续哼曲，太醉了，也许连他自己也不知道哼了些什么，也或者，我们按照自己的想象翻译的歌词不合他的心情。

牧人永聪感冒了一场，好起来却比普通人快，或许牧人的身体也和松树一样，不舒服了打个喷嚏，疾病就会像风一样飘走。永聪参加了这场送别宴。他其实比吉克里布的性格还要外向，也很细心，他说他一开始就看出来我们到这儿来的原因是心情都很颓丧，他教我们跳他自创的舞，还告诉我们，他年轻的时候差不多是个坏蛋，动不动就跳起来骂一句。他说他的意思是，我们这些突然跑到高山来散心的忧愁的年轻人，不用找什么借口，在外面受了委屈也不要紧，可以跳起来骂一句。如果我们愿意这样做，也许就根本用不着爬到这么高的山顶来散心了。人总要找一些乐子或者方法来疏通心情，只要肯去寻找，就一定能使内心快乐，就一定可以面对往后生活里的麻烦。他让我们不要太在乎面子，也不用觉得自己比其他人不幸，人应该活得像一丛一丛的苔藓，只要一点点土壤、水分和阳光，就能铺开自己的人生，世上没地方可以清除我们的烦恼，也没有任何地方可以永久地安放我们的灵魂。他说的"安放"这两个字突然就震住了人。吉克里布之前说，牧人永聪喜欢看书，搞得他也跟着看了好一阵子，看那种几行几行的玩意儿。

火塘里柴火烧得很旺，屋里也暖和，吉克里布却在门口的院坝里又点燃了一堆。而且，月亮也被点燃了，挂在屋檐对面高山的顶上，再过一会儿它就要飘到我们这片山的正上空。

吉克里布举起酒杯，我们来到门口，围在他身旁。觉得这会儿有点年轻牧人的感觉了，可是，真孤独，月亮把山体照得稀薄，把我们对面那几棵松树的影子挑落在地。

我们都醉醺醺，不知道其中哪些人在说，他离婚了，他欠债了，他房子太小，他房贷太重，他想大哭一场，他父亲住院，他母亲去世……声音很多，像蜜蜂筑巢。包括吉克里布自己也在说。当然，他是在说，后天牵哪一匹马下山买东西，他的鞋子好像也该换了，放牧什么都费，费神费力，费帆布鞋子。他对我们的忧愁不太关心，他说，再坏的事情都会过去，实在过不去，跟着几百匹马从大河坝这头的草场跑到那头，太阳落山之前从草场那头回来，什么烦恼都累掉了。

六

天还没完全亮开，我们就下山了。牧马人吉克里布在比我们更早的时候就去大河坝山包上看他的马。他可能是故意避开这场分别，昨夜他说过，最怕与人分分离离，为了避免这些，他都懒得与人交朋友。他的一条大肥狗把我们送出了院子。

　　下山途中，我们遇到了一个背着孩子骑摩托车上山的年轻女人，她是牧人永聪的女儿。她的骑车技术可能是方圆几十里最好的，在这条全是上坡加拐弯的石坷垃路上，车轮每一次滚动都带着节奏歪来扭去。她无法停下来与我们打招呼，迎面笑着朝山上骑去。

　　吉克里布后天可以暂时不下山了。永聪的女儿送去的一定是几斤品质醇厚的苞谷酒。她嫁给了另外一片山上的牧人，那个人还是个酿酒师。

昨日之事

我要是知道这个电话接下来会让我忙好几天，头一天晚上就不会把手机充满电，或者干脆继续睡大觉。我的心情本身就很烦躁，根本不愿意操心别的事情；可要是不接这个电话，又会闲得无聊，在出租房的四面墙壁下走来走去。这是周六，和以往任何时候差不多的身无分文的周六；每到这个日子，我就无事可干，无处可去，简直可用"穷途末路"来形容。晚睡晚起是我用来对付这种无聊时刻的办法。我都不知道日子什么时候才能过得好一点儿。我指的不是物质上的好。如果仅仅物质就能给我带来欢乐，那么我也可以像别人那样付出，但是，显然，我并不想跟别的女孩子一样，加班复加班，日日加班，月月加班，年年加班，把我这一点儿自认为精妙的青春年华全部抛在加班加点上，然后换取一些与我的付出根本不太相等的报酬，茫然地在大街上三下五除二就挥霍一空；以我的花钱能力，以及我所观察到的别的姑娘们的花钱能力，我可以肯定，我很快就能挥霍掉，就像她们也总是很快又变穷了。

我不是给自己的懒散和不上进寻找借口，我对那些没完没了的穷忙已经产生了荒芜感，使我没有太多信心像别人一样应付生活，忙得晕晕乎乎，挥霍得也晕晕乎乎。

我总是换工作，我需要在不同的环境里寻找到使我内心不那么荒芜的感觉，我以为这个方法会很奏效，可其实，在各种各样的工作环境里，我更加茫然了，像一条漂泊在陆地上的鱼，我时常觉得自己吐出的每一口气都是鱼类的泡泡，那么无端端地，在空气中无聊地、软弱地炸掉，并且只有我能感受到那些炸掉的东西。

频繁地更换工作，也就意味着我不停地在失业，口袋里的"粮食"就更没有保障了，而这一切"变故"又是我自己造成的，我都没有资格埋怨别人，更没有脸面向任何人求助，别人也不会同情这样一个我。那些我曾经要好或者关系不是特别好的同事们，往往会在了解我的"习性"之后渐渐与我疏远，我也就没有什么朋友了。可我还是不会汲取教训，仍然在某个工厂的流水线或者某个小作坊里干不满两个月又辞职了，又继续在大街上寻找下一个工作。我固执，也顽强，也可以说太任性而不计后果，从未考虑会不会将自己饿死，我相信天无绝人之路，也的确拥有几分好运，总是恰好在兜里不剩几毛钱的时候，找到下一个工作。

我需要养活自己，这是必须的，坏就坏在我仿佛只需要养活自己，内心真正的对于理想生活的幻想和追求并不显现，这便是我感到抑郁的因素。我有时候想以贫穷的力量去当一个大善人，比方说，我纯粹地去流浪，帮别人干活不求报酬只求一顿饭，可我又做不到，一是我没有很好的体力，体格小而短腿；二是我的性别以及年轻的身体不允许我成为一个女流浪者，我很可能会遭遇坏人的毒手，或者，生病饿死在某个天桥的黑洞里。我最好还是拥有一份工作才能稳妥。当个纯粹的流浪者起码在这个时候并不妥当。我可以在六十岁的时候去流浪，一个老人除了死亡能威胁，别的事对她也没有妨碍了。眼下，我显然还得安顿自己。有时候为了寻到一份好工作，或者仅仅是我不想亲自去寻找这份工作，我就会开口请人帮忙，在我过去那些好心同事的帮助下，我还是能找到比过去稍微好一点的工作。所谓的好一点，是针对工钱来讲，至于职务，永远是出卖力气。在工厂的生产车间里，我会被安排在适合小学毕业生从事的工种里面，而那样的岗位上，大多数工人的年龄都已经超出我很大一截，我跟她们一帮"老人家"混在一起，就时刻怀疑自己是不是也老了。我没有别的出路，就像她们这么大的岁数还守在这个岗位上，她们早已认命了，对我这个时刻感到颓丧的年轻姑娘抱着一种既是同情也是嘲讽的微笑："你早晚是要对生活投降的，早投降早快乐呀。"就是这种意思。

我不投降。不能。我时刻准备好了更换工作。

但我也知道，很多人都是茫然的、荒芜的，但在他们想来是稳定而完美地活完了一生。

我也许真是特别爱折腾，就像他们说的，就是不好好过日子。

可我看见过水里的鱼，它们在水面上时可没有享受静止呢，它们喜欢游到水的那一边，有时候还跳出水面，把水面砸出一个坑。我也喜欢这样，我喜欢跳几跳，也砸一个坑。如果我这样干的话，是不是就感到一切都圆满了？就好比工厂里的姑娘们总是会问：自由和丰沃的生活在哪儿呀？我是不是也可以在砸出一个坑之后感到满意，觉得自己找到了自由和丰沃的生活，我就不知道了。人生的烦恼是没有止境的，愿望也没有止境。我还没有活到一定的年岁，可以跟任何人坐下来探讨生活，可就目前而言，我不会对眼前的一切妥协，哪怕我会因此而烦恼不断。

我要是上了大学会不会好一点？这就不知道了。也许更不快活也说不定。现在这样以小学毕业生的身份在社会上闯荡，可能更好一点，起码能够说走就走，任意更换工作，将所有人的"好意"都置之不理，并且可以用"学历太低对工作不满意"作为借口，"光明正大"地在各种工作环境里变来变去。对于内心并不安定的我来说，最好有个职务能够令我长期喜欢。但是当然没有啦，不然怎会一直换来换去。那些好心的同事相当了解我，她们有多关心，也就有多担心，往往在我引起她们的同情那会儿，会很乐意帮我介绍工作，唯一的要求便是我能在她所介绍的那个岗位上至少干满一个月。我也总是能坚持一个月，但不是一直坚持，拿了工钱的第二天我就"失踪了"，懒得递交辞呈，是的，很多时候，我并没有真正跟工厂辞职，直接不去上班，是我最愿意干的事儿，每当我这么干的时候，觉得终于好像是把那些糟糕的事儿给报复过去了。我一点儿也不温顺，哪怕性格挺安静，看上去也很文弱，却根本不能像别的女生那样温柔和气，面对一些糟糕的工作，看在钱的分儿上，她们就温柔地忍受了，我不能忍，被无数粗暴的工种和它配备的规章制度打磨和揉捏之后，我很容易就发怒，不可能是个软软的面团。

　　我所了解到的是，工钱好的岗位往往最无聊也最榨取人的时间，根本感受不到自己还是一个完整的生命体；你只有眼睛、手和屁股还存在，你的思想都是不存在的，你的眼睛看着你的手在流水线上不停地跟那些玩意儿"搏斗"，没完没了的小零件从输送带上流水一样下来，你慢它快，你快它更快，你都没有时间考虑别的，只能像机器一样，恨不得自己是变形金刚而能赶上它的速度；而你的屁股就更麻烦了，凄惨地"粘"在凳子上一整天，它只有想要方便的时候才能从凳子上"撕"开，由于贴在凳子上的时间过久，它都坐扁了。我就是难以接受这样的活儿，简直有了上当受骗的感觉。我觉得就是忙到死，并且把整个生命里的时间和所能发挥的劳动速度全部填进去，也在这条流水线上讨不着半点儿胜利的味道。我们这些坐在流水线两边的女工，戴着蓝布帽子，低着头，像是一朵一朵的蘑菇，或者一个一个露在水面的脑袋，只见两手在流水线的输送带上抓来抓去，就像要溺死了，永远都上不了岸的样子。每当我想停下来休息一会儿，哪怕只是扭头打个哈欠，就会受到同事们的冷眼，她们就知道我又要偷懒了，说我速度已经很慢了，却还有脸偷懒。小组长始终站在我的身后，她知道在这条流水线上，只有我不喜欢配合她的工作，我总是要求她把输送带放慢一点，因为人非机器，这样的速度只会透支我们每一个人的精力，我们下班的时候几乎都要爬着回去，我告诉她这种超强体力活根本不是人干的，她就瞪我，就问我进厂是为了享受还是挣钱，如果是挣钱就闭嘴。我就只好闭嘴了。同事们并不希望我的要求被小组长采纳，她们需要钱，比起能挣到钱，人的精力或者劳动的公平与否根本就是小事一桩。我只能在心里想象，如果能找到一份喜欢的工作就好了，就不用将生命中所有的时间都奉献在令我厌倦的岗位上。反过来说，如果我喜欢那份工作，我倒是愿意把所有的时间都奉献，并且从中感受到快活。如果这样一份值得付出的工作来到眼前，就算它同样需要长久地将我的屁股"粘"在凳子上，那我也没有任何怨言，很愿意把屁股奉献出去。

我在茫然之中清楚地感受到内心的一个需求：除了养活身体，还需要一些别的乐趣，让我的精神整个饱满起来的乐趣。

可显然，我没有多余的时间追求别的乐子，工作也总是一个不如一个，越换越让人沮丧，没有任何一项工作符合我的需求。每天一睁开眼睛，我就出现在了生产车间的岗位上，运气过于烂的话，我会遇到一个特别繁忙、所有人都必须通宵加班的日子，月亮下山了才得以回到出租房，而我，其实是一个非常喜欢月光的人。我不愿意加班，但规定了必须加班的时候我就很难脱身，只能留在岗位上，只有稍微松闲了才可以走。而这些个日子，好不容易摆脱出来的日子，却让我更感到虚无，回到出租房除了睡觉和吃饭，便瞪着眼睛数墙壁上的火砖。我不知道这个活法对不对，反正，闲是闲下来了，不管用多少理由，总能想到办法为自己请假，无聊也确实挺无聊，突然给出一些自由，倒不知道该怎么办了，就跟个真的傻透了的人一样，在房间里转圈圈。到了月底，别的姑娘们的工资确实都比我高很多，就连一个其貌不扬的"老人家"的工资都能轻轻松松超过我，这也确实让我在瞄向她们工资条的一瞬间小小地羡慕了一下，可是接下来就平静了，接下来简直平静得可悲，我会转而冷酷地在内心说道：哼，不出半个月她们又穷了。

当然啦，她们只是一个月当中穷半个月，而我则是那个一直都很穷的人。我会提前把自己的工资预支出来买酒喝，我不喜欢聚会，喜欢独来独往，吃独食，喝独酒，只要到了周末，我就在出租房里喝醉了。昨天晚上我就是喝醉了睡着的。我都不能告诉父母，我是这么在外面谋生的，当初跟他们夸下海口，不闯出个样子就不回家。我要是让他们看到我所闯荡的样子，他们一定会痛骂一顿，既然不愿意吃苦挣钱，干什么还要在外面流浪，假如我是那么"淡泊名利"，为什么还要出来闯荡，在家里种红薯也挺好的呀。

昨天晚上我就拿定了主意，打算晚睡晚起，如果不是被电话吵醒，我这会儿应该还在做梦呢。

她挺悲伤，都快要哭出来，我听那气息，应该早就哭过了。她住在我这座城市的另外一个小镇上，我们已经半年没有见过面。她是我从前要好的同事，也跟我一样，一口不太熟练的普通话，来自遥远的西南方，我们有一个共同点，那就是在说普通话的时候尤其注意咬字发音，这样做的目的是减少被那些喜欢猜测别人身份的中老年妇女说闲话。在我们所从事过的工厂里面，女人们因为工作忙碌，就格外地需要一些乐子，一边像机器一样干活，一边像鸟一样叽叽喳喳说个不停。她们喜欢研究来自四面八方的姑娘们的身份，尤其是年轻的女孩子格外被"照顾"。当终于知道我们来自西南方最贫困的高原区域之后，她们看我们的眼神就像在看一所破房子，冷嘲热讽的能力跟她们对付流水线的速度一样高明，你几乎只能抵挡，毫无还手之力；有时你甚至要过了好一会儿才知道刚刚又被她们的言语戏耍了——"青春不等人啊！"她们总是伴着这样的感叹。抵不住流言的我和这位同事就在被拆穿身份的半个月后辞职了。

现在她一个人在那个小镇上，工作好像也挺不顺。

"你那边工资怎么样呢？"她开口就问我，这是我们这些喜欢"打游击"的工人互相爱问的话。如果谁那边工钱高一些，随时都可以换到对方厂里，有时候甚至都不在乎自己所在的地方愿不愿意放我们走，小作坊的老板有时候根本不愿意把我们干了许久的工钱结算出来（为了换工作方便，我们最喜欢在私人开设的小作坊里干活）。

听她的口气，她又想换地方了。

我不知道怎么回答。我还打算干几天就消失呢。

"雅晴，"我说，"你怎么了？"

我每次都会在说话之前喊一声，我喜欢她的名字，她的父母肯定比我的父母上学多，挺会给自己的女儿取名。我不喜欢父亲给我取的名字。我一共给自己取了至少十个名字了，几乎到了一个新的城市我就换一个新的名字，有时候我那些同事因为都来见我而相遇到了一起，呼唤我的名号都是不同的，她们就有一种上当受骗的感觉，哪怕不说出口我也知道，她们挺不高兴。但是随后她们又会高兴起来，只要我请她们吃一顿好的，告诉她们我有那么多名字的原因，就总会在第一时间爆笑并且原谅我。现在我的名字叫"颖"，以前叫"玲""云""双"……还有什么我忘了。现在使用的这个名字勉强被我喜欢，这个字有"脱颖而出"的意思，我迫切地需要这么一个字面的意思来支撑目前的生活。我需要脱颖而出，至于什么样的生活符合这样的意义，我不细想。

我都还没有睡醒呢，问完她"怎么了"之后，险些又睡着。

她说："就在上个月的上个月，我还跟他说话呢，可是三天前他就死了。他的朋友给我打来电话，说他死了。

"你不问我他怎么死的？"

我摇头。这不是多此一问嘛。

"你要是知道他是怎么死的，就会和我一样悲伤又愤怒了。我现在都搞不清自己该生气还是该怎么办，我都没有办法再从他口中质问到一些答案。他和一个姑娘死在一起了——一个姑娘！他们居然搂在一起死的。他和她一起自杀了。那个朋友说，他喜欢那个姑娘喜欢得要死，那个姑娘也爱他爱得要死，可是家里人觉得门不当户不对，不能接受这种结合，他们就在一个晚上一起喝药死了。你听起来气不气人？我真是要气死了。他上个月的上个月还说喜欢我，我们彼此聊得都挺开心，他还说，今年回家，他会第一时间到车站来接我，还要跟我一起到我家里做客。我也真的高兴得要死，因为，我其实老早就喜欢他了。你不知道我在说什么吗？你应该猜到了呀，他就是我上回给你说起过的，我在老家的时候喜欢的一个男生，不是我在这儿谈的男生。好吧，我确实谈了许多恋爱，没有一段成功的，所以你不要问我具体有多少段感情，说这些一点儿意义都没有。我反正最喜欢的人，就是老家那个死掉的蠢货。我现在心里就是这么称呼他的，蠢货，蠢透了。他怎么能不说一声就去死了。他住在我们的小镇上，家里挺有钱，就因为这个缘故，哪怕我跟他从小就认识、就是朋友，却一直都不敢说出自己的心思。我是个穷人家的姑娘，住在高山上，性格粗糙，我哪里能配得上这样的男生。我就挺自卑。只不过一直将他看成这辈子已经没办法靠近的心上人。可是上个月的上个月，他居然明明白白地跟我说：'雅晴，我喜欢你。'这句话直接导致我那天晚上高兴得没有睡着。你一定很嫌弃我这种不会隐藏感情的人。你要是像我一样，喜欢一个男生那么久，你就一定会跟我一样不会隐藏。你在听我说话吗？"

"在。"我赶紧发声。

"我那么喜欢他，可他抱着别的姑娘去死了？这像不像一个笑话。"

我都不知道应该怎么接她的话。因为她总是恋爱，又总是失恋，各种各样的失恋理由我都听过，当然这一次，的确挺沉重的，对方直接死掉了。如果是我，我也不知道怎么办。她总是那么不幸运，就像她生来就是个孤儿，她被自己的祖父母艰难地养育长大，从小睡在羊圈楼上，和一茬一茬的山羊一起成长。我愿意跟她待在一起的原因就是，我也睡过羊圈楼，甚至牛圈楼我也睡过，我们身上的一些成长气味儿是相通的。她给我的感觉，特别坚韧又特别微小，她需要被人关心和爱护，只要有人向她表达了她所需要的感情，她就总是像个蚂蚱似的，毫不犹豫就跳到这根感情的线上。我不知道那个男生是真死了还是假死了，她这个时候的表现确实像个死了恋人的人，脸上都没有半点儿神采了，心情一定很灰暗。

"你在听吗？"

"在。"

"你那边工资怎么样？我在这儿过得挺伤心的，我想换个工作缓和一下心情。要不然，你给我找一个工地上搬砖的活也好，我去卖掉一些力气，或许就不那么伤心了。"

"我不认识工地上的人，你也吃不了那个苦。你干吗要折磨自己，反正……"

"你说得对，颖，我吃不了那些苦，反正要不了几天我的心情又恢复了。既然他抱着别人去死，那就去死好了，我能怎么办，我都没有办法亲自去问清楚，他干什么要死了还骗我一回？我对他的感情可是真的，不然也不会这么难过，天地可鉴。也许有些人说得也对，我们不应该浪费时间去找什么真心的、完美的爱人，我们应该找个有本事的男人嫁掉，只要对方长得不是太难看就行了。可是，我们又只想让自己变得有本事，只想要一个完美的真心的爱人，颖，我知道你也是这么想的，你看你，你都快要活成一块火砖了，墙壁上那些火砖你都数清楚有多少块了吧？你应该忘记一些事了，知道吗？去找一些乐子吧，要不然，你还得继续数砖，如果是那样的话，你下次直接把自己这块火砖也加上，那就完整了，就不用再数了。你昨天没有出门走一走吗？哼，没有，我就知道没有……你说，他为什么要跟别人去死呢？"

"你想知道答案？"

"当然啦。你说说看，他为什么要死了还骗我一回。"

"也许他表白的时候就是跟那个姑娘感情受挫的时候，他可能没有恶意，只是心情低落，抓个朋友来依靠，他肯定知道你喜欢他，就干脆也说喜欢你了。如果他那个时候就不想活了，他是不是也想让你清清白白地高兴一下？"

"你想象力这么好，真是长了一颗恋爱的脑袋。"

"我可能是恋爱脑袋，但不是傻掉的那种脑袋。你知道我的意思是什么。我是安慰你，人都已经死了，反正你们之前只是在电话里谈情说爱，只是那么短短的两个月，既然他跟别的姑娘死在一起，与你说的情话也不会深到哪儿去，没准儿只是朋友之间的玩笑，他恐怕只是想让心情松快一些，找一点阳光照在自己身上，可是很显然，他的朋友，你，也没有让他想要活下去，毕竟你只是他的好朋友。他都死了，你生气难过也没有意义了，就当他跟你这个朋友告别的方式有些特殊，这样你就会好过一些。"

"你说得也有道理。他的确都没有跟我说过比'喜欢你'更好听的话了。这两个月我们也就通过三次电话，后面两次简直就是普普通通的相互问候，我当时还在心里怪他，怎么一点儿都不会当一个男朋友，姑娘们喜欢听什么，他难道不知道吗？现在我明白了，他不是不知道，是不想说。他也太年轻了，他的父母应该很伤心。现在想，有钱有什么用，没准儿都能害死自己的儿子。他们要是知道他居然这么草率地去死，肯定宁愿他随便娶一个什么样的女人，反正每一个人，都必须为自己的选择负责，父母根本不需要过于干涉儿女的自由，你说是不是？他的妈妈肯定又伤心又后悔又愤怒，他妈妈是一个暴躁而霸道的人，出了事儿最伤心的也总是她。"

"做父母的很伤心是肯定的。"

"我现在什么都不想干了，更茫然了。在我们这个年纪，心情最容易坏掉。你说是不是？你心情很好吗？"

我这会儿心情倒是挺好，但不能说出来。

"你现在身上有钱吗？"

我伸手到枕头底下摸出二十块钱，够干什么呢？开不了口回答她的问题。我没说有钱，也没说无钱，支支吾吾。

"你这几天帮我问一问工作的事情，我走路到你那边的街道，你告诉我地址，过几日就去。"

我相信她的脚力可以穿过那个镇区走到我这里来。我这二十块钱根本起不到什么作用，搭车到她那边，就不够我们两个人再坐回来。关键时刻我俩根本无法真正帮助到对方，却也不会因此疏远关系，越是这样的情况反而令对方更珍惜友情。只不过，她要独自面对许多路人的注目了，一个年轻姑娘在路上暴走，总是会引起一些目光，即便那些注视没有恶意，有时仅仅是条件反射的一瞥，走路人也会感到不自在。她不会喜欢自己的穷样子被很多人看到，只要太阳照着她的脚步，照出她冷寂的影子，让她在明亮的路上一个人悄悄前行就好了，她只会喜欢这种状态。但她决定好的事情无人能改变，我知道，很快她就会收拾行李上路了，也许她已经收拾好了行李，时间一到就出发。她会提着或扛着一只红色行李包，"当当当"向我这边奔来，怀着新的希望，使她的脚步更有力量。她都没有等我说一句稍微反对的话，就直接挂断了电话，让我接下去几天都要为了她的工作而去忙碌。

我其实半点儿心情都没有呢，头一天的醉意还在脑门儿顶上转圈圈。

第二天，周日，我开始给她找工作，一直到第三天下午都没有眉目，并且这第三天的下午，我上完正班匆匆忙忙就走了，根本没有理会车间管理员让我必须加班的嘱咐，我算是逃班了。第四天一早，车间主任堵在门口，递给我一张纸条子，阴阳怪气地说："您可是个大人物哪，我们这个庙太小啦，供不起。"我失业了。老板们最反感不喜欢加班的员工。"您以为自己是财神爷吗？到我的地方不加班干活，我是请您过来给我助旺财运的吗？您长得也不像招财猫啊，您走好啦。"

我必须为两个人的工作操劳了。

我住所周围的街面上都没有合适的工种，为了暂时缓一缓被炒鱿鱼的坏心情，我决定再去干老本行：针织横机或者套口。这两个工序我都可以胜任。雅晴也是针织制造业的熟练工，我想她不至于在这种我们两个都"走投无路"的情况下还对职务有什么要求。我们需要暂时过渡一下，而针织工作属于相对比较自由的活儿，以计件方式结算工资，老板大多好说话，辞职也较为方便，只不过，计价不一。处于闹市的针织作坊由于店铺租金以及开支高昂等原因，给工人的每一件衣服的计价低，而在偏僻区域的针织作坊，计价明显高一点。为了单价高低，我们也只好选择到偏僻一点儿的地方工作，并且同时还要了解作坊货源是否充足，即使计价合适，还要货源有所保障，很多小作坊货源不足，接不到订单，隔三岔五放假，工钱也就堪忧了。光了解这些信息就要花费好几天时间和精神。我需要同时了解很多家作坊才能从中选择合适的，甚至要到较远的乡间去，我的房子租在闹市区，如果找到远地方的活计，就不能在这里居住了，要再一次搬家。这些事情的细碎和麻烦程度，光是想象一下就很头疼，也幸好我早已经习惯这种奔波和操劳，就像我父亲所说，我已经是个可以打九十九分的跑江湖的姑娘了，只要肯付出耐心，对于换工作早就如换衣服的我来说，不管多么麻烦和细碎的事，最后都能得到解决。

我要是一直喜欢下馆子或者接受作坊老板们的"食堂"，就会在搬家的时候少一些麻烦，可我偏偏固执己见，喜欢自己做饭，喜欢家乡菜，也确实不太习惯外面的菜系。每次搬家，锅碗瓢盆就是一大麻烦，又不能将它们丢弃，许多厨具已经跟了我至少三年，我的床头底下一直塞着许多编织袋，专门用来对付每一次搬运。如果这次出门找工作顺利，再回到出租房，也就是我跟房东结算租金和水电费的日子了。我极害怕搬家，却也更害怕一直住在一个地方。我有时会故意搬来搬去，就像神经质，不换工作我也会进行一番"瞎折腾"，换租房，换到安静的地方或吵闹的地方，有时换大房子，有时换小房间。换得最差劲也最使我高兴的一回，是换到了乡下。厕所还是古老的旱厕，并且需要穿过一条黑漆漆的过道，到了地方，没有合适的蹲坑，也没有厕所门，灯也坏掉了，只能各自拿着手电筒，坐在那儿一直开着手电筒的光，作为一种"厕所有人"的信号灯，传达给恰好也要来如厕的租客，别人看到手电筒光就会在窄道那边等待。厕所的设计让人印象很深，一根很粗的檩子横在旱厕边，边上砌了一排约一米出头的砖，这根檩子就横在这一面砖做的围栏上，而我们的屁股，就是要搭在这根檩子上才能解决"问题"。有了这根檩子，也使得它的高度又高了许多，我因为个头矮，每次都要费劲地攀着边沿爬上去，就感觉拉一泡屎还要上一趟天，而别人几乎一抬屁股就坐上去了。后面就是厕坑，里面苍蝇横飞、目不可直视，由于知道背后就是坑，大家都比较认真，感冒头晕眼花也丝毫不敢松懈，谁也不想倒进粪坑里。

我强烈地感觉到，这次又要在城市边缘靠近乡下的地方工作，我和雅晴，很可能再次租到乡间的房屋。我几乎都要看到自己搬家的影像了：一辆小三轮车上装着我以及我的这些编织袋，"突突突"地跑向乡间的某个偏僻窄巷，像是收破烂或者卖破烂的。

事情也果然如我预感，不足十日，我已经找到了工作，确是到了乡间，房子也租在了那儿，厕所当然也是那种厕所了。没有办法，我已经爽快地交了定金（幸亏房租不贵，否则，车间管理员结算给我的工钱还不够付房钱呢）。

雅晴也顺利走到我在闹市租住的地方，其实她身上还有一些碎钱，不舍得用来搭车，她必须留着它们，要考虑到在接下来的生活开销方面。她的一只脚已经有点走肿了，脚底磨出两个好大的水泡，天不亮就开始暴走，一直走到天黑，路灯上来很久，她才站到了我的租房楼下。途中，为了不引起别人的注目或同情，她故意装出闲散的样子，好几个时候都放慢脚步甚至站在路边欣赏绿植。"穷人要保护自尊心，就只能在路上装出闲得蛋疼的模样，我就这么混着混着，混到这个时候才到，本来我应该更早一些到这儿的。"她说。她笑得脸上都有点儿起皱纹了，我都没有想到，我们这么年轻，却也能在脸上过早地出现皱纹，只要一笑，就似乎老了好几岁。她说她快要饿死了，我算是把她给扶上了楼梯。她来到的第二天，我们就搬到了乡下。

雅晴的着装已经变了样子，她更爱美了。

我吃惊于她的感情伤害的恢复期如此之快。

我们在乡下的第二个月，雅晴辞职，她又恋爱了，跟着同在一个作坊的北方男人去了上海。

我一个人留在乡下的针织作坊干了足足一年，是我工作最为持久的一回，也是精神上不那么虚无的一回。原因可笑处在于，我所租的民房背后有一棵梨树和几棵桃树，我住在这样几棵树边上，虽然错过它们开花的时节，却遇到了桃子成熟，偷偷摸摸采摘了几个桃果，使我想起遥远的高山上、小时候家门口的桃园和梨花，到它们成熟的时候，我也爬到树上，像摘取一个一个的月亮或红透了的太阳，使我觉得，我还像个有依靠的毛乎乎的孩子。我就是为了这几棵果树，在针织作坊干了一年，我根本不在乎厕所是不是旱厕，家园是不是我的，那都是无所谓的了。

那儿什么都没有

那儿什么都没有，她还是往那儿去了。

就是今天下午去的。

我们跟在她身后喊，嬢嬢（有时候也喊她姐姐），您算了吧，您何必生气呢，您回去呗。

她甩头说：你们滚。

我们还是跟在她身后走了好长一段路。因为有人要我们这么跟在她身后。可是这回，让我们盯着她的那个人并没有给我们什么好处，比方说，在他的糖果店铺里随手抓一把好吃的，五颗六颗，十颗八颗，给我们来上那么一点儿就再好不过了，像往常那样，脸上有没有笑容无所谓，只要及时地给我们递上一点儿好东西就行。可是没有这些了，他一反常态，摆着一张臭脸。

我们说，张某某，您不应该先给一点儿好处吗？就像之前那样，慷慨一点儿呗，要我们这几个人替您看着您的老婆，也不是一件省力的事儿，就不能率先给点儿使用眼睛的辛苦费吗？您自己不也嫌累嘛，您的眼睛都知道累，我们就更累了。

他说不，这次坚持不提前给东西。他说他发现我们开始欺骗他的感情了，拿了好处之后居然不诚心给他办事，至于使用眼睛，他说，小孩子眼睛正亮着呢，在你们这个年纪就是要多使用眼睛，才能让眼睛更"尖"更"锋利"，那么以后长大了，才不至于总是看错人。

他说话向来就是这么绕弯子。他就是想说自己看错人了，看错了他自己的老婆。他总怀疑他的女人在外面有什么事情瞒着他，怀疑她的心里装着许多坏事（主要怀疑她是不是跟别的男人有什么关系），可惜他又总是拿不出证据。他只能"邀请"我们给他当眼线，让我们看着他的"财产"。他说他父母可是花了不少钱才把这个女人给他娶进门，花了钱的东西（他说"东西"，而不是说人），当然就要牢牢看着，外面都是花花世界，她长得又那么标致，放出去谁也不会放心的。

他不知道他老婆也想让我们给她当眼线呢，当然，不是替她看着张某某，她对这种行为没有半点儿兴趣甚至憎恶，她只是希望我们把眼睛从她身上转开，去别的地方看一些值得看的稀罕玩意儿，少年人的眼睛，应该去发现更美好的东西，她的意思就是这个。她也说自己看错人了，要不是当年穷得睁不开眼睛，也不会茫然地答应这桩婚事。今天下午我们跟着她的途中，她很丧气，那会儿我们几乎并肩走，能看到她脸上不高兴的神情；有一会儿她扭头想要停下脚步，认认真真地开口求我们放弃跟在她身后，努力挤出来的一点儿笑容温和得就像我们的亲妈妈。她很哀愁地跟我们说，算了吧，你们赶紧回去吧，你们还小，还不知道大人之间的麻烦事，这些事跟你们没有关系也和你们讲不清楚，它琐碎得简直不值一提，但就是这么琐碎的事情最伤心，难道你们高兴每天被这样一个人看着，没有一点儿自由，没有一点儿信任，没有一点儿尊严？你们愿意像我一样，屁股后面跟着一群你们这样的孩子，观察我在外面干了什么坏事，跟什么人说话，说了几句，笑了几下，回去之后被一通言语羞辱，你们愿意活得像我一样吗？这算什么生活呢？我跟你们说这些能听得懂吗？摇头就对了，你们就是听不懂，所以我希望从今天开始，你们的脚可以用来走自己的路，而不是听从张某某的使唤，如果因为一点点儿好处就顺从别人，就不能控制自己，那么长大了也和今天一样，只是从一条小狗变成大狗而已，你们愿意这样活下去吗？你们摇头，你们害怕了是吗？我可不是在这儿有意吓唬你们，当初我也和你们现在一样茫然，以为自己终于穷到头了，终于可以捞到一点儿好处了，可是，看见了吧，我过得很好吗？你们摇头，那就对了，说明有些话对于这个年纪的孩子是最有用的，所以赶紧回去，不要从小就跟坏蛋学一些臭毛病，难道你们要选择像狗一样继续替他跑腿，一直跑一直跑吗？如果今天走在这儿的是你们的妈妈，为了获得那一点儿好吃的东西，你们就要出卖她，任她受了多大的委屈想要离开这儿，去别的地方生活或者只是短暂地散一散心，你们也要这么"扯"着她的后腿死活都不让走吗？好吧，你们居然点头，你们这些没有良心的小东西，我说了这么多话算是"喂狗"了。她就是这么说的。这些话应该算是求情了。我们无动于衷，不，没有无动于衷，心里有点儿被她的话震住了，感到心虚和彷徨，可还是继续迈开小腿跟在她身后，因为，我们一时也不知道怎么处理这件事，毕竟亲口答应了张某某，要把她的消息完完整整地带回去，只不过，我们渐渐地不知道怎么了，觉得浑身都没有力气，速度慢了下来。

我们其实也挺伤心的，听了她的话，没有几个人能做到不动感情。曾亲眼看见张某某打她，她的脸上还有一块拳头那么大的瘀青，很久了都不肯散去，就在昨天上午，他还狠狠地骂了她一顿也打了她一顿。具体不知道他们在吵什么，隐约听到女人说，她要离开他。张某某确实挺凶，人也懒惰，从不收拾屋子也不会打理自己的生活，如果女人有事出门，他就是熬到半夜十二点钟，也要等她回家了给他做饭吃。他都不知道如何将米饭做熟，也不学习一下，哪怕简单地炒一个菜，就像我们一样，也许比我们还要"小"，笨乎乎地离不了妈妈，仿佛没有断奶的小娃娃。

他是他父母最小的孩子，即使也出生在山村，却尤其受到宠爱，从不让他干一点儿山地上的粗活，就是眼下这间糖果店，也是父母给他操办起来的，女人也是父母给他娶进门的，这一切安排好了之后，他的父母才放心地死去了。为什么这样凶的人能娶到这么一个好看的女人？无论从哪方面比较，他都配不上人家的哪怕一根手指头。到底他们哪一个的眼睛看错了对方，我们也在思考。有时候差点儿就站在张某某女人那一边去了，尤其她那么可怜的又略微带点儿责备的眼睛望着我们的时候，我们的心思和脚步有点儿晃动，一种特别不好受的滋味在流窜，便想站到她那边去。

可我们都很穷呢，每当我们想要站到这个女人身边，不再成为张某某的狗腿子——整天替他跟踪她，"叮叮当当"地跑在外面也挺烦人，观察她在这条街上跟谁来往、与谁说话之类的事情就更烦人了……只要我们稍微表现出一点点儿不满的意思，张某某就发现了，就会及时地送给我们一把糖果，我们也就被"制"服了，又心服口服地笑眯眯地当起了他的小狗儿。

手里有糖就是好，有糖就是爹，我们吃的时候这么想。

手里有糖就是坏，有糖就干坏事，我们吃完糖果、脑子醒透了的时候会这么想。

我们都快为了那些好吃的糖果精神分裂了，想吃糖的时候心慌意乱，吃完了，得到满足之后那个空隙，却又感到内心空落落的，觉得羞耻并且悔恨，心里堆积许多疑问，为什么要为了糖果奉献如此多的精神，像狗一样，叫我们跟着谁就跟着谁，叫我们"咬"谁就"咬"谁？

可有什么办法，就眼下这种情况，都已经被张某某的糖果给"拴"住了脖子。除非有一天我们不再喜欢吃糖了，或者我们口袋里有钱买糖了，才能在他面前挺直了腰板儿。目前他手里掌握着那么多甜蜜的东西，是我们买不起却又想用"劳力"换取的，就像我们的父母，土地掌握着他们期待的粮食，所以没日没夜地，他们也为了那点儿粮食整天在付出劳动。他店里的甜东西只要散发出一点点味道，我们就能恍恍惚惚地被他使唤着到处跑，只要他在我们干完了指派给我们的任务之后给几颗糖果作为报酬，那么，就无所谓了，我们就觉得一切都值得，哪怕他要我们整天跟在他女人身后这件烦心事非常消耗我们的精力，也无所谓，只要他肯付出一点儿糖果就可以了。谁叫我们那么穷那么馋又那么狠心，并且那么悲哀地尤其对甜蜜的东西充满了幻想和期待呢？

糖果就是我们的命，它像绳子一样套牢我们，所以今天下午，还没有收到张某某的一点儿好处，就愿意继续给他当狗腿子，都不能确定干完活儿之后，他能不能兑现承诺，即使亲口说过，只要我们把他女人的具体去向拿准了，就会给出比从前更多的"酬劳",可是说这些话的时候,他的脸上可是看不到半点儿诚意呢。

我们又不得不冒险一试,很多大人也是这么冒险的,对于喜欢的东西就愿意冒险。他们说,舍不得孩子套不着狼,我们就是孩子,我们现在就把自己送入了张某某这个狼窝,看能不能从他那儿套来几颗糖果。但我们渐渐地跟不上她的脚步了。就在她跟我们说了那番话以后,开始挪不动脚跟,又口渴又饿又头晕,像是她给我们下了诅咒。快要黄昏时候,光线暗淡了,我们几乎彻彻底底看不见她的影子了。

小镇上的夜灯亮起来了,我们才从跟踪她的路上折回来,回到镇上的路灯下面,与张某某的店铺还有一段距离的地方。我们先靠着路灯杆儿休息了一下,谁也说不清,为什么这一次的跟踪会让人这么疲倦,不是身体的疲倦,而是整个人内心都垮掉了的疲倦。满脑子都是她伤心的脸以及苍茫的背影,她走在我们前面,弱小得像一只飞不起来的鸟,不,其实是,像我们的母亲或姐姐清瘦的影子;她在那儿努力地愤恨地想要飞走,加快了并不快的脚步,决然地、跌跌撞撞而去。我们一会儿想追上去逮住她,一会儿又不想。后来,她就彻底消失在了我们眼前,越过那个山沟里的三户人家,从一条隐秘的岔道往上走,跨过一条溪流,进入了更深的山林。我们知道那是通往另外一个小镇的捷径，只有很穷的人，非走不可、想要离开这儿又没有足够余钱的人，才会选择从这条密林中的小路艰难地走到那个镇上去，在那儿搭车离开，这样就能省下不少路费，也能从下一个地方直接彻底地离开这儿的每一座高山；只要她不停地走，天亮之前就可以到达那个镇上，再继续往前坐两天的车程，就能看到外面广阔的平原了。

山沟里当然什么都没有，张某某也是这么肯定的，那儿只有三户人家，还都是他们的亲戚，主要是他女人的亲戚，如果女人往那个方向去，那一定就是去走亲戚了。她还能去哪儿呢，她身上都没有几个钱。有一条可以不需要几个钱就能走出去的路，他就不知道了。我们回来的时候，他还坐在靠椅上驾着二郎腿摇啊摇啊，满怀信心，好像还等着女人回来给他做饭吃。我们根本没有打算将完整的信息"交"给他，只跟他说，她往山沟里去了，那儿什么都没有，就只有三户人家。

张某某兑现了承诺，他心情变得好起来了，既然那儿什么都没有，他就放心了。

所谓"什么都没有"，就是想弄清楚，她有没有跟可疑的陌生男人或者别的什么人接触。

我们没有告诉他，那儿有一条捷径可以走出去呢，而且，如果她一直走一直走，呵呵呵，我们的妈妈说，外面的世界才叫真正的花花世界，小镇上的这些，还不算什么。

他终于把她逼到真正的大世界里去了。

从明天开始我们就不打算吃糖了，要发狠心戒掉它。我们的妈妈说（嘿，又是我们妈妈说的，没错，妈妈的话总是很管用），有些东西越吃越上瘾，能让人上瘾的东西算什么好东西，会因此毁了自己，也可能毁了别人。

等水来

我妈白天干活肯定很累了，本来我以为她的身体里住着一头牛，可以从早到晚没完没了地耕地。她在打瞌睡，头往下沉的时候下巴撞在我的头顶。我也在打瞌睡，比她还想立即倒在床上。白天，很早的时候，我们就要一起到坡地上干活，那个时候太阳还不算毒辣，晒在我们的脑门儿上还挺舒服，她就喜欢挑这个时候出门，太早了，我的眼睛都睁不开，跟在她屁股后面走着走着不注意能摔到沟里去。有一次我就差点儿把自己的脖子摔断，她以为摔断了，抱着我的脖子扭了半天。从那以后每天早上出门，她就会强硬地牵着我的手，还有那头黄牛，一路爬坡上坎，把我们领到山顶的土地上。我很不喜欢被人牵着走路，这让我感觉自己就像一条红颜色的狗。我的衣服是红色的。

这个时候是初春，冬天才过去，但是耕地必须提早弄出来，许多人家的地里已经播上了早春的种子，只有我们家的土地——也许应该说，是我妈妈一个人的土地——还没有打理。我们这儿虽然是高原，但日照特别强烈，春天

133

的气温只不过比夏天稍微不那么热，如果是夏天，就只能穿上厚外套（反而是要这样穿着），不然阳光会把我们的胳膊晒脱皮。我就是这么被晒黑的，我喜欢露着胳膊像别的小孩那样在太阳底下乱跑。我们家的土地上，野草总是长得比庄稼好和快，忙不过来就会把我带上，我有时候根本不想去，但毕竟我再怎么小，也是长了一双手的，"长手的作用就是用来做事，你以为长着好看吗？"就是这种解释。我可以帮她拔草，能拔掉多少无所谓，总之能给她减轻一些负担。她应该就是这么考虑的吧。可我啥也干不好，我都不太能分清野草和庄稼。其实我爸也长了一双手的，而且比我的手还宽大，可惜他们两个在一起总是吵架，吵来吵去打来打去，看得我都快要烦死了，可能他们更烦。我爸基本上很难待在家里超过一个星期，他的大部分时间都用来游逛，像个被我妈妈赶出门或者被他妈妈抛弃的野孩子那样，他很少回到我们身边。有时候我奶奶会走到我家门口，把头伸进房门一点点，也不直接进门，问一句，我儿子回来了没有呢？也不等回答就走了。她儿子回没回来，她伸头那会儿就能看到了。

我爸总是在农活最忙的时候出门，这个老机灵鬼，他现在就已经在外面飘了好几天，谁也不知道他啥时候回来。其实无所谓了，我和妈妈从来没有想过我的爸爸是需要长年在家的，所以我们才会自食其力，自己干活，自己煮饭吃，大半夜地跑来这儿等水。我妈经常恶狠狠地称自己是寡妇，我当时不懂这个意思，只觉得有没有爸爸在身边都行，他们吵架的声音只要传进我的耳朵，或者就算不吵架，只是彼此阴沉沉地垮着脸，或者他们仅仅为了让我高兴在那儿表演出各种快乐的笑脸和一些好听的话，我就觉得，其实他们分开过日子是可以的，这样我就不需要每天也紧张兮兮地回应他们的演戏。这样搞的后果就是，我现在比他们还会演。我会在他们面前表演得格外幸福和快乐，可是随后，避开他们两位观众之后，我心里就冒出来更多闷闷不乐的情绪，胡思乱想，没有安全感，非常疲惫和害怕，担心哪一次我没有演好，或者哪一次，他们是真的高兴或不高兴，而我还在努力地表演着我的幸福，我都分不清我自己是不是真的快乐，或者有些时候，我真正快乐的时候，都在怀疑这是假的。

我从来不敢真正观察我妈妈的眼睛，她总是一副骄傲的无所畏惧的模样，而我的爸爸，就更是骄傲得几乎像只孔雀。他们只要一避开我，就会互相辱骂，而这个时候，往往我就在暗处听到了一切。

我时常躲在他们不知道的小房间，顺着墙根走路，蹲着走，绕着四面墙壁，走上好几圈都不知道疲累。这个游戏会让我心里获得平静和安全，我十分怕黑，但愿意待在黑暗中，摸到潮湿的墙壁会让我手心里冷冰冰的，像触及了天上的雨水，这会使我想念落雨的时候，一个人站在屋檐下伸手接住屋檐水，它们一颗一颗的特别饱满，落在我的手心上会发出"啪"的一响。我喜欢听那些本来没有声音的声音。墙壁的冷，也是有声音的。

我用这种无声的东西去掩盖我爸爸妈妈的吵架声，非常管用，能格外地获得力量。只要听够了他们的声音，我在墙根独自蹲着走几圈，就可以消耗掉了，就又可以继续听一段他们的吵闹。然后他们演戏时，我也能若无其事地加入表演之中。

有时候他们自己也演累了，就会突然问我如果爸爸妈妈分开生活行不行？我说行，但他们不信；我急忙改口说不行，他们又很悲哀的样子，半信半疑。到最后我怎么说都像是撒谎。

可事实上，我可能是世界上最希望他们分开生活的人。是他们自己要在那儿给我表演一对亲密敬爱的爸爸妈妈。

他们之间根本没有爱，但是在演着爱，没有包容，却在假装彼此忍让。一个是喋喋不休，有时又一言不发，令我都感到厌倦的女人；一个是懒散的，满脑子奇思妙想、神经质、暴脾气、醉醺醺，又不知道该怎么生活的男人。站在这样的人中间，我最累。我宁愿靠近其中一个。我潜意识里就是这么想的。可没有人在乎我怎么想。

我跟妈妈在一起并未觉得缺少了什么，她会给我准备食物，带我一起等水，就像现在这样，傻乎乎地坐在井边，等待水井积攒了一些水的时候把桶装满。即便这样的生活非常无聊、枯燥并且艰难，但也可以过下去。或者我如果非要跟爸爸在一起也行，他可以带我出去游历，假如他并不嫌弃我这样的一双小短腿经常拖延了他的赶路时间。

我现在是跟着妈妈生活的，从心理上来讲，我已经把他们两个分开了。所以我妈自称寡妇的时候，我没有格外地反对，只是在听说了"寡妇"的意思后，觉得爸爸死得挺有趣儿，别人死了都埋起来或烧成灰，只有他死了还到处活蹦乱跳。要是每一个死去的人都还能像他这样，那就好了，那就意味着别的东西死了也可以回归，比如我那条死掉的花狗，它就可以继续在我身边。人小的好处就在于根本不需要真正考虑自己该怎么过日子，跟着爸爸或妈妈，他们怎么生活我就怎么生活，仿佛挂在他们裤腰带上的一串钥匙，跟着晃就行了。我现在就跟着妈妈晃。白天我们两个要在山地上干活，没有时间慢慢耗在井边，水井的水流实在太小，那个冒水出来的地方看着就像一只要瞎掉的眼睛，每年总有几个时候，它就是这种要死不死的样子。我爸肯定也是特别嫌弃这样的日子，他性格急躁，很想抱怨却忍了又忍，"我真是受够你妈了！"最后终于巧妙地找到了一个实体的抱怨对象。这话多说几次，他都得意自己的聪明，他不直接说受够这口水井或者别的，反正他总算弄了一个漂亮的借口扬长而去。我都可以想象到，他每一次用这个借口离开时的心情，多么欢快和得意，就像一只终于逃脱了枯井的青蛙，一蹦一蹦地往山下走，越走越矮小和遥远，我就站在门口看着他的背影从眼前的山消失，再从对面山上那条草路上冒出来。隔着老远，我都可以辨别那就是我爸爸的影子，他在那儿也像是一蹦一蹦的，真的就是个旱地上的青蛙，要去水草丰沛的地方生活，可能再也不回来了。但他还是会回来。他只不过是去很远的另一边的乡政府，去找他在那儿当炊事员的老父亲喝一顿酒，喝得像个傻蛋，回来睡在峡谷里那条河沟边的山洞里，直到酒醒。如果他还不想回家，又会从那个山洞继续往别的地方去。我有时候都嫌弃他，干什么要跑来跑去，如果要走就走远一点，就别回来了，像一条疯了的狗似的，就在我们能"看见"的地方团团转，今天把自己丢到这一边的山，明天又把自己丢到那一边的山。但我其实也挺喜欢他这样跑，他出去之后我会暗自期待他回来（最起码，先回来把我带出去玩几趟再消失也可以），只要他回来，我就有机会偶尔也跟着他出去。我第一次看到另一边的山的样子，是他带我见识到的，我同时也在那个时候看到了山下的集镇，一片密密匝匝的房子像是掉入陷阱，挤在一处比我们那片山窝的峡谷里的小河更宽的河边，那就是我妈妈偶尔说起的"松新街"。我不太喜欢这个地方，但我向往那条可以流向远方的河水，也许我骨子里也继承了我爸爸喜欢游逛的习性——把自己放逐。

我妈很喜欢我长大了远远地走出去，她说女孩子就要远走，走得越远的人越有出息。不要学她。我还不懂这些。我现在肯定是走不了的，我还小，也特别害怕黑夜，觉得每一层的黑幕中都藏着一个鬼，即使我每次都躲在墙根下走路，也不能扫除对黑暗深处的恐惧。

也许我跟妈妈才是狗。我们是那种喜欢守在自己屋檐底下的狗，天气暖和了舒服地呜呜叫两声、天气冷了抖擞地呜呜叫两声，如果又累又饿，那我们就干脆什么声音都发不出来了。

我们现在蹲在快要枯竭的井边，就更像狗了。

我们其实可以去峡谷里取水，但夜路太长，挑水一直爬坡也容易渴，没准儿在路上就把桶里的水喝干了。

我们也可以搬到河边去住，但离土地又太远了，河水也不见得干净，雨季它浑浊得不像样。我们喜欢饮用山泉，即便它总是想要枯竭，可是很多年了，却没有直接完全枯竭的时候，我们只是需要付出大量的时间，就像现在这样，坐在这里等着那只冒水的眼睛。这个时候等水是最好的时机，没有人排队，不用感到浪费了别人的时间而惭愧，我们只需要浪费一点自己的睡眠。天亮的时候井边就有好几个人排队，每家都需要水，每一户都渴，有时候为了公平，都把桶子放在井边，一瓢一瓢地接了挨着桶倒进去，谁也没有意见。负责分水的人为了显示自己的气量，还总是把自家的桶子排在最后，如果是这样，属于他的那一瓢水即使稍微接满一点，也不会引起反感，大家都是沾亲带故，我们的邻里关系称得上和睦亲密。

可我想去河边住。我不想等水，尤其是在这样黑洞洞的晚上。为了省一点火把，我妈还时不时地把松明吹熄一会儿再点燃，点燃了又吹熄，搞得像鬼火。有一次有个朋友说她在晚上看到水井边有鬼火冒，我都不敢说，那是我和我妈在这里冒。

她有时候胆子比我还小，水井的山洞里一只蝙蝠飞出来，能把她吓得火把都晃熄。其实她也不用那么害怕，即使是晚上，也有人和我们一样来这儿等水。等着瞧，我又不是第一次见证，总会有人跟我们一样，白天没有时间在井边消耗。我们这儿的人属于半牧民式，逐地而居，所以住户非常松散，一个村的面积很大，住户最少的一个区域有时候只有两家人。在取水和土地两个选择中，会把房子建立在离土地最近的地方，方便耕种和收获。全人工耕种的土地，人力在这儿落下去就像天上落了一滴雨，几乎看不到什么效果，但整个人的力气包括一生一世，就这么隐没在土地上。我妈不会离开土地，无论如何，我看不到她真正要离开的样子。

我快要睡着了。

我觉得我妈又在扭我的脖子。

"你们还挺早的呀！"

我就说吧，总会有人来的。我大伯母来了。她拿着好大两只桶，看得我都要替这口水井感到绝望。

我妈把我从身边推开，只要有人来，她就不需要我了，就去跟人聊天，总有那么多话和苦水要倒一倒。我自己找地方坐。蹲在旁边的大石头上。这个石头是被雷劈开的，就像人的天灵盖那样，从它石头妈妈的脑袋上劈落到地上，但我妈不许我这么说，不许说这是人的天灵盖，她肯定是担心一个人在这儿等水的时候害怕。她只准我说，这是一个锅盖。也的确像个锅盖的形状，如果不是长满了杂草，我和我的朋友会把它打磨得更像个锅盖。

我大伯母等水去做豆花。连夜做豆花，听得我都瞌睡了。我妈可能聊高兴了，或者她其实也想吃点儿豆花，把自己好不容易接到的一点水倒给了我伯母。"你先用，锅里等着呢。"她说得那么慷慨大方，被松明照亮的笑容，低下头倒水时，在两边的麻花辫子之间垂着。

伯母非常高兴，她把水提走了，让我们天亮了去吃豆花。我和我妈等的就是这句话呢。

我们只能继续等水。我一点儿都不想坐在这里，坐在水井的石板上，屁股都成了冰块。

我想躺下来睡觉。

我已经睡着啦，并发现自己变成了一只水井里的青蛙，像我爸爸那样一蹦一蹦的，这让我非常惊喜，突然变样的腿和脚令我兴奋到差点儿笑出来，井水满满当当，把我漂在水的皮面上。一些薄薄的浪花，在那张变成了青蛙一样大的泉水的嘴巴里向我涌来，我偶尔伸出后腿去踩那些水泡，又去踩泉水那张扁嘴，把小石子儿踩来粘在我的脚心。我就一直在那儿踢啊游啊，偶尔漂到我妈妈的眼前，看到她一双疲惫的眼睛终于因为等到了那么多的泉水而笑，我都听到她那止不住的笑声，像雨点落在水面，连成一片。她终于可以好好地洗个澡了，把那一身的灰尘，都浸入到清水中。我还是第一次这么近地看见她的笑脸，白天，我们都醒着的时候，她是不可能有这份闲心和快乐，我也不会有时间来观察她的心情，我们两个跟在牛屁股后面耕地，灰头土脸，从土地这头走到那头，从那头走到这头，她的力气本来就比不上男人，作为男人耕地都费劲，她就更艰难了，完全吃不了苦却硬要吃下去的这份雄心支撑着她，才能持续将犁头扶稳，但也狼狈地一路摔着跟头。我呢，就在她和牛的旁边，拉着牛鼻子上的缰绳，看她一路摔跟头，爬起来又摔下去，脸上全是泥色的汗水，我也不敢丢了绳子跑开，她还年轻，还只生了我一个孩子，这条绳子我不牵就没有人帮她牵了。我们两个这样忙活到中午以后才能稍微休息一下，而那个时候，我们都很生气，又累又烦，也不是生对方的气，也可能在生对方的气但不想承认，彼此都垮着脸。直到我们终于快要把一大片土地耕完，抬眼看到松树林（我们的土地边缘都是松树），才露出笑容和对方说话。我在做梦，我做梦都知道自己在做梦，因为知道这是一场梦，而且是一场美好的梦，我就不想醒来，有一瞬间我差点儿就醒了，都感觉到我的眼皮在梦的外层翻了一翻，眼珠子动了两下，险些清醒过去，我就迫使自己沉在梦中，继续盯着她的笑脸。

"吃豆花了"的声音，把我给彻底闹醒，我才发现已经坐在了大伯母家的饭桌上，靠在我妈的怀里。我一醒来就被她推开，丢在冷板凳上独自坐着。我必须让自己立刻清醒。好梦被吵醒我很生气，但又不能真的生气，比起生气，更喜欢吃豆花。但我的胃口还没有完全打开，还被睡梦缠绕，头昏脑涨。天刚麻麻亮，就连门口那条狗也还弯着身子睡觉呢。

我妈懒得管我醒不醒，她只是发了一声"吃豆花"的信号就不管我了，就忙着去跟大伯母操持饭菜，剥葱头，打蘸水，一个稍微带点儿绿色的土碗里装了一些蒜末，旁边放着一小碟花椒粉和辣椒粉。等她们忙完，我已经把自己吃醒了——因为，实际上，我吃到的豆花和以前吃的味道不一样，但又不确定是不是自己没睡醒，吃错了。我闭着嘴巴，在碗边发呆，不敢说话，直到她们两个也坐上桌子，蘸了一块豆花放进嘴里，突然大叫"咋回事"，我才知道我不是吃错了味道，本来味道就不对。研究了一会儿，她们找到了原因，黑暗中把洗衣粉和石膏粉混到一起用了。

豆花毕竟还是做成了，丢了也可惜，那么好的豆子，产量又低，收成总共也没有超过二十斤，每一年吃豆花的次数不会超过两次；要不是第二天伯母家里也要耕地，她都不会舍得连夜做豆花呢。所以，等到天完全亮开时，伯父也起床了，还有堂姐和堂哥，他们都忍着一股奇怪的味道，把蘸水调到最浓，仍然将豆花全部都吃了下去。我哥说他那几天觉得肚子里特别干净。

我不知道我肚子里干不干净，反正只吃了一小口。

我妈说我这样的人如果遇到闹饥荒，会第一个饿死，而且她非常讨厌我这副样子，一点儿出息都没有，一点儿苦头都不能吃，女孩子能屈能伸，浪费粮食的人永远得不到富贵，也不配得到。

我才不管会不会饿死、会不会富贵，只希望水井里的水赶紧多起来。

我们吃完饭再到井边时，桶子居然是空的，本来已经接满了一桶，想着吃完饭时，水井肯定也积了一些，到时候只要将另一只装满就可以挑走，可是，它们空了。她只抱怨两句，也见怪不怪，因为之前我们也这么干过。"山高水少，怪得了谁呢。"她坐下去将几乎见底的水舀了几瓢倒进水桶，提着走了。把我一个人和另一只空桶，丢在水井边继续等水。

她回去我就自由了，就可以想象，河水分流出一小支，从峡谷里倒流上来，一路爬坡到我脚前，我就脱了鞋子把脚指头全部泡在水中，因为水多得吃不完了，我终于可以好好冲一下脚丫。

今天就是不行

我们两个蹲在山岗上，整整半个小时过去了，天还阴着，但肯定过一会儿会出太阳。好大一片树林把我们围在中间，好大几只鸟飞过林子，后来蹿出一只喜鹊。

我们准备去借钱。

我们谁也不打算先开口借钱，甚至走在对方的前面都不肯。

我们开始"谦让"。

"你去吧，就说我派你来的。"

"凭什么是我？"

"因为你是我生的。"

"那你还是我妈呢。"

"是啊，我是你妈，所以我有资格派你去，你要听我的，不是我听你的。"

"你天天说我像个闷蛋，一点儿屁用没有。"

"那都是气话。你最有用了。去吧，只要你把这件事办好了，以后有了钱，你想买什么我都答应。"

"我们什么时候才有钱？"

"那我就不知道了。但肯定会有钱。你相信谁会穷一辈子吗？"

"我相信。"

"你就这点儿出息，倒是跟你爹差不多。今天肯定是个好日子，喜鹊在你坐的那边叫，说明你运气好，你去比我去运气好。"

她竟然会相信一只鸟能给我带来好运。一只鸟，它除了带着一坨毛自己瞎飞，能给我什么？——能给我鸟屎。

"这不算什么大事，只是一件小事。"

"我觉得挺大的。"

"人没长大，脾气倒是长大了，你是不是想挨打？"

瞧，又要发火了，她也就只会这一招。我看向那只喜鹊，它冲我叫了一声飞走了。

我们这次借钱不多，也就二十块，借多了别人怕我们还不起，所以每一次，我妈的办法都是老一套，如果她需要五十块，她会分散着去借，这儿十元那儿二十元。这一片山上的人都是我们的债主或者曾经是债主，走在这些人面前，最怕的就是他们让我带话给我的妈妈，让她什么时候有时间了去把钱还给他们。我哪儿敢说，我妈有的是时间，就是没钱。

我们一年之中，大部分时间都在借债和还债以及躲债里度过。有时候大过年的，都有人跑来要债。

拆了东墙补西墙，这会儿我俩去借钱，也是为了还给上一家。换一个债主而已。可是走到这个地方，我妈不愿意往前走了。像往常那样，她又准备把这个事情交给我完成。让我去跟一个年纪挺大的老婆婆借钱。

"老人家心肠好。"她说，"你不要怕，家里就她一个人，也没有养狗，只有一只白鹅挺凶的，你绕着走，不要给它发现就行。它要是发现了，我也相信你打得赢，比起狗，鹅还是没那么狠。你去吧。"

我不。我怕的不是老人家，不是那只大白鹅，也不是狗，我怕的是不知道怎么开口。虽然我已经被她"训练有素"了，每一次"上场"之前我都怕得要死，不知如何说话，但是一到债主跟前，我那临时发挥的天赋就被激发出来。我是一个被逼到"绝境"后，总会突然爆发的社交天才（也可能是无知而无畏，又无依无靠，豁出去了的心态）。我可以把老奶奶哄得很开心，不管是哪一位，几乎所有的老奶奶都喜欢吃这一套，会说好话的孩子她们就是喜欢，到最后不仅会借钱给我，还会给我弄一些好吃的。只要我肯把正在学的六年级的课本上那些小故事讲给奶奶们听，那么，不管是谁家的奶奶，最后都会成为我奶奶，她们会恨不得我才是亲孙子，把我的手握在她们的手里，一遍一遍抚摸手背和手心，跟我说，年轻就是好啊，小孩子就是好啊，恐怕只有这个（我）孩子愿意跟我们说话了，之类。我自己的奶奶就不太好对付了，她不爱听我讲故事，她自己就挺会讲故事，我一开口她就知道我在瞎编，我得瞅着她心情好的时候才能与她多说几句。察言观色，我是在大人们的生活中学来的。可我也不是特别有心情跟她说话，我也是个心情时好时坏的人，而且我很记仇，一直放不下她说我是个赔钱货，拿我跟她的孙子们比较，说我这样的孙女也就值一块钱，她的孙子值一万块。我不服气。但如果我愿意跟亲奶奶说话，她是很开心的，我其实也很开心，在那会儿我会发现，我其实并不记仇，而且我还挺爱她，她也会忘记我是个脾气古怪的家伙。上一次我跟她借钱，她就把她藏在谷缸里的腊肉笑呵呵地翻出来让我带回家了。我妈都怀疑我是不是去错了地方，或者我是不是把我奶奶的腊肉偷回来了。我怎么可能会干偷盗的事呢！反正那一次，我和奶奶都表现得挺好，一个像极了当孙女的，一个像极了当奶奶的。就我妈充满了疑惑，就是她，眼前这个厌货，想去借钱又不敢去的这个人，她当时看着那块腊肉反复地疯了一样说："怎么你奶奶这回倒像是你奶奶了？"谁会高兴回答这么无聊的问题。那块腊肉可是很好吃的，被谷子给"熏"得比以往吃到的味道更好了。我是不能在她们任何一个人面前表现出态度的，就是说，我在奶奶跟前，不能表现出特别爱我妈妈那种意思。她们两个和别的那些婆婆妈妈一样，闲了就吵架，吵完又忘了，忘了又吵。有时候我不搭理她们任何一个，只要她们吵架，我既不喜欢这个，也不喜欢那个，哪一个都戳我的眼睛。

借钱也挺戳我的眼睛，就像长乱了的眼睫毛，仿佛一大片倒刺。我愿意当一个小穷光蛋，身无分文，走投无路，只要不去跟人借钱说好听的话就行，我如果是一条狗，不到饿极了，绝不开口"汪汪"叫。但我妈不甘心当一个老穷光蛋。她的愿望是当一个饭馆的女老板。她差点儿就有这个机会了，要不是我爸从中作梗，她的愿望没准儿就实现了呢。可是他们狠狠地吵了一架，我爸像一条穿裤子的鱼，每天把自己套起来就往外面的"河"里溜了，却不高兴看到我妈把这个山上的老房子扔了也溜走。他的世界可以大，她的世界不可以，她也确实没办法办到，没有这个条件和能力，她有时候显得极其柔弱，优柔寡断，顾左顾右，最后不了了之。

我妈觉得她应该是可以把我爸打死了丢到河里去的，如果她这么做不引起任何麻烦的话，如果打得赢的话，她就这么干。她说的。

我爸觉得他也可以把我妈一脚踹到山那边去，用我们吉克家族的飞毛腿，他说的，我们吉克毕摩家族本事很大，飞毛腿肯定好用，可惜他没有继承到老祖宗的本事，不然他就这么干了。他说的。

现在的问题不在我们家族到底有没有"飞毛腿"这一套功夫，以及我妈那种恨不得打死我爸扔河里的决心是不是坚定，现在的问题是，我不知道该怎么面对眼前这个颓废的妈，她不一定打得赢我爸爸，但她肯定可以随便打我，对于这种突然的攻击，我总不能还手吧？如果再喊几声没有得到满意的答复，她就要生气了。

　　他们两个都有打死对方的雄心，但是一到穷处，需要去外面借钱的节骨眼儿上，两个都一起颓废，一个比一个废。总的来说，我爸更废，但他喊我借钱的时候极少，不怎么管家，也经常不在家。他可能都要在外面四海为家了。我妈已经给他取好并且一直喊着这个法号："和尚老者"。如果这位四海为家的人有段时间经常在家，需要钱办什么事的话，他就会派我出马。我就像一杆红缨枪，他俩指哪家，我就戳到哪家去。有一次派我借米，家里已经只剩下四面墙壁了，老鼠都不来光顾。我爸递给我一只麻袋，让我去借米，我就扛着它，像个长了脑袋的空口袋似的飘出门去。那也是唯一一次我刚出门就被叫回来，没有成功借到东西的一回。

　　"风也大呀，怎么办呢？要不，我们先回去了，不借了。"她说。像是跟我商量，其实是在自言自语。

　　一丝风都没有，都不知道她在瞎说什么。不敢去就说不敢去呗。

我要站起来伸个懒腰了。刚站起来，她立马将我盯着："你想好啦？都记得我教你说的话了吗？"

我又赶紧蹲下。

"我就知道你靠不住。你说你，一个小孩子要什么脸？小孩子都是不用要脸的。你先去开口说出第一句，我跟着你去，你说完我马上接过来说，这样配合一下。我主要就是开不了第一句口。"

这话我就不喜欢听了，谁想开第一句口呢，又不是跟人家说："我们给您送点儿好吃的来了。"

她都开始气得要冒烟了吧，头发打散了再绑起来，绑了又打散。不管她怎么表现得六神无主，这回我就是不去开这个第一句。至少今天不行。今天我格外地想要面子，自尊心一直就像一块破布，借一次钱就像打一次补丁，这回我想少打一个，或者今天先不打。

一只散养的黑猪"哼哼哼"地从深林中冒出来，莽撞而无畏，四脚都敷着黄泥巴，头顶和屁股上也是，快成为一只花猪了。它的嘴巴又长又黑，嘴唇也厚，声音也厚，脸皮也厚，就连眼睛都是厚的，整个儿就是那种非常饱满和抗击的样子，我都想指挥它去帮我们开口借钱。如果猪能说话就好了。它只要负责帮我们说完第一句就行，我们"帮"它收拾后面的"残局"。

猪在那儿拱土，随后又隐入林子。我妈想靠我，靠不住，我没有人可以靠，我想靠猪，可是就像我妈靠不住我一样，我也靠不了什么，荒唐的想象还没收拾干净，黑猪夹着黑尾巴逃走了。

山的脊梁把我和我妈驮着，像驮着两只突然不动的跳蚤。我觉得我们就是跳蚤，黑漆漆的，瘦骨嶙峋但又把自己裹得很圆：抱着双膝。

我们的背脊都坐酸了，屁股也被地上的丝茅草戳得肉跳，但就是谁也不肯起身。这个时候谁先站起来，就像是被赋予了使命一样，要去改变我们的生活前景，或者，去改变我们一生的命运。有了这些心理负担，谁还敢随便站起来。就像被什么东西压扁了，我们安安分分地蹲在地上，抱着双膝，瞪着四个大眼睛，跟大街上面前摆一只碗的职业叫花子差不多。我们也就是缺一个碗罢了。可谁会承认自己是叫花子，我不会，她更不会。我和她都偶尔把眼睛放到四周去，这时候太阳已经出来，哪儿都很明媚，像是这一趟出门不是去借钱，而是来这儿欣赏日出。我们居住的周边风景不差，山高林密，百花齐放，百鸟翻飞，清风穿梭在树的身影里，小兽与家禽在青草上游动，这些所有生物，我们以前还没有好好欣赏过呢。我们连看白天的云和晚上的星空的时间都少有。这时候我们才注意到天空那么蓝，蓝得心惊肉跳，就像海水流在天上，白云洁净得像陆地上洗干净的羊群的衣服晾晒在那里。遥远而动人的一切抓着我们的目光。我们的目光像两只一无所载的贫穷的帆船，在天空上收割。这么一番张望之后，更感到了一种自身生命的贫瘠，觉得自己像是一个空空的绵软的容器，什么都没有承载，但也同时仿佛真的收割到了什么，突然之间，我们将视线瞄向对方，发现了对面眼眶中的悲伤和哀怨以及难得的温柔，随之而来的，我们都一齐展开了眼眉，冲着彼此舒畅地微笑起来。

当然，我们仍然蹲在地上，而且这回像是不带什么负担地蹲在地上。像是一切岿然不动或者正在流动的事物扩宽了我们的心胸，使得一种无形的神秘力量通过广袤万物灌入心中。主要是灌入她的心中。

在我还没有把脸上的笑容收起，她突然摇晃一下，摇晃一颗原本钉入深处的钉子那样，从地上把双脚提了起来，高出我的头顶，站在天空底下了。

"走。"

她只说了一个字。

我也把双脚从地上提起来了。

"哪儿去？"

我说了三个字。

"我们去采药。"

这回她冒出来五个字。

她想起了自己还有一项技能：识别药材。她对药书的精通不亚于任何赤脚医生。这是从我外公那里继承来的本事，那位可敬的老人家，一生都在寻找药材，一生的脚步都留在了山林。

我看出了她的企图。

"你不是要跟我说，去找草药卖吧？"

"有啥不行呢？"

"我不去。"我想起我还更小的时候，曾经跟她趴在一个巨大的石头上，扯一种叫作"藤藤黄"（金钱草）的药草，从早到晚，扯了很多天，堆起来像一座山，在太阳底下晒了两日之后拿去卖，只卖了两块零几分钱。可是即便如此不值钱，现在也很难找了，凡是值钱的东西早都被人搜光了。

"你这也不去，那也不去。"

她又坐下。

她是什么草药都敢放到嘴里尝试的人，我做不到，我不可能接受她的想法。我不要天天在树林里薅草药，也不要当神农吃百草，更不要当赤脚医生。如果非要让我选择一种职业，那就让我去放牛，并且只放一头。

她平时带我认得最多的就是草药，什么蒲公英，藤藤黄，接骨丹，独角苓，鱼腥草，等等，她要把这些经验全部导入我的脑海，但那个时候我只图好玩，不知道她又要开始培养我了。她总是培养我。一会儿希望我是数学天才，

155

一会儿又想我成为世界上最聪明的商人，而这两样都是我的弱项，尤其数学是弱项中的弱项，我都上到六年级了，还经常挨数学老师打呢。现在呢，借不到钱的眼下，她又开始培养我成为寻找草药的高手。她总是可以找到漂亮理由，并且在一阵悲观情绪之后突然乐观得就像明天就要发大财。她说，就是这会儿说的，站在明媚的阳光下，眼神温和地从麻花辫子之间流下："如果你生病了我不在身边，而你又无钱看病或者想省它一笔，就自己去寻找妙方。"她提到了"钱"字。这个字把她自己震醒了，但是很快又泄气。因为，实际上，她已经把识别草药的技能传授给了周边的妇人，要不然，我们怎么会连一根藤藤黄都薅不着？教会了徒弟，饿死了师父。

"算了，我们继续蹲着吧。"她说。

"我们坐够了就回家。等到屁股酸得受不了再回去。"她望着远处，嘴里居然叼着一根草。

反正今天我们两个说什么也不去借钱了，哪天都可以，今天就是不行。

狂风的香气

　　我心下抱怨他怎么就不能安慰我几句，表面上我态度极好，为他沏好了一壶茶。在那个角落的椅子上，他无聊地驾着一条腿，然后，抬起一双眼睛肆无忌惮地打量我这个小房间。

　　"你这儿家徒四壁呀，"他说，"好像跟过去也没什么两样。"这口气像是个百万富翁。要说穷，他现在比我穷得更狠。

　　但我不能反驳。我曾在最穷的时候被他帮助过至少半年。"这是个好人。"我那时候就这么告诉自己，现在也仍然没有忘记，这也是我今天打开房门让他进来的原因。

　　他在抖腿。我看不惯男人抖腿。想给他一两句责备，但要说了，也不会得到什么好结果，他保准会抖得更颤更快，就像安装了小马达。今天是我们相识的第十一年。我熟悉他身上的许多坏习惯。

　　"您需要多喝一点茶水才能将喉咙里的灰尘洗掉。"我试了试，把这句话滚到嘴边，只差一点点就说出来了，又怕引起他的不悦。他是个极其敏感的男人。跟他做朋友的这十一年,我必须像个老母亲一样照顾他的心情。可是为什么呢?我一方面也很委屈,对他的照顾并不完全心甘情愿——可能这些委屈更多在于:我从未享受过别人格外的照顾。我妈妈把我养大以后就没有再管我了,她从来不会考虑我的心情,只会告诉我,在任何地方,无论远地方或近地方,无论好环境还是坏环境,以后都要靠自己,不要指望任何人会像她那样照顾我的心情。从我踏出家门以后,她几乎把我当成了陌生人,有时候我给她买点儿东西,她会客客气气地跟我说"谢谢你啊"。她让我明白了一些事态的真相,就算是亲生母亲,你也无法在享受她那出自肺腑的关爱之后,认为是理所当然,你必须感激她如此厚爱你。她也是那么做的,她感谢你为她付出,而不是回报。可他不会感谢我,甚至都懒得管我照顾他心情这件事,他还劝我不要总是绷着神经,要接受人的任何一种情绪和待人接物的方式,要接受他就是这样一个几乎"透明"的朋友。

但是他"透明"吗?我觉得他今天的神经是绷着的,比我还绷得紧。

我这儿整栋楼都在装修,楼道里全是灰尘。刚刚上楼的时候,他还被一个身上驮着一包水泥的中年男人撞了一身灰。他在楼梯拐角咳嗽了好久,然后那个中年人放下水泥,非常关切的目光,不是愧疚也不是怀着歉意,用像他的亲兄弟那样的态度，问："您还好吗？"

他一下憋住气，忍了忍咳嗽说："当然好，我非常好，我以前也是这么干活的。"

那人很感激，"噢，那太好了，您肯定不会在乎这些水泥灰了"。把手伸到我朋友的肩膀上拍了拍，留下一个水泥灰做的掌印，然后扛着水泥爬楼了。他踩出了"咚咚咚"的响，那弯下去垂在胸前的一张灰脸上挂着自信的笑容，像是要告诉我的朋友，这样的活他可以干一辈子，而且停歇下来再遇到这样的灰尘保证一声也不会咳嗽，也就是说，他有点儿惊讶（或是轻微的蔑视）我朋友过于娇气了。

我扶着他上楼以后，他就坐在那把椅子上，摇着腿，始终没有喝一口茶水。

现在他起身了，站在窗前。

"你这儿风景倒还不错呢，窗外就是一条河，按照风水来讲，大吉大利。"

"你不要说风水了，我不信这个。"

"那你信什么？"

"我信我。"

"你说你过得不太顺心，是吧？"

真是太好了，他总算肯表示对我的关心。

我以为他要表示关心，可惜啊，和十一年前一样，他只不过问一句就不再说了。

他不问，我也不方便自己说。已经害怕与人述说心事了，哪怕是个再好的朋友，我也要改掉盲目吐露心事的坏毛病。我昨天刚刚决定和一个最好的女朋友断交，我在最无助的时候找她述说心事，我也承认自己多么唠叨，处于不好的情绪中无法克制，说起话来没完没了，她就厌烦了，就去找别人诉苦，说我多么沉浸在自己的世界里，多么不顾及别人的感受。我伤心了。我并非伤心她对我的评价，我只伤心我成了这样一个人。当然，也必须承认，有些人的友情并不值得信赖。但他是值得信赖的，他接受你最难看落魄的一面，也欣赏你的优雅尊贵，他真正知道人性的复杂和脆弱卑微，知道有的时候，再怎么雅致的人，也会不小心把尿滴在裤子里。

他又回到椅子上坐着，挺好的一副面孔，干干净净的帽子，下巴上胡子刮得洁净，还有许久不干粗活养得白嫩的双手，搭在椅子扶手上。他那么悠闲，看着像个不懂事的少年。

但是，呵呵，等着瞧吧，他要不了多大一会儿就原形毕露了。"看你能装多久！"就是这种想法在我心里跳跃。便干脆直瞪瞪地望着他，也不讲什么体面和礼貌。

他被我看得不自在了，眼神好几次飘到我这边又匆忙闪开。这就让人有点儿愧疚了。

我陷入胡思乱想、自我批评中。

为什么一定要对方将他那颓丧的、对生活已经失望或者麻木的样子展示给我呢？没必要啊。我一直就知道他是个流浪汉，就像他也是现在才看到我终于在这个地方定居，并且了解我过去是个什么鬼样子，要说谁原来的样子多么光鲜多么值得一提，就是个笑话。那我期待什么呢？说到底，我们都过着差不多的生活，哪怕他没有一间属于自己的房子，来我这里之前，我也不知道他具体在哪儿寄放身躯，可是难道拥有了一间属于自己的房子就完全摆脱了浪人的生涯吗？就算是现在，跟他相聚的这会儿时间，我也没有真正待在这个房间，我的心情早就从这儿飞出去了。而之前的每一天，我都在外面的草地上散步，不管我是否真正准备好了穿上漂亮衣裙。时间很急的时候，我来不及打扮，像一撮凌乱的羽毛，我觉得我已经从窗口直接一跃而去；只有极具耐心时，我才会像个住在这儿很久的人，假装跟这栋老掉牙的正在进行翻新的楼房之中的人无比熟悉，不管他们是否将我当成亲邻居，我都与他们打招呼，然后从宽敞的楼梯间走路下去，而不是乘坐电梯。到了楼房门口，我就自由了，就会大口地呼吸空气，然后一直朝着有沙漠的地方走，即便我周围哪儿也不会有这样一片地方。我喜欢沙漠，没有长一棵草，天上也不落一滴雨，每一步踏下去都成了灰，我就喜欢那样苍茫的地方。而出门之时，谁也不会想到我要冲着一无所有的地方去，我会提前深呼吸，让精神饱满，面对镜子露出笑容，对自己说："太好啦，今儿天气不错，大好春光"，我就是用这两种方式把自己送到房子外面。回来的时候，当我在那些一无所有之地一无所有地归来时，在楼道的第一个台阶前稍作停留，如果我愿意稍微让自己的双手沉甸甸地，不那么两手空空地回到房间，我就会再跑出楼房大门，一个经常蹲在大门边兜售水果的姑娘会把最好的果子卖给我，她会说："今儿天气不错，您买了这些水果，我就获得了一笔小钱，就可以回去休息，享受这一天的好时光了。"她会给我一张富足美丽的笑脸，而我，仿佛是从幽深的森林中采摘了水果，提着沉甸甸的果实，一边走一边摇晃腰肢。就是这样，我从没有真正觉得，已经完完全全定居，并且像一条毛茸茸的小乖狗那样，除了自己的房子，哪儿都不去。我只是不能不去想象和踏实地面对：仿佛我终于获得了富足饱满的生活。

他一定带着一种看穿我心思的信心踏入了这个房间，所以他抖腿，那么自然地，仿佛蹲在某个桥洞底下纳凉，仿佛坐在街道上某棵树下吹风，在这儿抖腿和在任何地方抖腿没有区别，他没有心理负担。他悠闲得只差一个草帽了。他坐的位置靠窗，太阳正晒着他的脸。

可怎么办呢？我们这样的友情，像是一点儿意思都没有了，他又不肯跟我说他过得挺差的，我也不肯说自己遭遇着什么。我即使每天出去流浪，表面上我给他的信念却是：我已经获得了享受生活的自由。

一个不被生活打败的心灵随时都可以像野鸟那样叫起来，可显然，这个房间里没有这样潇洒的两颗心灵。它们只是在伪装和支撑某种体面。一个不服输的人，刚刚还在楼梯间大肆宣扬曾经多么卖力地生存，一个更不服输的人，这会儿仿佛居高临下要将对方看穿，或者是，巴不得对方妥协，老老实实地率先说："哎，日子真不好过，我真难过。"如果任何一个率先脱下伪装，另一个也会放松自己，今天的见面就是值得的。

我突然感到很难过，很想说，所有的奋斗都是毫无意义的，我们只不过是走在路上的一粒尘土，也许明天就死了，有什么意思呢？我把自己搞一间房子装起来，假装活得多好，而实际上，仅仅是我带着呼吸提早钻入了坟墓。我应该走出去，到无边无际无涯之中、那些空无一物之中，去感受和迎接我心里真正活着的部分。

可我出不去。我也不愿意做第一个妥协的人。我要等这位朋友自己先跳出来说他的肺腑之言。等一下我还去接那位可爱的小学生放学，我要保持好心情，给她足以信赖的脸色，温和又美好，让她看到，不论遭遇什么，未来的生活都值得我们去奋斗和贡献，每一个人，都不可被任何事物打倒。

我挺直腰板。我多么坚强。我不被任何破碎的事物击溃。我想以这种态度暗示他：我是不可能认输的，你不行就先认输吧，你最应该先认输，在我面前，在一个仿佛是生活强者的面前，认输吧（这样我就可以跟着认输了）。

他挺直了腰板。他多么坚强。他更是一种茫然无畏的态度。他更加想暗示我：你不行就认输吧，别以为我不知道你刚刚已经从窗口出去了，你在外面像个流浪狗，邋里邋遢，就算给你的面前摆上许多条路，你也不知该往哪儿去，你是不得不重新回到房间里待着，你比我可怜，这会儿你的头发上还沾着从外面带进门的灰尘。

我们互相看着，都那么自信，甚至傲慢，都不认为自己已经是个很失败的人。

他的眼睛都快要鼓出来了，一大团目光，火一样地喷到我这边。

但是，呵呵，他很快就会暴露自己的缺点了。我太了解他了。就像他也了解我。他也知道我快要支撑不住了。我那么唠叨，爱管闲事，偶尔正气凛然，可是这些东西稍微被他这样的人目光一照，就很快松散了，就不能唠叨（如果我之前一直沉默，那很快我就要吵吵闹闹起来），然后，我那些所谓的正气凛然的大道理自己就漏气了。

我最好找个地方倚靠着。"就这么办。"我想。我就滑到了地上坐着。

瞧，他也从椅子上滑坐到地上。他不再坚持了。他看出来（一定是从我的目光中）我也要滑到地上坐着。

"哈哈哈……"他的喉咙在笑，声音并没有从他的嘴巴里跳出来，只是喉咙自己在那儿一鼓一鼓。

我们已经不打算装模作样了，从椅子上滑下来的那一刻，就做好了准备。他不再傲慢地假装自己今天过来纯粹就是拜访一下老友，也不是开口跟我借一大笔钱。"我心脏不太好。"他没有立即这样说，但很快就说了，当这句话送到我耳朵时，的确引起内心一阵颤动。他说来也是个年轻的中年人哪，还不是中年的最后期、接近老年那个阶段，这个年纪的人有些还在忙着跟年轻的妻子生孩子，可是他说他得了心脏病。其实在他说之前我就知道他身上出了毛病。我总有渠道知晓他的消息，或者是，他总有办法让消息走漏给我。如果要借取一大笔钱，首先要让人知晓借钱的原因，以及，如果他真需要这样，提前让人准备好一大把同情的眼泪会更令他满意，他好像也确实值得一个真心朋友为他伤感：没有妻子，没有孩子，居无定所。"听说有人跟我一样查出这个毛病以后，在房间里关起来走了整整一个晚上，就像跋山涉水那样。"

可惜得很，我没有同情的眼泪给他，谁能说，只有得了病的心脏才是衰弱的？我也时常心力交瘁，在一堆显然越发令我想要逃避的时日中，无法索性抽离时，我的心更加茫然和疼痛。只不过，我不能令它生病，当它抽痛的时候，我要说：不，你还有腐坏的事物要处理，你要坚强和硬朗，像太阳照着胸膛。我有自己的麻烦事，哪里还有心思关心他在房间里走了一个晚上。我自己走过的那些晚上，从未与人提及。

"这又不是什么大毛病，死不了人的。"我差点儿就说出这么不负责任的话了。

我们各靠着一面墙壁，对什么都无能为力的样子。

我之前有好几天时不时地就静下来思考，为什么我现在除了这间房子和我的孩子以外，仿佛一无所有，本身应该朝着更好的方向去，至少曾经很长的时间中，我像一头雌性耕牛，对未来生活充满了希望，耕耘，创造，仿佛看到人生的一大片土地都开满了庄稼的花，可现在不是这样了，我只想做一只灰堆里的地牯牛，就连脑袋我都懒得露出来，除非就像今天一样，我最亲爱的朋友来找我，像个骗子似的，他告诉我："地牯牛，地牯牛，有人偷你家苞谷。"那样我才会因为想到过去辛苦打拼的那点儿家当，谨慎地露出半颗脑袋。我应该一直充满希望，如果我真的是从前那个我，即便唠唠叨叨爱管闲事，即便我可能今天所面临的烦恼就在于那些唠唠叨叨和爱管闲事，可这有什么？我该心硬如铁，像从前那样，对于不好的事情就抛开，对于不好的生活就跳脱，我却没有那么干，我竟然在活到中年的时候变得格外有耐心和仁慈，是，仁慈，哪怕这种仁慈经常隐藏在内，不为外人看见和称道，而且我也愿意隐藏它并且告诉别人我其实是个坏蛋，只有我自己知道，这极其麻烦的仁慈之意严重地存在和妨碍了我的某些选择，导致我行事拖拖拉拉，性子悲悲戚戚像个老奶奶。

"可是一切都该结束了，不是吗？"当这样的话不断重复在我的内心，我也就渐渐冷却了一些情感。是的，我要结束一长段很早以前就选择的生活，那时候我对这段生活还抱持着信心和希望，可是谁又能想到，也许当初就是错误的，平白无故，我要将另一个比我更茫然的人请进房间，与其为伴，几乎像催眠彼此那样喊着口号"我们是两个孤独的人，但我们以后一定是幸福的两个人"，这样以后，我们就开始了彼此为伴的征程，连我们自己都相信了我们两个多么幸福，多么友爱和甜蜜。但是现在呢，就像河水流到了远处，它面上漂着的桃花已经湿透，在晚阳最后的光中，它都失去色彩啦。与我为伴的人，和我一样有着悲哀衰旧的脸，我要对他说："珍重吧，再见了。"

就让旧的人去寻找新的事物吧，到河流的远方去，戴着斗笠和蓑衣，戴着月光也合着尘埃。如果我们都是旅人，就这样歇一程，就可以走了。

我要站起来证明这一切都该结束了，"再见、再见！"要这样说，像个少年期的赌徒，把三张扑克牌砸在对手面前，告诉他，醒醒吧，我的朋友，你已经输掉了，而我赢了，就算你先前一直赢我，可这一次，我毕竟是赢了。然后我就要迅速离开场地，带着那种即便赢了最后一局仍然输得一无所有的勇气，去随便哪儿透一透气。这回出去，就不会再无路可走了。

我站起来了，从倚靠的墙壁上轻易起身，瞧，其实很容易的。如果一个人坚定了站起来，就一定不会倒下。

"你看着，"我对仍然还靠在墙壁上的朋友说，"我给你玩一个杂技。"我并没有说完这些话，起码后半句没有说完，走到为了节省空间而设立在客厅的敞开的小厨房跟前，从碗柜里摸出一个日式小碟子，退到我先前站的位置，瞄准厨房水池的方向，脱手就丢出去了。后来又是两声，跟我丢出去的碟子同样的响，这是他丢的。我这位心脏不好的朋友站在了我身旁，抢碟子的手势比我还在行，什么时候捞到的小碟子，我都没有察觉。我沉浸在破碎当中。"碎了。"我说。"还有呢？"他知道我有话，也该说了。我就顺势说道："我想告诉你，我过去选择的生活，不知道怎么搞的，就像这些易碎品，而我当初多么雄心万丈，可后来的时辰，很多时候都在这种破碎之中。我，还有我的那位伙伴，我们每一天都会摔碎一些东西，它们本来可以永远完整，但总是摔碎，无法弥补，并且我和我的伙伴都是完美主义者，哪怕总是摔碎东西，站在碎物之中，我们也是完美主义者，都不可能接受两个人站在这样的荒物上，那显得多么可悲。假设我们已经一百岁了，我们也会挂着拐杖从荒物上撤离，各走各路——我们根本不适合待在同一个房间。"

"碎了就碎了呗。我已经像你这样故意打碎和无意打碎了许多，不仅仅是碟子，还有碗、杯子和花瓶，碎的东西可多了，我最爱的一只勺子就是无意中摔碎的，你还打算把它们粘起来吗？我现在心脏可能也要碎了，也就是说，连我自己都是碎的，还能粘起来吗？不能的了。生活就是易碎的。我已经听明白你的意思。我不会表扬你的勇敢，也不会说你没有勇气面对荒物。别想这些没用的事儿了。有的人根本不适合在厨房里待着，也许，待在房子里也不合适。"他长出一口气，"你要出去走一走吗？如果你愿意真正地出去走一走。"

我们就来到了楼下。为了不引起邻居们好奇，下楼时我特意脱掉了高跟鞋，但他们仍然一个个地早已经把脑袋伸出房门等候。我一出门就撞见各种不同的目光。我哪里还会在意这些呢？谁家里的东西不碎掉一些呢？当然，我也有点儿心虚，毕竟闹出这些碎响似乎也影响到了别人，有时候自己的生活方式并不仅仅属于自己，如果我感到痛快的话，就一定有人感到不舒服，连续两个碟子摔碎，这些声音肯定把人吓了一跳。所以他们等在那儿，他们断定我会从这些破碎之中夺门而出，按照常理，谁都会夺门而出。他们的脑袋像太阳花似的挂在门旁。他们有些面色温和，透出一种格外关心人的样子，有些神色冷淡，就好像在说："还能有什么事儿值得你摔碗？"有些很不高兴，恨不得狠狠地当场瞪我一眼，他们都保持目光直视，就那么直直地望着。

但是，谁怕他们呢，就在我摔碎东西那会儿，我就顾不上那么多了。我挺直腰杆，和我的朋友，假装那些响动根本不是从我的房间里传出的，没准儿就是从他们这些人当中传出的呢。我们两个也直直地盯着他们，倒把他们看得有点儿不自在，一个一个地，都把脑袋缩回去了。只要关在房子里生活，谁都不能给易碎品打包票，确保一辈子完好无损。只要我们用他们怀疑我们的目光也怀疑地望着他们，他们就会和我们一样感到心虚。

我们骄傲地下了楼，我穿上高跟鞋，"当当当"地，就到了现在这所长桥上。桥下流水浑浊，前些天还从上游漂来一只死山羊和一只死鸡。白鹭经常停留在河边的草地上，这时候处于雨季，上游是一片高山绝地，时不时发生一些大大小小的泥石流，使得这条河水大半年都是浑浊的，也使得这些白净的野鹭翅膀都被泥水弄脏了，它们只有飞远飞高时，才让人看到那白得晃眼的影子。太阳总是照在河边的草地上，很久以前，草地比现在还宽阔，一位牧羊人顺河而下，把他的山羊送到这儿吃草。

"我以前在这儿放羊呢。"他说。

"啊？为何我没有将你认出来呢？"我惊异地说。

"可能那时候，我跟我的山羊一样，长着一张野生的脸。"

我们继续向前走，后来，我发现我根本走不过他。一路小跑跟在他身后。到了一个路口并肩站着，在我们边上，一位很老的女人背上"穿"着一件透亮的布袋，袋子里装着一些豆荚，沉甸甸地铺开在腰的位置，仿佛把庄稼长在了身上，绿灯一亮，她就率先走在我们前面，把我们"拖"到路那边去了。主要是把我的朋友拖走了，而我本身还在路口这边，没有动，只是目光和整个心思被牵到了对面。

"再见了，你回去吧。"他说。在那边挥手。

下一个绿灯一亮，我就追了过去，到了我朋友身边。这时候，他已经跟这位身上驮着豆荚的老妇人熟识了，他跟她聊得正欢。我有点儿嫉妒，但是也有点儿开心，因为我刚到他们身边，就被老妇人热情地欢迎了，我也跟她聊了起来。她那么温和的态度，那么苍老的脸，那么多的皱纹，那么干枯的身躯上还长着"庄稼"。

"这是留着回家吃的，不卖了。"她说，"你的朋友一时半会儿死不了的，你也会好起来的。"

我们就非常高兴，像是得到了祝福，一个比我们更落魄的同类的祝福。三个人都非常高兴，朝着流水的上游走去。我越走越快，就连旁边的人都在好奇地观察我的脚步了，偶尔会有人问：你一个人走那么快，是要去哪儿呢？

我不会告诉他们，我不是一个人，只要有人快速地在路上走，就不可能没有同伴，不可能没有获取走路的希望和力量，至于要去哪儿，也没必要告诉。他们只要看到，有那么多人，在他们身边急匆匆地，要去什么地方，总有什么地方值得那么多人去。

我都闻到野蘑菇的香气了，或者，是沙漠中狂风的香气。

最热的午后

　　如果我伯父还能流利说话，他一定会对我伯母说，你个烂婆娘，做事一点儿谱都没有了。

　　在最热的午后，他还裹着一条厚毯子，还挥着手表示自己很冷。大概也想拒绝所有人在这儿围着看他，或者也是另一种心思：怎么还有人不来看他，这个时候不是都应该来看望嘛。

　　可惜啊，他任凭一张嘴歪着，眼睛一只饱满一只几乎瞎掉，鼻子歪了，半个脸向右眼的方向扯着，一只手肌无力，拳头肿得山包那样大，废品似的搁在一条干枯的腿上，另一只手勉强还能拿勺子吃饭，但也颤抖，筛糠似的，像个刚学会抓拿东西的幼儿。就这么一个人，整天蹲在轮椅上发脾气。

　　如果他还能表现出极大的脾气，没有因中风瘫痪而失去语言能力，那就很可怕了。但是他发不出脾气来也很麻烦，也能让人感到害怕并且无能为力地一阵悲哀，也许他已经时刻感受到，自己快要死了，却又不能一下子死去，就是这种死亡的恐惧或者死亡的拖延，令他非常烦躁，当他要发泄脾气，起码从言语表达上无法满足这个愿望时，就尤其摆出一张难看的臭脸。直到他终于攒足了力气，某个瞬间，也许病痛稍微松懈，让他恢复了说话的能力时，他便喋喋不休。而多数时间他很沉默，用干瞪着两个眼睛来表达愤怒，当我伯母从他身前走过去，他正好很生气，就瞪着她。就这种态度很让人窒息，没有一刻令人精神轻松，只令人委屈甚至气恼，你都不知道该怎么安慰，或者，你也不想忍受了，"凭什么呢！"你会抱怨，又不是你让他生了病，你也想干脆跟这个病人对着干，也对他发一通脾气。

"哈哈哈……"我伯母一定在心里苦闷地长笑了很多回，对于伯父给她的烂脾气，如果她想好了要这么报复一下的话，她就会这么干。她年轻时候是个开朗爱笑的人，到现在，她表面上也做出了开朗的样子，虽然家里有了一个病人，某种维持亲人体面的尊严使她丝毫不畏惧，并且也不流露出扛不起事情的态度。她表现出了一个年迈老女主人的尊严，但凡有人来探望病人，她都耐心客气地接待，并且抽时间跟探望者交代病人情况，用她剩下的几颗牙齿，关不住风的嘴，在交代病情。探望者离开之后，她才会有时间整理情绪。她比生病的伯父更需要关心，但是，她没有这些待遇了。只好尽可能做一个极有耐心的女人。她甚至开始给伯父讲笑话，回忆往事，或者告诉他，庄稼和牲畜是否茂盛。她觉得，他可能还想关心一下五谷杂粮；她也尽量让他关心。人或许只有还关心外界的时候，生命才有延续的可能。当然她很老啦，能承担的东西也越来越少，原先肥胖的身体也似乎瘦了一点（只能从精神上分析她可能瘦了一点，实际上，她还是很胖的）。她的坚毅和勇敢，谁知道能支撑到什么时候呢？有时候我会担心，但是，我又不能说，"您实在不行的话，就干脆哭一场吧"。作为她的侄女，我最应该说的是，病人会好起来，只要他好了，所有人都会过得舒坦。可我也不会这么说。我是个悲观主义者，甚至是个可笑的悲观主义者，如果我感冒了，立刻会觉得，我也许会死在一个小小的感冒上；如果我手指受了伤，如果流血的话，我会晕血，我天生就晕血，等我从眩晕中醒来我就会觉得，要完蛋了，手指的伤口可能会发炎感染蔓延，会使我伤残，会成为一个没有手指头的怪人。

我杞人忧天。为了避免我是这样一个杞人忧天的浑蛋，我提醒自己不能成为这样一个令人讨厌的家伙，便故意在日常生活和与人交流中锻炼自己，说一些非常高昂和挺拔的话，对于一些很挫败的事情，我就抱着积极的态度，我自己也会"冲在前面"，令所有人听了都觉得，我就是个乐观主义者，是个很有出息能挑大事的人，是个天塌下来我还顶得住的人。真实的我随时都会把自己给吓死，我战战兢兢，为了克服这种毛病（只有我知道），我就要"转过身"生活，向死而生，我也摸出了这样一些生存的道理，并且有些时候，我也还真的精神饱满，确实比英雄主义还要英雄主义。可是这时候，我伯父这个样子，的确令我灰心丧气，都想直接告诉他，算了吧，您可能真的熬不过这个冬天了，要不，您想吃点儿什么东西，我去给您买，您吃好喝好，该走的时候就走吧，别留恋也别怨恨，跟我伯母说一声"再见吧老家伙"就得了。可我不能说。我伯母的眼色里还藏着某些期望。她还指望这个已经明摆着废了的老男人能站起来呢。所以，她在包容和理解病人，而且看样子，如果我真说了什么大逆不道的话，她会当场把我拍死。

　　但她在崩溃的边缘，每天重复着同一种或更多不同的悲哀的情绪，然后，肯定又暗自下了狠心：一定要撑住。一个没有生病的人是不能有理由倒下去的，不能有理由被什么事情击溃。她要像一条发胖的河流，把途经的暴风雨，枯枝败叶、泥沙俱下地包裹着向前去，一定要向前去，并且两眼不眨地看着前方，给自己画一个一个的大饼，告诉自己，很快很快地，那些幸福日子就会像不要钱似的冲她涌来。她就是这么坚持着，只要有人细心观察，就会触摸到她内心那碎末一样的情感。我眼睁睁地瞧着这位相当于是我母亲的老妇人在与她自己的坏心情抗衡。她不能被人安慰，甚至不能被同情和理解，也许她也不需要同情和理解。她需要的是挺直了腰板儿，像个女王。

而我伯父，他的困难可就大了。一个自尊心很强的人瘫痪在床，是很令他自己烦恼的。但除了发脾气还有什么出路呢？没有。所以他发脾气，发得令他自己都厌烦了。可还是只有发脾气。只有努力发脾气的时候，他可能才会觉得自己还有那么一点用，总算还是个活人。

很多时候他在寻死，这种心思当然出于细节的观察和揣摩。但是又怕死。他想跌下床去摔死自己。他想喝药毒死自己。当他要寻死那会儿，他希望床是高楼大厦，摔下去尸骨无存，可他真正滚落到床下，发现还活着，又费了很大力气在那儿挣扎着要爬到床上，却无论如何也爬不到床上，他瘫在床边，身体扭曲而抖颤，眼泪糊了一脸。就是这样，我伯母一会儿挨骂一会儿又挨骂的原因多数就在于，他跌下床去，她竟然不知道跑哪儿忙去了，竟然想让他摔死。他可能就是这么揣度的，所以他又骂上了……两个眼睛死死瞪着。

探望他的人隔三岔五就来，但时间长了，渐渐地，没有那么多人来看他了。有时候他们悄悄来，不亲自去床前，只稍坐片刻，就会找个合适的理由告辞。是病理性或者真的伤心，他总是流泪，一会儿哭，一会儿又哭，一张生病的脸，哭相不会好看。谁也无法长时间有耐心和勇气面对一个生病流泪的老人，他把人的心情都哭灰了。

他需要多喝一些牛奶。如果他愿意喝的话，我会帮忙给他插入一根吸管，然后把牛奶盒子递给他。我心里已经这么安排好了，却没有这么做。早上的牛奶是我伯母硬挤到他嘴里的，他不吞，硬闭着嘴巴，像是有人要给他灌毒药。他不想死，也不想活，他不知道该怎么办，他只气狠狠的。

在他对面的板凳上，我已经枯坐了半个时辰，陪着他烤太阳，烤夏天的太阳。早上，伯母和堂哥以及另一位亲戚把他搬到院子里，他就在那儿一会儿哭一会儿哭，也不说话，我也不说话。我在院子里坐着，哥哥们暂时去忙事情了，伯母在厨房做饭。可我哪里会照料病人呢，即使我也"一把年纪"了，可我内心从未觉得自己能担当重任，我觉得我也就十来岁吧。他们希望我给他讲故事吗？安慰他吗？那我该说点儿什么呢？

我们就这么面对面坐着，他一会儿认识我，喊出我的乳名；一会儿不认识，目光呆滞。

我觉得我该逃走。

太阳晒着我们两个，一个在他头顶，一个在我头顶，我觉得天上已经是两个太阳了。

有一会儿他睡着了，仰靠在轮椅上，张着嘴巴，像是要把太阳吃掉。

我就正好可以观察他了：

两条细腿，跟蚂蚱一样，如果还有蹦跶的力气，应该可以跳起来很高并且很远。但蚂蚱并不止两条腿，所以呢，啊，完了。

两个脚掌肿了，套着厚袜子，鼓鼓囊囊地塞在一双布鞋中。

两个手也没啥作用。垮塌。

一颗脑袋也没啥……可以这么说……没啥作用了，更多的是昏睡。

"怎么办呢？"我就想说，"这还是过去那个跟我父亲打架斗殴到天明的人吗？"

如果我有某种他们所说的，从我们吉克家族那里继承下来的神力，如果真有那种神力给我继承，那我现在是可以解救他的。我需要桃弓柳剑，需要白色雄鸡，需要一根拴住太阳脚板心的绳子，还需要一颗震慑用的大铜铃，需要法帽，需要披毡，需要签筒，还需要一面镇山鼓，需要一只山羊，需要一册经卷——我有这一切，再加上一颗勇敢壮硕的灵魂，就可以解救他了吧。可我除了勇敢壮硕的灵魂，其他一样没有。我是个一无所有的女婴，是个一无所有的女娃，是个一无所有的女士，是个精神花园时常遭窃或者压根儿就没有继承到精神遗产的穷光蛋。我除了继承家族的血液，就什么都没有了。

那他继承了什么呢？

"来，站起来试试，也许您继承了什么！"我应该这样说了刺激他一下。听说，有些人自己都不知道自己有什么能力，受到格外严重的刺激时，他们就伸出翅膀飞走了。

他有翅膀——我要他站起来，就必须这么坚信他那隐藏的翅膀和非凡能力，这样才能有信心去刺激他。

"嗨……"我跟他打招呼，用手在他眼前划拉几下，以便引起他的注意。像个昨天刚从大街上染了黄头发，并且在手背上文了一条蜈蚣回来的二杆子，说话没有一点儿尊老爱幼的礼貌，语气松活得像是跟我的平辈说话。

他当然听不见的，耳朵早在很年轻的时候就聋了一边。现在大概两边都是聋的。

他张着嘴吞太阳。有鼾声从脖子那里拱出来了，也许，如果他真的吞下了阳光，茂盛的阳光就肯定会堵塞一部分在喉咙，他"咕咕咕"的喉咙里的鼾声，有时候就像一些低微的鸟鸣。

伯母做完饭出来，看见睡着了的病人，执意要将他搬回床上，免得感冒。

天哪，感冒。

不能靠他太近，他呼出的气体味道太大。有些内在的东西在腐败了，势不可挡，不，大势已去。一个人的生命症状进入秋天之后，他必须接受自己一点点儿开始腐败的进程和事实。但我们不能告诉他，就像他自己也只能装糊涂。我们所有的亲人和朋友，都要一起假装病人的身体是有香气的，就像玫瑰花那样艳红的生命力的香气。

狗突然又哭了起来。他养大的狗，最近这一年，从年初就开始冒出哭音。他很烦它，还能勉强走路那会儿，他用棍子去收拾它，只要它哭，他就一瘸一拐去打它，扬言要将它打死了扔到河里。现在打不动了。正在我们搬他回床上休息的时候，狗又哭了。他醒来，瞪着两个眼睛，非常悲伤又气恼，也无助。

把他搬到那黑洞洞的房间里了，一扇小窗子跟前。如果不开窗，房间就是瞎掉的，气味也不好。心情好的时候他才要求把窗户打开，并且，最好屋里再开灯，就仿佛，全世界都被他点亮了。

他这会儿心情不好，窗门紧闭。厨房里在炖鸡，再过一会儿，我伯母就会笑嘻嘻地端着一碗鸡汤来哄他喝掉。他脾气真大。他的裤子都被自己攒够了力气那会儿撕烂了，从裤脚那里开撕，撕到完全失去力气。没有一条裤子是好的，衣服的袖子也一样，只要能被他撕烂的布料没有一块完整。尤其刚刚瘫痪那会儿，一只手还有力气，撕烂的东西就更多了。也用嘴咬着撕。他的床脚堆了好几件坏掉的衣服。

看吧，我就应该承认，他什么都没有继承到，没有翅膀，没有什么特殊能力。也可能继承到了一些。当他一个人安静地待在房间，一点儿声音都没有发出来，就仿佛追踪到了祖上的足迹，在被牵引和指明的道路上漫步和沉思。伯母进去撞见他的样子，她说，他闭着眼睛，居然面带微笑，好像梦中去了什么好地方。只有那个时候，伯母会想要他干脆就这么去吧，趁着沐浴在幸福之中时，不用醒来了。

刚从院子里搬入房间，他无法再立刻进入睡眠。他的狗也还在哭，就更睡不着了。为了逃避他那双愤怒的眼睛，而且是马上就要哭的眼睛，我们几乎是逃离了他的房间。

在院子里，一丛被去年冬天大雪压垮的竹林冒出一些新的竹笋和新的竹叶，像是要茂盛起来了。

伯母笑嘻嘻地端着一碗鸡汤进了伯父的房间，就知道她是在厨房里便准备好了这样一张笑脸，那种仿佛特意洗了一把脸后的干净笑容，也太像笑容了，像得都有点超过我们能接受的范围。她自己也觉得太像了吧，到了快跨入那道门时，又重新抹掉先前的，重新整理了一张她自己认为终于是自然舒适的笑脸，走进了房间。

越悲哀的事情，越要笑着去面对。这是我那死去的奶奶说的话。

那我们就笑呗，就像去年，不，去年的去年，我们的一位女性长辈去世的那天晚上，在殡仪馆守夜，百无聊赖，又不想让哀伤的情绪击溃，一群人便在灵堂门口打起了麻将。那麻将是临时借来的，子儿够大，都快赶上一个成年女人的拳头那么大了，几圈麻将下来，众人的情绪果然就快乐起来了，就都开始笑哈哈的。起先我们都还绷着神经，不肯露出笑面，长辈们还劝说我们应该笑一笑，孝子孝子，就是要笑，就算图一个谐音，我们也应该笑，这样才能显得我们就是孝子，死者才会高兴。他们不希望我们总是流眼泪，他们害怕亲人的眼泪对于死者而言，就是远行路上的大雨，会把亡者的魂魄浇湿。

可是，伯父还活着呢？

但如果我们总是丧着脸被他发现，他会觉得自己快完蛋了，绝不能让他感受到，仿佛所有人都已经提前给他哭丧，要是这样，他会认为我们诅咒他快点儿"走人"。

那就开心一点，说说笑笑是最好的。我父亲，也就是他那位排行第二的兄弟，年轻时候经常跟他打架的兄弟，就让我们放轻松，在这位"尊贵的、不好惹的"病人跟前别小心翼翼得像一群鸭子，我们应该大胆地从病人跟前走过去，如果我们真的希望伯父能好起来（心理健康），就不要总是把他看作一个病人。我就学起了父亲的建议，当我从伯父的窗户跟前走过的时候，居然没头没脑地朝着窗户里面问了一声"您需要喝水吗？有可乐"。当然，问完我就跑开了。我根本就做不到把他当成一个"完好"的人。我终于理解了，也终于明白，许多病人可能真的不是死于疾病，而确实有可能死于他人的同情或怜悯。

"一定要笑得像是很平常的高兴，对于他的毛病，就是一件小事情，很快就好了。如果你们有什么高兴的事儿，或者在外面找到一份什么好工作，都可以跟他说。他喜欢听这些，我敢肯定。他也应该听到一些好消息。"伯母说，"如果你们要跟他笑着说，他的病很快就好起来了，那就一定要小心，笑得不能让他觉得是假的，让他看到笑脸的时候，不觉得是在欺骗和安慰才行。他虽然不能说话，但是心里并不时常糊涂，他有时候可精明得很呢。"她教导我们，教我们如何讨取病人的欢心，以及不冒犯他。

煮好了鸡汤，哥哥们也忙完了事情，都坐在院子里等着吃饭。伯母从房间里出来说："吃起来吧，都吃吧，赶紧吃。"像是在安排什么喜宴，她笑出声音。像是在教我们如何正确地笑出声，如果需要笑出声音的话，就不能引起房间里病人的猜疑。

我们吃起来了。

我们现在最好要这样：假装病人不是病人，他只是在最热的午后打盹儿了，进房间小睡一会儿，我们要拿出好酒喝起来，热闹起来，碗筷声和笑声都要响起来。病人会很满意院子里的热闹，就仿佛秋收了，院子里堆满了新收的稻谷，有人到河沟里摸了鱼，有人送来了酒，都是他的后辈儿孙，他听到笑声后会跟着笑起来，然后，打了一个满意的嗝儿。

就是这样，顶着高高的太阳，我们要笑得像一朵精神抖擞的向日葵，而不可表现出半点儿被晒昏头的样子。生活里遭遇了不幸时如果需要谐音，孝子孝子，就要笑，就能使人忘忧，那我们就张开嘴巴，像青蛙一样吐泡泡。

飘荡

月亮被树枝挡着，树叶在秋风中飘荡，我如果要看一个圆满的月亮，就得从房间里出去。我靠在窗边，手肘硌得有点酸了。

我在听河水响。起先我是这么打算的，一直听到差不多要睡着，再顺势滚到床上去。我的床紧贴窗户。催眠自己的方式为倾听风声或河流的响。

"也不来点儿雨水。"

半天等不来睡眠，就会对天气抱怨一句。

我处于极度平静中，但其实并非如此，我处于极度动荡之中。很多年前，从未体验过生活的波动会给心情造成这么大的震动。

当我第一次觉悟到，人除了心情坏掉以后需要修复之外，还得支撑别的东西，用这份几近破碎的心情还要去支撑更为破碎的事物，而这些碎掉的东西有时你也根本搞不清为何突然间变成了那个样子，你本身是个完美主义者，极度热爱生活，热爱每一天的日头从东面山岗升起，又从西面山岗坠落。人很难掌握世态，所谓的命运，人妄自聪明。谁让我那么不甘心呢？如果我还有期许，或者对死水一般的生活突然要蹦跶几下，动荡就会产生，石头丢入水中，不论大还是小的水花就会溅起。在所有人看起来，我那么稳重幸福的生活根本不需要什么理由去改变，人就该如此平行地往前走，不要偏离这个轨迹，就能抵达幸福深处，仿佛前方都是桃花源，都只需要步调稳妥地走下去。可是，"我的天，怎么可能接受这样的日子呀"。当我开始躁动，我就知道完蛋了，又要成为一匹野马，平静日子算是过到头。

我一直在寻找人活着的意义，现在我仿佛琢磨到了一点，一个人想让自己的影子复活，就得让很多的光照在他的脑门儿上。我要出去，马上出去，就是现在 —— 光阴似箭。

来到楼下，我就摸着墙壁走路，起初并没有闭着眼睛，眼睛是后来闭上的，我为这个突然的做法高兴得要死。像个新瞎子，但无所谓，简直太兴奋，因为我觉得，有经验的盲人早就可以正常行走了，而我还是个刚刚决定主动不看任何东西的人，我早就该这么体验了，是吧，为什么在从前那么多时间中，除了睡觉不由自主闭上眼睛，其余时候，我要一直睁开眼睛呢？我简直太傻了，这么多年，我死死地盯着河水，河水没有倒流；我死死地盯着我的生活，生活莽莽苍苍。我早就该这么闭着眼睛，当我这么做的时候，很多东西开始变得温和（不温和也没关系）而具体。

瞧，我就知道他们要同情我。那些路人，那些我看不见的路人，可能无情无义，也可能诚实善良，此刻都打算来关心我，以往我看得见的时候他们根本不会凑近。他们要拽着我往那些复杂情绪的深坑中去。要我怎么办呢？对这种贸然闯过来的同情说"谢谢"吗？

我不说。

他们扶着我，扶我的那些手像温和的杨柳，像晚霞，像雾，但其实最像一大片仙人掌。我只是临时起意，闭着眼睛走一走。今天晚上我太无聊了，窗台上摆了许多从河滩拾来的小石子，我把它们像鱼一样搁在水中，没有下楼的时候，顺着数它们，又倒着数一遍。

闭着眼睛摸着墙壁走路，这些动作是我奶奶遗传给我的。在黑漆漆的山区农村的晚上，她就是这么照着月光，头上裹着一条青布头帕，顺着墙根走过去，到后屋檐去观察她的老母鸡有没有带好小鸡仔，或者，她只是走到墙壁的尽头又折回来，再重新睁开眼睛。我奶奶很穷，她那个时候所有的积蓄好像都是那些清水似的月光，所有的月光仿佛都照在她的屋檐上，使得她在晚上的影子特别饱满富足。我喜欢跟在她身后，哪怕大晚上了也不回家睡觉，哪怕我奶奶并不十分喜欢我，可有什么关系呢？我就是愿意跟着，观察她一天比一天老，一天比一天瞎，然后我再想一下，这样一个不太喜欢我的老奶奶，看到她这么落魄衰老的时候，我心里会不会很高兴。我不记得高不高兴了，可能会高兴，我是个挺记仇的人，但忘性也大，当她说她的眼睛反正也看不到多少光芒了的时候，我会因为这句话突然难过，而忘记她不喜欢我这件大事，就会安慰她：月亮就是您的眼睛。可能她也非常喜欢我这么说，后来她会忍不住夸赞，说我坏是有点坏，但终归是个好心肠的人。

　　那时候我作为小小的一颗人（只能用"一颗"去形容），我谁也不关心，只关心她的心思，能感受到她的快乐和忧愁。她跟我说，如果你感觉到生活很不顺利，就闭着眼睛，呼吸，走路，哪怕看上去像个傻子也不要紧，你就只管往前走，前面什么都没有但你要一直走，反正你也不知道会遇上什么，如果遇上好的，你就幸运了，如果遇上不好的，你反正也闭着眼睛并不害怕，当你睁开眼睛的时候，你会发现，世上该在的东西都还在，该消失的也消失了。她那么坦然，我现在才醒悟过来，就是刚才，我站在窗户看河水那会儿，我想起她的话。这是我下楼的主要原因。我的房子很小，如果在房间里转圈圈摸墙壁走路，我会觉得自己是一头驴子。

　　我要到宽大的地方行路。

　　我现在就是要闭着眼睛去前方看看，如果我奶奶说得不错，在那儿，我会看到那些东西都还在。

我选择了一条巷道，很深的巷道。墙壁整齐地排在两边，我随便选一边就可以朝前走。

可是他们同情我。这些我眼下不打算看到的漂亮路人，好像越来越多了，就像买菜那样把我围住。当然啦，他们的声音真好听，男的声音和女的声音，平底鞋的声音和高跟鞋的声音，还有年轻女人香水的味道，他们一大堆人，仿佛鸟儿在林中翠叫：怎么回事，咿呀咿呀。

我突然就张开眼睛了，他们就散了。

真泄气，我就知道会是这样的结果。骂我疯子之后，他们接着还会说，再也不相信世上有什么可怜人了。他们开始忙自己的事情，到巷子另一边的空地上录搞笑视频，非常干净的衣着，在那儿挨个蹲在墙根下进行表演。他们多热闹呀，而我这个失败的瞎子，曾梦想将自己影子复活的人，现在必须小心翼翼地从他们旁边走过去，顺着来路，最后回到我的房间，卸下刚刚被同情了一遍的旧心情，如果我是个男人，我还会刮一刮胡子，照着镜子说：好啦，您刚刚已经出去放过风了，就当您是树叶被风吹到楼下，该装的瞎也装了，又回到房间，反正您只能再次回到房间，像树叶总是落在人间。

明天又是崭新的一天了。

你一定要强势

这会儿坐在椅子上的我们两个，似乎都没地方可去了。外面落雨。

天已经不是我们的天。天是老天爷自己的。

有时候就是这样，你以为你多么了不起，靠着一副好心情，骄傲，自信，觉得天遂人愿，呸，根本不是那么一回事。上帝给你关上一扇窗，不一定给你打开一扇门，他可能会把门也堵了，但好歹会给你留个房顶，这就看你要不要掀开自己的屋檐了。每个人最终都取决于有没有勇气掀掉自己的屋檐。

这会儿我什么也不想干，掀屋檐？不，随便吧，上帝如果封了我的窗门，屋檐也焊死好啦，我又不打算出去。我只愿意发呆。如果不把发呆算作一件事，那就让我无事可做好啦。生命偶尔就是用来浪费——虚度——虚度常常会让人觉得幸福，仿佛已经尝到了人生之蜜。

昨天晚上我失眠，以为这一生就要完了，那会儿我是慌张的，多少人死在他们的中年，我也正值中年，可以称之为中年里的花季，也就是刚刚四十岁，这个时候的我，容貌还能跟岁月赌上最后一把大的，可是有可能我会在这个时候死掉。我就是差点儿死掉。这不是杞人忧天，那时我已经感觉到死神在摸我的额头，哄我跟他上路，心脏的跳声急促又响，伴随着耳鸣和昏沉。一股无名的怒火把我催促起来，在房间里像无头苍蝇转来转去。我还必须在这个时候仍然忍着怒气，因为我的女儿正在熟睡，她小小的裹在被窝里，一定梦到什么好玩的，时不时咯咯笑。我必须这样，因为，这是个单亲家庭的孩子，我得付出更多的爱才能弥补她在童年丧失的父爱——啊，一种所谓的圆满，被称为"圆满"的东西。

人一定要强势，这不仅仅是指脾气，更多指的是脾性，或者秉性。这是我母亲几乎过了六十年才悟出的道理，她让我一定要支撑起来，像一所房子的地基或钢架，面对各种选择，哪怕人类情感，万万不可拖泥带水，要拿得起放得下。我曾经以为这种生活方式多少有点儿快意，极其愿意这样去做，但实际操作起来，我偶尔也会感到茫然，因为我和大多数人类一样，有着天性的情感虚弱症，会有脆弱和愚蠢的时候，会进入某个认知盲区，会对失去或者得不到的东西念念不忘。但我又确实难以让自己在那样的处境中长时间低眉顺眼，为了一件不属于我的东西去纠缠，即使我那样去做了，转过身，必然就开始嘲笑自己：呵呵，你什么东西，多么卑弱和无意义。我也许的确已经秉持了母亲的愿望，不知不觉中，我这样胡乱强势地生活了半生。至于她说的有恩报恩，有仇报仇，这一点我可能很早以前就会了。

而我母亲本身是不够强势的。起码她有极多的缺憾，性格方面的矛盾，言语的矛盾，智商和情商的矛盾，人际关系方面的盲区。她只是凭着一股野生的力量把我养大，又对我进行教导，她希望自己的某些愿望可以在我身上实现。她具体要我实现什么呢？名利还是金钱？这都太浅薄了，最后她又陷入茫然。这使我不得不考虑，人类活到最后，就是一个黄布口袋似的帝江，一个到死都在研究自己却怎么也没有研究明白的神兽。

一个母亲影响一个孩子，十个母亲影响十个孩子，现在我把她夸大一些，她影响整个世界。世界是雌性的，如果人类有资格虚度，那一定是女人最有资格。可是她们会生孩子，这是个麻烦的问题，她还要生出别的性别，一种可以消减或者提升她力量的敌人或恩人。可她又发现，只是生了一个一个像自己又不像自己的人，似乎在循环着更大的谜语，这就使得她不能真正地进行光阴虚度，她得从椅子上站起来。

现在只能更缩小了看。世界有时候就得缩小了看。把我的各种野心和不切实际收拢起来。我现在要爱自己的孩子。相比男孩，我更喜欢女孩。我要爱这个自己的女孩。我愿意为她做很多事。当然有时候，我肯定也会伤害到这样一个我本来以为可以全然去爱的人。这就是生活的真相，我是她的母亲，她的世界的首创者，给她光和阴雨的人。自她跟我产生血缘关系的那天开始，就只能接受一切，当我选择天晴，她就要晒太阳；当我选择下雨，她就要打湿头发。我必须很强势地去进行这种布道，使得她也终于和我一样，某一天从椅子上站起来，对她的世界的首创者提出某些质疑或者感佩。现在，我选择了独自生活，就得付出更多的精力和时间去解释那一切。但这同时我还得怎么样呢，有时候像个坏蛋，有时候像个慈母，世界的样子，得给她展示一遍。

我现在要面对的是选择之后的事情。我并不怕给我的女儿看到世界的真样，我只是偶尔会有些疲倦。当然，并不是反悔，任何选择，哪怕选错了，也没必要反悔，更何况到今天为止，好的生活令我快意，不好的生活我也最终放弃，任何选择我并不感到错误和追恨。我愿意花更多时间去做善后工作。人不能沉湎在过去无谓的琐事里。不关注她丢失的那一半亲情，正是为了不再令她从我身上看到自己那么可怜，我不需要表现同情，她并不需要这些，我要让她知道即使生活变了一点儿，也没什么大不了。生活就是这样的，随时有可能变来变去，这是魔法世界，成年人和孩子一样，有时候有伴，有时候独自一人，现在我们两个要过的生活就是完全没有男生出现的一种自由状态。我得想办法让她理解，这就是自由，自由必然是由缺失某种生活元素而诞生的，它有时候可能会让人感受到某种孤独、痛苦和短暂的悔意，但更多时候我们能恣意地去寻找快乐，去爱更广阔的世界万物。我们现在只要愿意，就能打个包出门旅行。当然啦，前提是，她不能打扰我写作，而她也必须好好学习，至于考试成绩以及她要做什么工作，那都跟我没有太大的关系，也不要指望我会在她高考那天穿旗袍傻瓜似的立在考场门口。我顶多会告诉她，我们要获得的自由生活，完全建立在我们对生活付出了多少努力和诚意，也取决于你舍弃了什么，如果你觉得对生活有很多话说，那就去当作家，或者旅行家，或者画家。我喜欢女孩子有自己的事做，跟我母亲那些茫然的愿望相比，我对自己女儿的愿望又清晰了一些，希望她自强自立、开心快乐，名利富贵，随缘而取，如果她有一肚子苦水，我就愿意看到她去写作或画画，而千万不要抓着亲朋一顿倾诉，那是会失望的。没有人的生活是被别人打乱和破坏，都是自己打乱和破坏，人的成功和失败，基本都取决于自身的胆识和眼界。

　　我不能同情，我要强势一点。若无其事站起来，去给她做一份煎牛排，便再好不过了。如果我特别在意她丢失了什么，而我又去妥协，这又何必，等到我的女儿到我这个年纪，她一定很吃惊我为什么要接受那样的生活。我们本身就是不完美的完美主义者……完美主义者都是不完美的……越是不完美的人越是完美主义者……听上去很绕吗？我的意思是，她将会用我所理解到却又无法解释清楚的真相还击我。如果她的确就像人们所赞誉的那样聪慧美丽，那她一定会。

现在，我总算没有被昨晚的死神带走，继续有时间给她讲述生活的某些真相。那会儿我可是做好了随时死去的准备了。遗嘱很早我就写了，想到没有留下银行卡密码，手机密码，电脑开启密码，又起来填补到遗嘱页面，又怕她看不见，又重新写了一份放在电脑前面显眼处。昨晚就是这样忙碌。我好像在跟死神赛跑。

今天早上，就是现在，我们两个对坐在椅子上。我被一种劫后余生的感觉笼罩，心情复杂。有一会儿我们互相看着对方，竟然陷入了某种尴尬，这有点儿可笑，她还不满八岁，但我们竟然都感受到一种尴尬的气氛，是她自己先察觉到了，憋不住感受，问我，你有什么话说吗？我摇摇头。我无话可说。她也说，啊，我也没什么说的。这让人想到很多往事，当然是我自己的往事。闪过一段我与母亲曾经这么对坐而无话可说的无聊场景。这还不够明白吗？我，和她，为了享受和创造各自的生活，早晚都会收起翅膀，像孤单的老鸟和小鸟，都在各自觉得舒服或不舒服的环境里生活。有一种人根本无法长期处于热闹的生活里，他们只能在热闹的生活里孤单地活着，他们的房间或者心灵，只需要一个能打开的窗口，偶尔伸出头看看，大部分时候关闭门窗，只喜欢面对自己。我能指望什么呢？她能指望什么？如果一定还有什么指望，那就是无论如何，到了何种地步，也要强势地活着。

但我们会避免这种相处时候的危机，无话可说的场面可不怎么好。不能太沉闷。我们得想办法找点儿乐子，就是此刻，忽然觉得陷入了尴尬的氛围时，哪怕外面落雨，也要开动脑筋。你给我表演一个鬼脸好啦。只要我这样说，她就会照办，这无疑是个命令，哪怕我用最温和的声调。我要她强势一点，命令我做鬼脸。我相信她可以的，如果她是我的小孩，就总会继承到一些什么。

好啦，其实，她可以轻松命令我了。早就可以了，是我有点儿疏忽大意，偶尔还会因为她挑战了我的某种权威而气恼。我到底需要一个怎样的孩子，这很重要，我要她比我更独立和看到更远的世界，就一定要接受某些权威性在丧失，被战胜并且取代，使我深深感到自己落后了。我被怀疑一分，推后一点，她就会看到更远的地方，更辽阔的世界。以我们之间互相了解的程度，只要我稍微把眉毛挑高，她就会像个皮球，比我先一步跳起来，她的自信程度和自卑程度是可以随意切换的，就看她的哪一方面被率先激活。人不能完全自信，也不能一直自卑，我需要她有时候胆小，有时候胆大。关于这些，我是有所体会的，人在年少的时候，要挑战自己的老母亲很不容易。我小的时候心思很多，那时，我看自己的母亲就像看天菩萨，但表面上我似乎还需要讨好她，免得挨打，受一些皮肉之苦。我母亲认为，皮肉之苦一定是必须要经受的，人的精神必然由身体的某种痛感去推进和展开。没有痛苦，有时候也不会去幻想。这可能多少触碰到了一点儿真理。当然实际上，我心里觉得我的母亲特别讨嫌，像个女鬼，尤其下雨天把她的头发打湿以后，她背着一捆柴回家，低着头，那种落魄的寒酸样子，就更像女水鬼——当然，她悲壮的一生，是我这一辈子不可忘记的场景。所以她习惯用粗暴的方式，某些冷硬的语言，以及用棍子把我往外打，打到远远的地方，去过另一种生活。这或许就是她告诫过我的：爱你的人总以一副讨人嫌的样子出现，骗子则以你喜欢的样子出现。我现在一定非常讨嫌，在我这位可爱的女儿眼中，一定是这样的。

我要了解世界上的人，其实也不必多，可能只需要研究自己的老母亲就足够了。她多么丰富，矛盾，神经质，卑微又强势。我的女儿如果要了解更多人，也把注意力放在我身上就行了。

我不知道现在这种生活是不是老母亲的功劳，但可以肯定，没有她那种强势的、霸道的，甚至漠视我的态度，我也无法复制她的强势，在后来的社会生活中，碰壁再多，也勇敢站了起来。我从她那儿继承的东西基本上够用了，如果某天遭遇不好的日子，她的影子，就会被我揭下来穿在身上，也在落雨的途中像只女水鬼，背着我的柴火过我的苦日子。我肯定能过下去，无论天堂或地狱，哪怕咬牙切齿。这是她留给我的真正财富。

现在就看我女儿强不强势了，但是，唔，我才懒得管。她会习惯一种漠视的态度，也会喜欢一种极大的欢乐，习惯魔法世界里的爱和冷漠与悲愁。什么是最有用的爱的表现，什么是真正的圆满，该死的，谁要是一直这样去研究，她一定会活得一点儿乐趣也没有。

还不如这样，现在，我们也别谈昨晚遭遇了什么，一生遭遇了什么，干点儿有意义的事情：我们去河边捡石子儿和小木棍，做一个搭猪圈的游戏，搭一个大大的窗口，让猪可以随时看到外面宽广的世界。以前我们也经常这样玩。这次我相信，她也会喜欢这个游戏，回来她就把这些画下来：一只圆滚滚的，会飞的猪。

哺乳动物

我快上学了，我妈妈有时候会提前教我识字。她拢共也就上过四年学，所以她教我的也就是一些比较简单的数字和什么成语，没有笔墨，为了节省本子和铅笔，她用棍子在地上画，就像古人那样。我奶奶告诉我，说我妈妈学过的那点儿东西还不够她自己用。也许确实也不够她自己用，要是够用的话她早就离开这儿了，她说只有书没读够的人才会蜷缩在这个地方将就生活，书读饱的人都在外面的世界上到处摇晃、到处去消化了，不会窝在这个地方一天一天地修地球。

她好像一点儿也不喜欢修地球。我当然知道修地球是什么意思啦。我懒得告诉你修地球是什么意思。

她教我数字：一二三四五六七八。

她教我成语：三心二意，马到成功。

她教我动物名字：鸡鸭猪狗……人。

她教我分类：冷血动物，哺乳动物。

她教了我不少东西，但我似乎什么也没学到。

她说我脑子不太灵光，好像是个傻子。

也许我就是个傻子，但不是很纯的那种傻子。人的聪明是要在某个时段才开始的，我只是现在还不聪明。

我喜欢跟妈妈们一起去干农活，就算她们非常嫌弃我，说这个年纪的小孩子最讨嫌，五六岁，啥都想干啥也干不好，要是长大了有这么勤快就好了。这个年纪的小孩子最虚情假意了，假装爱自己的妈妈爱得要死，长大以后她们就走得远远的，她们的妈妈死了都不一定赶得回来。

虚情假意——一定是个成语，我要记下来。

我有很多小本子，上面用我自己发明的文字画了许多事儿。要是每个人都能发明东西，世界就是一个大喇叭，对不对？要是我把自己的发明免费教给她们，有人愿意跟我学吗？一定不会。人一长大就浑身毛病，就骄傲了，就假装自己手眼通天，就不需要低头向我们这种小宝宝学习东西了。肯定的。我向来猜得很准。我对大人的了解很深，以我现在这种大龄孩子的眼光，看她们不会错的。我主要是去了解我的妈妈们是怎样一群妈妈。我对爸爸们一向不怎么关心。主要是我好像用不着特别去关心爸爸们心里想什么或者做什么，他们太无聊了，他们除了抽烟喝酒打牌，就是打牌喝酒抽烟，平时也没有什么特别吸引人的娱乐活动。一群无聊的爸爸，我一点儿都不想跟他们在一起。他们缺乏一些令我们都感到快乐的东西，一些笑声，一些有趣的玩笑，要是没有我们的妈妈，他们一定把日子过得像一张干狗皮，就是连一只活狗都懒得在他们跟前跳跃的意思。他们一定会成为那样的人，一定的，特别糟糕的，整天对我们的妈妈板着脸，好像日子一分钟都过不下去了的那种样子。

妈妈们喜欢开玩笑，她们还喜欢唱歌，就连我这样的小东西都已经偷偷学会了好几首。模仿她们，坐在随便哪一棵树上就可以低声来一首。我妈妈是特别喜欢唱歌的那一个。那些年我妈妈的山歌都快赶上一只鸟的歌声了，她唱歌挺勤奋，就像鸟唱歌的勤奋。她说她要这样才能把日子过下去，如果不歌唱，面对每天一模一样的农活，毫无新意的枯燥日子，她怕她会疯掉。她要抒发自己的一些情绪，她要寻找快乐，就像假装这片土地下面有黄金，每天她扛着锄头挖地，假装是在挖黄金，她要用这种心思去寻找根本不可能有的快乐。如果快乐要用锄头去挖，那一定什么也捞不着。我可从未见她挖出什么金宝贝。她拖着情绪，偶尔眼眶湿润，我假装没看出来那是她不敢落下的眼泪（就像她了解我一样我也了解她，她非常要强，非常爱面子，不会在我面前流眼泪，她会说那是风吹的，好像风只吹她的眼睛），我假装那是她已经找到了快乐。

她有情绪吗？情绪是什么？情绪一定是一种很坏的什么。情绪可以让人眼眶湿润。情绪让人不敢干脆哭出来。

我以为世界上没有东西可以打垮我们的妈妈，怎样的生活她们都可以承受，并且她们即使带着哭腔，有时候还要哄我们开心，给我们讲故事。我们的妈妈比爸爸更强大……也不是更强大，是比爸爸细心……我们的爸爸很少有细心的时候，他们抽烟喝酒打牌，农忙回来他们就累得要死的样子，而我们的妈妈，像是铁打的，累得要死的样子也还去喂猪煮饭。

妈妈说她要打发一些情绪，不然她就要疯了。看来世界上有东西可以打垮我们的妈妈，但她们坚强地抵抗它，没有任何依靠地抵抗它。她们有时候会受着莫名其妙的委屈，比方说，她累得要死煮出来的饭也难吃得要死，我们的爸爸就会抱怨，说那像是煮给猪吃的，一点儿厨艺都没有。这种时候我就会隐约觉得，也许在这个地方，我们的妈妈是被爸爸们统治和挑剔着的。难怪我妈妈要对我说，长大了一定要去远方，别把感情留在这片土地上，也许外面的土地上有真正的感情。

感情，一定是个半截成语，要记下来。

远方就有真正的感情吗？如果一片土地上是这样的，是不是所有的土地上都是这样的？如果这里的男人不值得爱，远方的男人就值得爱吗？如果这里的男人不爱我们的妈妈，别的地方的妈妈就被爱了吗？如果我们的爸爸正爱着别的什么人，他要走又不敢走，像个秃尾巴狗，那别的地方的爸爸就勇敢，就能敢爱敢恨，就能高高地扬起他们的尾巴吗？如果我妈妈说的是真的，我的爸爸爱着别的某个人，她已经发觉了，只是懒得去管他了，她已经当他死掉了，那她为什么不走呢？

我知道了，因为她走不动，因为除了她本身走不动，还拖着一个我呢，我就更走不动了，现在的我人小饭量大，可不是个轻松能养活的家伙。她又没有饱读诗书，她又没有一技之长，她又没有出过远门，她又没有见过外面的世界。

我爸爸是个出了名的懒汉，所以，他肯定非常明白什么样的感情是用来填补他那空虚的心灵，而什么样的人则是用来保障他的生活。他需要一个免费的劳力，并且这个劳力偶尔还可以拿来当撒气筒。我妈妈说过，这儿的男人（或者说，她认识的男人）是世界上最现实的动物，有时候他们现实得像个骗子，而她呢，倒霉得像个熊。倒霉熊现在大抵是了解了一些生活的真谛。她知道他们的思考有时候只围着自己的肚子打转。他爱的那个人肯定不如我妈妈这么好欺负呀，我妈妈确实也"听话"，她都懒得管他去了哪里，只顾着我和她的山坡上的土地，只关心孩子和粮食。要是我妈妈读饱了书，她一定会带着我离开这个地方，到世界上随便什么地方讨生活，我们会在别的地方过上简单幸福的日子，我们可以不依靠爸爸的土地，无所谓，我也可以不继承他的姓氏，我妈妈说，有很多人在世界上是没有名字的，能在世界上留下名字的人只有几个人，所以我们更要无所谓了，所以赶紧的吧，我们赶紧走，等我休息饱了就走，反正他的土地他自己都不管，他自己都到处闲逛，真是的，那就让那些土地都长草去吧。

可是，我爸爸在外面的那些路上会不会变成一条狼狗啊？

我爸爸和这儿的好几个爸爸，好像都有在外面变成狼狗的那种可能。我奶奶说，家里的狗如果一直往外蹿，早晚是要变成野狗的。这话可不能让我爸爸知道。我也不能提醒奶奶，她在那儿轻蔑地数落别人家的儿子的时候，她自己的儿子，我那个爸爸，也被她给无意间说中了。

我可不想我的爸爸变成狼狗。

但如果他要变成狼狗，或许也行，总比一直往外跑，而一直没有变成狼狗，一直像个丧家狗似的强吧。要往外蹿，那就直接去当一只狼狗好啦。我就是这么想的。

我反正也不太指望别的什么人了。我也不害怕什么。我如果害怕，妈妈就会跳出来保护我们……没错，就是我妈妈在保护我们。

今天落雨，和昨天一样落雨。我不知道什么是春天，什么是夏天，什么是秋天，什么是冬天，但我知道她们扛着锄头……我妈妈，还有别人的妈妈，还有一些嫂嫂和姐姐……腰间缠着一个葫芦似的竹篓，竹篓里有种子，那就是种子要入土的季节来了。那就是春天来了，那就是她们互相帮助着，要去一家一家的土地上下种子了。

那时候河水还没有开花，还没睡醒，河水还是冬天那种冷冰冰但很平和地流动，还不是太阳光把它们照开花、水里漂着落花和什么枝丫，还不是跳动的水浪，还不能把我们的光脚放入水中。所以妈妈们就不能踩水过河，怕冷，也怕被河水冲走，她们要走远一点，绕到另外一个村庄的脚下，从那两根木桥上过去，再从那边的山路绕回我们村子对面的山地上干活。这些路程多少有点儿误事，但无所谓，她们其实很愿意走一段绕路，在那些路上她们可以多轻松一会儿，聊聊闲天。

我妈妈是个健谈的人。她有时候会故意在我面前跟别的妈妈聊天，无话找话，我知道她是什么意思，她就是要现场教我如何临时发挥，在大家都没有话说的时刻找话说，打开僵局，去巩固或发展一些原本不可能的友情或者门路：假设有一天我们要求得什么人的帮助（比方说跟人借钱），那我们必须先跟这些人建立起友情，那么，我们所求的事情就有眉目了。

未雨绸缪，一个新的成语，我要记下来。

还有"健谈"。我要记下来。

这些字我当然不会写啦，但我会做记号。只有我自己才能看懂的记号。

我妈妈解释"健谈"这个词，就是很喜欢说话、擅长说话的意思。她要我学一些甜言蜜语，从小就要学会如何说话，并且说话算话，有意无意去训练自己说话，人不论将来处于何种身份和地位，首先都要会说话、能说话，从说话里去寻找和稳固方寸，在说话中体现教养和智慧，由说话里展示品行，一言九鼎，不欺善良，不怕奸恶……必要时，用狠话保护和捍卫自己的权益，也不用害怕，该要的面子要，不该要的面子可以不要。

我妈妈真会说话。那都是她妈妈教给她的。她妈妈是地主家的宝贝女儿，虽然不识几个字，可她妈妈从那个大家庭里学会了许多礼仪、针线活等，她就从她的妈妈那里学到了一些东西。现在她当然不再是地主家的宝贝啦，而是个很爱笑的老婆婆……"呵呵呵"的那种笑声，总是穿着自己缝制的滚花衣服，每次我远远地走去看她，就会给我煮好几个荷包蛋。我知道有时候她的笑是假笑，可那种笑声让人听了心里很是舒服，以为是真的，所以不管怎么样，我也爱这个老婆婆，胜过爱我的奶奶。我对这个可爱老婆婆的爱不带一点点不好的意见，可对奶奶的爱有些复杂，有时候我好像很爱她，有时候我好像有点儿不喜欢她。啊，千万不能让我奶奶知道我的爱是不一样的。我外婆说，爱就是不一样的，爱是有多有少的，甚至少中有恨，恨中有爱，爱是非常复杂甚至危险的。我外婆也教我一些什么东西，肯定的，有时候我知道她在教我，有时候不知道，他们这些大人都像是要教给我什么东西，让我想象到，如果一个大家庭只有一个孩子的话，天哪，他们就会摁着这棵独苗使劲教，使劲教，使劲教，使劲教。

我妈妈现在可能不用学新的东西了，当然她说她还会学习很多东西，人必须这样，活到老学到老。

她肯定能做到，活到老学到老。她可真是她妈妈的好学生。

我可能做不到。我喜欢玩泥巴。

她已经继承了她妈妈教给她的什么。这些东西也许比黄金还值钱。搞不清，他们不厌其烦地教给我一些完全不能理解的玩意儿，也许这些玩意儿将来真的可以用上，但我学不来那么多，一个人的脑子就是一只麻袋，要是一直往里面塞东西，它会炸掉的。我要是能学到一半就好了，不管什么东西，学一点点，够用就可以了。我是这样偷懒的。所以我总是挨揍。妈妈觉得如果我这样的态度不改变，不追求真理，不秉持原则，以后在社会上只能是个混混。

"混混"，这一定是成语的一半，我要记下来。

"真理"是什么东西？

"原则"又是什么东西？

我喜欢听我妈妈教我那些完全听不明白的东西。当我俩坐在煤油灯下，她在闪烁的微弱灯光下给我画字的时候，我就觉得这个晚上特别好，就以为我明天早上起来就是这个村子里了不起的宝宝，而我妈妈，是个饱读诗书的妈妈，用不着扛锄头去挖那些莫须有的金宝贝了，我俩从经济到精神世界，都是富足的。我时常会拿着学来的字儿去考我那不识字的奶奶，奶奶就会嗤之以鼻（呸……她会这样），说我学的东西一点儿屁用也不会有，又不能填饱肚子，最重要的是，又不能让我变成一个她的男孙子。她可真喜欢男孙子，都是孙子了，前面还要特意加个"男"。

一言九鼎，是个新的成语？我要记下来。

呸……这是个动词。肯定的。

研究哪些话有用，哪些话没用，如何做个有礼貌的孩子，等等之类……啊，真伤我的脑筋。

我要是能从妈妈那里学到一半的"聪明"就好了，能一下子区分哪些会让我受益，哪些会让我受穷，那就太好了。光是研究什么样的话符合大人的胃口，就把我的时间浪费完了。害怕说得不好，所以干脆很多时候我都不和人说话，现在我都习惯不说话了，默默地观察别人说话，是我的一项乐趣。

今天暂时不去研究如何跟大人相处，给他们说好听话？算了吧。

我昨天晚上有点感冒了，今天早上还没有好，却假装好了，要跟着妈妈们上山播种去。

现在我们就走在路上，快要过桥了。

已经过桥了。

我们走着长长的绕路，要从桥的这头重新走向村子对面的山坡。我们那个村子的桥去年发大水冲走了。直到现在，男人们……也就是我的爸爸和别人的那些爸爸们，一直没有找到合适的木料重新架起一座新桥。

他们明明就是太懒了。也许他们在等着儿子长大，让他们的儿子们长大了再去架那座桥。他们腿长，也不怕冷，也不担心被水冲走，如果他们要到村子对面的土地上，是不需要绕路的，他们踩水就过去了。冬天他们也敢踩水过去，反正河水也不宽，咬咬牙就过去了，过去之后再到河那边跳一跳脚，取暖。真是一群糟糕的爸爸。

我走在妈妈们的最后面。最后面的路是被她们"打理好"的，踩着她们的脚印窝就往前走。早晨一把一把的露水挂在草尖上，其中一个妈妈要走在最前方，轮换着走最前方，拿一根棍子打露水，左赶右赶，赶累了换下一个人。我不用换。我比露水也大不了多少，遇到肯长的草，它们的个头都比我高，如果让我去赶露水，我还不如直接低头走过去呢，那样我就会成为一朵滴水的蘑菇。

我们到地里了。

有些踩水过河的年轻小伙子也到地里了。今天爸爸们要去干别的活儿，在另一边的山上。谁知道是什么活儿呀，也许什么活儿也不是，有时候为了逃避播种，随便找个借口。他们觉得播种是女人擅长的并且女人就可以搞定的，用不着大力士出场。

年轻小伙子们还没有学坏，因为他们还没有偷懒的倚靠，成家之后他们才会懒散起来，就好像终于当上老爷那样，开始悄悄地有意无意地耍起了滑头。妈妈们说的。她们好像很了解那些雄性动物。

雄性动物，一种名词，动物名词，哺乳动物中的一类。

我也没学坏呀。我也是年轻女小伙子。

我们今天好几个女小伙子都跟着妈妈们到地里来了。

现在我们要开始学习如何拔草，在路边，那些石头的缝隙中。妈妈们说，只需要我们把这条路上的草拔干净就行了。这样路就亮了。如果我们有干劲的话，可以把桥这边的路全部"拔"出来，那以后就不需要拿棍子边走边打露水了。

我可拔不了那么多路。我爸爸说，世界上的路有亮的和不亮的，有很多很多路原本就是不亮的，那样的路拔了也不亮，所以我们有时候，只能去修那种拔了就亮就可以走的路，就不要把力气浪费在拔了也白费工夫的路上。他都把我绕晕了。我现在哪里知道什么亮不亮。我们还是先拔着看吧，不拔怎么知道亮不亮？不拔怎么知道自己拔错了路？先让眼前这条路亮起来再说。没准儿我们会从草根下面拔出一个一个的小太阳或者小星星，说不定我们还能拔出一片彩云。

我们干得很负责任。我们的路一点一点在亮开。

妈妈们开始播种了。只有三个小伙子跟她们一起干活。现在只有一个小伙子跟她们一起干活了。有两个小伙已经找借口逃走啦，起先他们还不好意思直接走掉，还在那儿一会儿休息一会儿抽烟，后来实在是没有耐心了，连装模作样的耐心都没有了，干脆走掉了。我就说吧，她们对没有成家的小伙子们的评价是错的，有样学样，知道吧，在我们这个地方就是有样学样，她们不知道吗，儿子们总是容易去学习他们的爸爸，女儿们才会学习她们的妈妈。这是我外婆告诉我的道理，然后我自己也想了想，大概我外婆说得有道理。也许她就是一口说准了呢。

现在我可是个勤快的女宝宝，我继承的基因里面偏妈妈的成分多一些。我是我爸爸的一小半影子，一点点，仅够一条血管的血水流过，只有落日时分，被太阳狠狠地一照，才会把那一点点影子放大那么一点点。

我早就猜到他们不会坚持多久，这种不轻不重的活儿，太考验人的耐心。好大一片土地，几乎望不到头的土地，就只剩下我们的妈妈还继续劳动。腰间的竹篓已经染上了稀泥巴。雨后的土地水分太大，脚已经是泥巴脚，每个脚指头都是"肿"的，她们身上到处是稀泥巴干掉后的印子。

我们的妈妈是稀泥巴妈妈。

我们是稀泥巴孩子。

我们是哺乳动物中的雌性动物。妈妈说，雌性动物的耐心要好过雄性动物，当然不是所有的，至少在她的见识之中，她认为大部分是这样的。我问妈妈，在我们这个村落，在这个小小的地方，雄性动物的爱好是什么？她说：是吹牛皮，能吹炸那种。

能吹炸那种，是哪一种？

天空过了中午。

天空到了下午了。

很快我们就要收工啦。

我们要在阴云下面加紧干活了，不用害怕的，不用害怕下雨，下雨不要紧，我们的妈妈是被雨水一直浇灌着的妈妈，我们是雨水一直浇灌着的小娃娃。我们对雨水的味道非常熟悉，如果它从遥远的山顶开始下雨，那就是松林味道的雨；如果它从山沟的峡谷里开始下雨，那就是石头味道的雨。

不管什么雨，等太阳出来就好了，只要太阳一晒，我们就亮了。

但是现在没有太阳，已经下午了太阳还没有出来，天气还阴着，但幸好，我们的活也干得差不多了，很快就要收工了。

中年女人2号（两章）

中年女人1号

　　每天早上六点我就醒来，深夜还要醒来两三次，不管我是不是被尿憋醒，反正都会醒来那么两三次。有人告诉我这是年龄大了的原因。真是多嘴多舌的人类。我难道还不知道这是年龄大了的原因。光阴像蟒蛇游动，我已经是个中年女人了，几乎所有的大街上都被我这样的一群人给塞满了。这已经不是一群陌生的面孔，我和她们都长着相似的脸庞和赘肉，都有一些丰满其实是累赘似的大屁股、翘不起来但可以从两边分叉鼓包的宽臀，都有水桶腰，都有副乳撑大的胸部，都有一不小心就变粗的彪悍的脖颈，都有差点儿就比男人还宽厚的双肩，都有肩周炎或腰椎炎或妇科病，真好啊，我和她们简直是战友，患难与共，几乎共用一个肉身，只是装着不同的灵魂和感受而已。要不是每天早晨醒来我们也照一照镜子，可能大多数中年女人有时恍然以为自己还是个孩子。我们常常坠入对少年期的怀想之中，这是"老"的一种现象和复杂的心理活动。中年期才是真正的生命的叛逆期（这里面饱含了颓丧、挣扎、勇敢），十几岁的叛逆期跟中年时的叛逆期根本无法相比，这个时期的我们，经历了一大把生活，才是最迷茫也最骄傲的时候，这个时候我们所走的每一步路、对生活的每一种态度和选择，都可能决定着老年时期（乃至这一生的终极意义）的生活是在雨水中继续浸泡还是在海洋的沙滩边躺平了晒日光浴。这才是生命中最为艰难的时期。

勇敢挣扎或者说干脆放任自流是中年女人的两种状态。勇敢者总还怀揣抱负和不甘，放任自流的人早就对生活举起了白旗（也可以说她们找到了幸福日子的另一种诠释和途径）。

就像大多数女人那样，我也疏于打扮，拖着沉重的肉身走在光亮的大街上。我这样的女人们人数肯定不少，填充着不仅仅是西昌市这样的边远城市的每条街道，世界上所有的地方，都有我们这些人的影子。这样的人群中有勇敢的一部分，有放任的一部分，我们看起来会像是一支破破烂烂的、懒得呼喊口号却仍然在时光底下蠕动着的对岁月抗议的慢游行队伍。

我们看起来面色严肃，落魄。

我给所见到的每个印象深刻的中年女人都编了号。

现在我就是1号。中年女人1号。如果我要写别人，那就必须先从自己说起。抛开职业和单身妈妈这样的身份，我也就是个代号。众多女人中的一个。如果没有人认识我，他们通用的描述常常是这样的：身高一米五五偏上的小个子中年女人。

我时常觉得困顿，我指的是一种思想上的翻涌。我是个矛盾体。有时我觉得平淡的人生才是幸福的真相，但更多时候，我觉得人生的意义藏匿在心灵的深幽之中，是我们必须不停止地去伸手触探，在生活的细节里，在大脑所经受到的细节之中的张力里，长出心灵的触角去感受，才能稍微暂时性地尝到一点虚幻却难得的甜头，那是一种不存在于存在之中的存在。这就是我一生中走来并不顺利的缘故，无论事业还是爱情或者婚姻，我都没有感受到那种圆满和安定，我总是流连和穿梭在生活的细节里并且执着地太看重它们，太重视经过和感受，当我觉得我快要找到幸福的时候，当我觉得顶上的星辰都亮了的时候，突然又有别的岔子出现，又让我从那些烦琐的细节之中抓到了什么，使得我开始怀疑那所谓的圆满和安定，使得一切又重新化为泡影，让一切又暗了下来。我当然知道这就是全部的生命真相。不停歇地"游动"（也可称为"流浪"）才是我们生命的样态。一个完美主义者的人生必然是不完美的，要从无数的破碎当中去重建所理解和看好的精神世界，是需要付出代价的。

只有不思考的人可以活得简单和顺遂。如果把思考看作焦虑的一种，也许更能说通很多事儿。因为有些事情确实不是思考，而是焦虑，焦虑的原因在于我们根本没有想清楚事情。人难免要为了各种各样的事情生出烦恼。正确有效的思考当然可以引领我们走向更深妙的境地，避免某些悲剧的发生。有时候我会突然间担忧，担忧自己中年暴毙，就像另一些中年女人生了急病，或者毫无征兆地完蛋了，因为身体和精神焦虑的原因导致这种死亡事件的发生，不是没有。我愿意做个纯粹的思考者，去想象宇宙和生命起源之类，去徒步探险，去学习几门外语，填充我的智识，可现实是，我经常在顾虑孩子的饮食、学习、成长、心理健康，以及我银行卡里稀少的余额，都会乱七八糟地冲击我的脑袋。

我所思考的都是无效的，我很清楚，这些东西它只是作为消耗品加速我燃烧生命，我会在这种焦虑中越发悲怆。可我是个中年女人，天性中或许给了我比男人更多的对无效事件的纠缠能力，纵使我这般忙碌和焦虑，也像个哑巴似的，我竟然还能"兼职"成了全职作家。摇身一变，我可以被称为"自由撰稿人"，也可以被称为"全职妈妈""自由的中年女人"，任何一个标签我都符合。我还能做一些简单的思考，比方说，去写一些软科幻，这种挑战对我这个小学毕业生是致命的，可有什么能使我真正害怕呢？我连焦虑都不怕了，还能怕什么？我照样喜欢吹牛皮，随意搭理或者不搭理人，对美好生活的执着——破碎的完美主义者。

有时候我甚至想要反过来告诉人类，柴米油盐才是有效的思考，来爱生活吧，爱这些麻烦的糟糕的生活，就像爱美味的糕点。不要去思考，如何才能不这么"大众化"地完成一生，只当一个粗俗的人类。我就是想这么去告诉所有人了。我几乎要这样干了。很多时候我都把袜子脱下来丢在枕头旁边——瞧，我就是这么邋遢粗鄙，我愿意忍受我袜子的臭味！——这样的时候，有效的思考只会显得很可笑。

有些人（当然就是那些被冠以"精神病"的思考者啦）看起来确实也挺孤独的，坐在一张小桌子上喝着一杯薄酒，连一条狗都没有陪在身边。并且，多少人在焦虑中死去，也许就死在那样一张桌子上，喝着一杯薄酒，连一条狗都没有陪在身边。（可他们需要狗的陪伴吗？）

看到那些焦虑症患者焦虑地死去，才是我的焦虑。在到达真正的思想的对岸，也就是"想清楚了"的对岸，他们就中途死掉了。这样的例子让人绝望，让人甚至怀疑该不该做那些所谓有效的思考，那是否正确或者必要，那是否就是把人逼疯的源头。也许我们就该去追逐金钱，美女，帅男子，豪宅和名车，日光浴和香水。

难怪有人突然之间，大吼一声，冲出门外，裸奔在大街上。想不明白的人生，确实让很多人都想干脆疯了算了。

焦虑是无处不在的。我无法逃出深渊。昨天我担心死亡，明天我担心水电费，而今天，我担心孩子在学校过得好不好，还担心在今天死去，使得一个贫穷的身无分文的小小人类在世间吃尽苦头。毕竟她选择跟我一起生活，那我就不能抛开这样的托付，不能随随便便消弭在她的生活中。中年女人的情感和生活，又细碎又啰唆又麻烦。

噢，当然啦，幸福的时刻也是有的。虽然短暂，虽然几乎像是不曾靠近过幸福。

现在我必须相信我妈妈的话了，她说，只有中年女人才会担心突然死掉，少年人和老年人根本不担心这个……还有，没养育孩子的女人，一生也不必担心这个。

我可不会傻到去想象人生重来一遍，为了我母亲的"醒悟"，然后从我的大好年华开始远离可疑的男人，把他们从我的生活中抹掉，让自己到现在这个时刻多么轻松，不为了孩子担心，不为了随便什么事儿烦闷。我可不会这样假设。因为重来一遍，我还是当年那个我，走一样的路径，丝毫也不会有偏差，我又不能扛着我这个时期的脑袋回到我的过去。

我妈妈的意思我当然清楚啦，如果她带着这个时期的一脑袋生活内容的影像回到她的年轻时候，她肯定不会选择跟我父亲一起生活。那我就不存在咯，那她就不用担心我，也不用担心我弟弟，也不用担心我妹妹，真是可怕，她竟然生了一屁股孩子，挂着一屁股别人的一生。也难怪她总是那么多遗憾，一张苦瓜脸了。

我的困顿就是我不愿意活得像个快乐的大傻瓜，所以我只能是个时而焦虑时而想透了的样子，成为这样一个矛盾的人。

"快乐的人总是少数。"这句话要作为真理裱框起来挂在墙壁上吗？就像有人经常把"厚德载物""以德服人"之类的挂在家里。

真正的思想者从来不会在乎快不快乐，他们只是看上去有点孤独，是这样的吗？智者顺应时势，并且从中建立了自己的生活和精神世界，如果是这样，那我真有点羡慕那样的同类（那样的能力）。

我现在显然还没有那些高深的思想，使我摆脱柴米油盐的困顿，我还没有这些功力。我每天着急忙慌的，蓬头垢面的，忙得脚不沾地的，虽然我不去坐班，不去经历朝九晚五的打卡生活，可我照样每天对着电脑敲上至少一百二十分钟的键盘。然后下午的一部分时间，我才会有点松闲，去看会儿书，喝点儿茶水，抄一抄佛经。我那些迷幻人心的所谓安闲时光都是在一天中的后半段发生的。这个时候我可能是最幸福的。

我确实期待一天之中的下午时刻。我在这个时间段里，会有些冥想，比方说，静坐，去看向我自己的内心。起码要坐上二十分钟以后才能看到"我自己"，这说明我已经在繁杂的世态中陷入太深了，连看到自己内心都要花费一段时间。不过，无论怎样，除了在大街上游荡之外，我更愿意在自己内心游荡，之后我会打开窗户，大概在下午四点三十分的时候打开窗户，那个时候我会看到一个女人拖着她的大扫把，将地上的灰尘重新卷起来扬到天上去。那一刻我在窗口望着她，那些灰尘，她以为不存在了的、已经清扫干净的灰尘，总是会飘到我的眼前然后进入房间。就是这样的，我竟然主动让尘土飞到屋子里来。那时候阳光如果很好，尘土还会是彩色的，飘浮得亮晶晶，就像从漫长夜空里下坠而来的月亮的碎片。

　　我要是愿意朝着窗口底下喊话，跟她说，"扫地的这位姐姐，你要是扫完了，可以邀请你上来和我喝一杯茶水吗？这是我一天中感觉到最清闲和无所事事的时刻，我没有什么烦恼，我只有快乐和幸福的感觉，我想把这些好东西都拿出来跟你分享，因为我觉得你每天从这儿经过，太忙了，也肯定口渴，顶着我喜欢但你不喜欢的太阳"。如果我那样去说，我敢保证她会很高兴地抬起头来跟我搭腔——但是，当然啦，得必须是她那一刻也无比地感同身受、赞扬这样的心情和幸福终于在她的同类身上显现，她知道我忙碌了一上午和半下午之后，只在这一刻感到快乐和松闲，她能知道这一切，愿意丢了那支破扫把恨不得马上飞到我的房间里来；而如果她不高兴，也不理解，那她只会嫉恨我，说我是个好吃懒做、没准儿还是傍上了什么大款的懒惰恶心的烂女人。一定要相信，中年女人之间的嫉妒和报复，有时候比爱来得汹涌和无厘头，要是那样的话，她对我最轻的惩罚也是把尘土使劲抛得更多更厚，让那些沙尘暴龙卷风似的冲上楼把我变成一尊沙雕，而她自己，则始终会在楼下一边抬眼蔑视一边愤怒得不肯马上离去，愤怒得身体都摇晃起来。

苦难是无法讲述和被分担的。幸福和快乐也同样不能讲述和被分享。我懂的道理比谁都多，干的蠢事也不比人少一桩，我只是在这个年岁上稍微有些自制力（这种能力并不稳定和可靠），不会轻易对楼下跟我一样卑弱的中年女人喊一声"我今天这个时候还真高兴"。我不再去激起同类的爱或报复。快乐或忧愁，自己消化。

人不能飞行的原因就是他们把翅膀变成了干活的双手，把眼睛眺向窗底，而非天空。

现在我能依靠和向往的也只有自己的心灵了。

"心灵"如果是一种物质，那一定是不可放出来的一种物质，如果能放出来，为何我们不直接是蜻蜓那样的存在？为何不是鸟类那样的存在？为何不是海域生物？为何不是云，不是雨，不是风、雷和闪电？为何不是空灵的存在？

我们一定是因为什么原因而在自己的肉身中受着洗礼。

现在我能依靠和向往的也只有这样的心灵了，只有这个，还可以算作是生命的变数，一个出口。但也就是下午四点三十分的时候，我能站在生命的出口上吹一吹风。

我是个中年女人，也是中年女作家，只有在下午四点多钟，我才是我。我才会像一个真正的作家那样去思考。我在这个时候会想念我的出生地，想起那些劳碌的女人们，和我一样年龄的中年女人的过度苍老。假设这算是一种有用的思考，那有用的思考这个时候算是开始了。难怪我母亲要说，有用的思考都是在吃饱了以后才去想的。

四点三十分，如果按照我们村里的习惯，这是一天中的第二顿饭点，也就是晚饭的时间，如果吃得快，这时候我已经吃完饭到门口马路上走着消食。我们的山民一天只吃早饭和晚饭。晚饭的时间通常是在傍晚之前。没有消夜，也没有早饭。第一顿饭的时间介于城市里早餐和午餐的时间中央，大概是上午十点钟的样子。也就是说，我的妈妈们极少思考的缘故就是她们其实一天中几乎处于轻度饥饿中。这样的时刻她们的大脑所发出的信号只能是对食物的各种需求和想象。她们只关心土地。种子需要雨水她们就祈祷雨水，种子需要阳光就祈祷阳光，她们没有时间去计较自己的付出，没有精力去计算岁月消磨掉的青春年华。没吃饱的人永远都在生活里挣扎。如此劳累，她们还经常失眠。我妈妈的中年时期，总是最晚睡最早起，有时候她也会在第二天早晨跟我说一些奇奇怪怪的话，像是交代遗言那样，要是她死了，就去找我的姨母，请求我的姨母照顾我们兄弟姐妹几个，不然她不放心，等等之类。

现在她不会担忧这些了。我姨母死了，她自己也老了。她甚至有了许多道理来说穿我的焦虑。她大概是想说，人的中年就是这样的，叛逆，担忧，嫉恨，自私，仗义，自卑，骄傲，自负，算计，不自量力，懒惰，勤快，杞人忧天……简直活得像个里面塞满了乱麻的球。她知道有些想法我是不能有的，是危险和毫无必要的，假设我在这个时候问她，为什么我们中年人付出那么多的时间和劳动却仍然还是换不到多少快乐，越来越沉重的生活负担到底是怎么搞出来的，她就会找理由打断我的话。

我当然知道思考的好处和危险。如果我想要过得清静安逸，那就不要去考虑和多管闲事，学着大多数人一样生活和处世，比方说，我们的学生家长群里，某老师发个消息，我只需要学着别的家长那样，接龙似的发两个字：收到。反正在任何行业的什么群里的"收到"永远多于"我觉得我有个建议应该讲一讲"。就是这样，学习和利用最安全的那种方式就对了，除此之外，尽量不关心别人的柴米油盐，回复群消息都不用自己拼写，直接去复制那些字眼相同的话，又安全又得体又不会引发争吵。也不用太关心自己的孩子在学校的食堂吃得是否健康，反正我们小时候连吃的都不太够用，还不是一样长大了。鼓励他们萎靡不振的精神，死记硬背课文，早八点晚六点的学业，还有晚自习，还有各种天才培训班，用"天将降大任于是人也"去鼓励。对。就是这样去干就对了。

　　下午闲下来的思考确实容易飘散。我的老母亲绝对早已经知道如何规避这些险情。思考会让很多不可见光的东西浮出水面。就像我们在某一家香喷喷的饭店里吃得赞不绝口的火锅，一直赞不绝口的，只因你太注重细节，太细心钻研，太去想这个东西，搞得你终于发现了火锅底料竟然用的是地沟油。所以地沟油制造者哪会让你坐下来慢慢思考，他只会巴不得你一整天都不要闲下来，你的大脑闲下来就容易胡思乱想，而胡思乱想是直通真理大门的信号塔，不停地给你一些缜密或松散的线索，就好像我们小时候只要肯跟踪一只下蛋母鸡，就一定会发现它下的蛋一样。

　　我的老母亲只愿意我在下午好好享受难得的清闲，做一个这个时期最流行的所谓"优质女人"。这个词让我觉得恶心，这是最轻蔑的赞美。我们经常要受到类似的"赞美"，因为不去追根究底地思考这些"赞美"，还时常为此兴高采烈。如果称赞一个人不是从她的圆满的思想灵魂开始，如果爱一个人也不是从她圆满的思想灵魂开始，那这一切都是轻浮的。一个男人可以去爱一个女人丰满的乳房和圆润的臀部，可这一诱人的表象下，若他只求于此，那他一定根本也搞不清这个女人的心灵，他没有真正的交流，没有真正的爱和关注，去体察和感受她的世界，他的爱便是片面和冒犯的。可我哪里会去违逆我妈妈的好意。她学会的这些词眼，是戴着老花镜看了无数遍小视频记下的，恐怕也是她坚信的至今学得最高深的词了。她跟我说，不要去想那些过于超出自己能力范围的事情，她一生的经验是：想不通的事情就先不想了，去喝凉水冲一冲喉咙。喝凉水冲喉咙是她缓解焦虑的办法。我知道她很孤独。从中年时期开始，我的妈妈就仿佛是一个人带着我们生活。我的父亲虽然也属于这个家庭，但他可能并不真正属于我们，感情上，他跟母亲是分离状态，对家庭的责任分担上，他属于懒惰者，几乎不干农活，东游西逛，欠一屁股账，我母亲一人支撑着家庭。我希望母亲过得好，也希望父亲有自己的生活，可他们一直没有分开，却形同陌路，母亲带着她的两个孙女在县城租房子住，顺便接送上学，很少回到山区，我的父亲一个人在山上过日子。他们几乎不能见面，一见面就是争吵，或者半个字都不跟对方说。

　　母亲最大的心愿就是能够经常见到我们这些儿女，我也时常想念她，想起她那双已经变得像树疙瘩似的手，沟壑，粗糙，变形，就连颜色看上去都像树皮。但我并不愿意经常与她见面。她永无休止地倾诉，如果我少听一遍，是不是就用不着再去唤醒那些被生活伤害和摧残过的神经？我性格一直很冷淡，从小就是个严肃的小孩。也是她遗传给我的这些元素吧。她对生活隐忍和勇猛，从不依靠人，不寻求保护，甚至不会说好听话。没准儿她那些脆弱的时刻只有我能捕捉和发现呢。而在我父亲面前，她就像一段冰冷的钢铁。可能我的父亲不是她要去付诸热情的人，如果她想学习一些拿捏人的手段，一定会做得滴水不漏：低眉顺眼、甜言蜜语。可我父亲也是个聪明的人，他哪里会不知道，我母亲所付出的感情是真情还是假意，他哪里会稀罕那样的演技。一对聪明而对彼此薄情的人，阴差阳错掉进了给彼此挖好的深坑之中，因为别的因素而不可解脱，便只好把自己和对方都活埋了。

有时候我恨不得自己是可以流动的河水，这样我自己的苦水，我母亲倒给我的苦水，我父亲倒给我的苦水，那些其他人倒给我的苦水，就可以顺河而去，经过洗礼，成为清凉。

其实我应该感激我妈妈终究是个勇敢的女人，她这种性格多少影响着我的人生和观念。要是换一个软弱一点的妈妈，也许我就没有妈妈了，很多妈妈并没有撑过她们的中年期。我的一些女性长辈，要么死于难产，要么死于自杀，要么死于疾病，要么突然而亡死于未知。

我妈妈其实是个社交能力非常强的人，有点儿自来熟，三句话就能把话题给带起来了，如果她要在七十岁还打算认识一大片朋友的话，那这个愿望很轻松就能实现。她的社交能力强到有时令人坚信，只要有她出现的地方，这儿的人几乎就全部是我们家的亲戚。要是让她生活在城市，从中年时候就住在城市里一直不挪动，她没准儿已经是一个成功的女商人了。她解决事情的能力相当强，调和人际关系的能力我父亲连十分之一都赶不上。

我就没有这样的才干。即使走在大街上，我周围的人也全是陌生人。性格中的这一点我或许继承了我的父亲。我喜欢当一个别人的陌生人，也喜欢别人是陌生人，不是朋友，不是亲戚，不是爱人，不是仇人。

我是我妈妈的反面，是她的另一种存在。她喜欢热闹，我喜欢独处；她朋友一大片，我朋友一小片。

可即便我已经把自己"缩小"成这样了，也还是拥有着和我妈妈曾经类似的那些焦虑。要是我跟她说，担心自己在夜晚醒不过来（现在我已经不去跟她说这些了），见不到第二天的太阳，她准会给我哈哈大笑，她会说，这是正常的，这是她曾经那个中年时期经过的"思想负担"。我可不想在她面前表现出一副弱爆了的样子。我母亲不喜欢看到一个人在困难面前萎靡不振。她那个时候虽然一会儿担心自己死掉，一会儿又想干脆死了算了，反正就是一直怕死又一直想死又还是一直怕死一直想死，可是最后，她果断地叼起了一杆香烟，像男人那样，在迷雾中沉醉也在迷雾中挺拔起来。

"把自己忙起来才是解决问题的办法。"没准儿她给我的也是相同的答案：忙起来，忙得团团转。

我知道这是一个好办法。其实我已经这么干了，忙得狗转圈圈找自己尾巴的速度都未必能赶上我。

"不能成为这样一个忙碌的废人。"理智上我是非常清楚的。我才不会堕落到不顾一切地瞎忙。

我会享受阳光。这可不是小资情调。生命大多时候需要静下来冥想，需要阳光，也需要眺望，我们走了那么多的路，不就是为了自己的心灵可以去得更遥远吗？

好吧，所以现在呢，我得调整一下心性。

我应该出现在西昌的大街上，去观察今天的样子，昨天的样子或者明天的样子暂时不去管它们啦，只关心今天大街上中年女人的样子，随便哪一条街道都可以。于是我就出现在天桥旁边了，准备走到天桥上面去，走到街道的那边。

因此，我见到了马路上众多的中年女人。我见到了中年女人 2 号。

中年女人 2 号

天桥那边时常飘来香味，你几乎要相信，我们这个市区所有的女人可能都汇集在了那条巷子里，会做菜的勤快女人以及只会品尝美食的懒惰女人。每天有人穿过天桥走到那边去，带回来新鲜的水果，新鲜的草鱼或者海鱼，也带回鲜红的玫瑰花和洁净的百合。

　　我去那儿总不能只看一看热闹，虽然那里的确也适合散步，适合在茶馆里热腾腾地聊天。街巷的两边是高大的榕树和蓝花楹，还有一些我也叫不出名字的花树，到了春天，那里几乎就是花园，人们坐在小酒馆里，某个瞬间，灯火上来，映衬之下也有几分世外桃源的感觉（首要条件当然是司机们经过时不要摁响喇叭）。那边的街道比我居住的楼群周围要静谧，即便它包含了那么多的店铺和那么多的人，也并不让人觉得嘈杂。有时因为茫然或者纯粹为了带点儿什么东西，不至于两手空空地走在大街上，我就会一家一家店铺去搜寻。某些小物件儿确实会讨人欢心。在购物的女人当中，没准儿我带回家里的东西是最多的，并且其中有很多东西还没什么用，纯粹的摆件，或者一些小挂件，为了填补墙面的白。一些时段里，我喜欢屋子里充满了东西，鲜花或者干花，我尤其喜欢红玫瑰，它们有点儿像我母亲从土里刨出来的小红土豆的颜色，早就不是我这个年龄所应该感兴趣的叮当作响的风铃我也搞了一串放起来，就为了在深夜醒来走到窗边，听到它那风中清冷的响音。而一些时段里，我希望屋子里空空荡荡，除了我自己，其他任何物件儿一样也没有。

一个茂盛的我和一个荒芜的我。

要是我在购物时被人细致地观察，可能会让人觉得我多么空虚和苦闷。听说，购物是一种孤独病。我不太理解这些说法。我也根本不去管顾旁人的意见。我活我自己的。不购物的人就没有孤独病了吗？孤独本身就是生命的骨质，寂寞是耳旁风。如果不能时时触摸到自己的骨头，也就是那些所谓熬人的孤独，那么在整个大地上行走的这个人，无非就是一个肉质的行李包。我哪里会在意那些莫名冲击而来的"同情"。

中年女人2号，就是我在快要靠近天桥那会儿遇见的。我把她称为"中年女人2号"的起因当然是我自己是中年女人1号。这一段时间我对中年女人的事情特别感兴趣。她们的生活（情感的每一个细处的表现）以及面貌（衰老或年轻），我都会去偷偷关注。对于我来讲，所有的陌生中年女人都是2号。我也是她们的2号。1号是个谜语。1号只有在自己的目光看向人群的时候才体现。我端着复杂的心情走在了人群中，那会儿，作为大众的陌生人，没有朋友，连一只猫和狗都没有作陪，低头走路，目不斜视，可能正是人们所说的那种孤独病人的步伐和形态。

我得说，与她的相遇是"撞见"的，并且那会儿，我还以为她这个人就要报废了。

我本来根本没有看见她。如果她不那样"过"来，谁也不会注意到。

当然她肯定不愿意那样，如果可以事先知道今天这个时候要发生这种令人惊讶（尴尬）的事情，我敢肯定她宁愿蹲在马桶上看十分钟爆笑视频。

有可能她就是因为边走边看爆笑视频，才摔了这么一个大跟头。我们总是为了取悦自己的时候摔成狗抢屎的样子，这种例子又不是没有，走着走着，掉进了粪坑，走着走着，撞上了电线杆。

她把自己一骨碌摔在地上，还朝着我走的正面直冲过来，那一刻，可真像个炸弹——因为胖，圆得像个球，滚得也停不住。我都条件反射地伸出手，要去挡着或者接着。我和她的这段距离之间还有一个菜贩子的蔬菜篮子隔着，她就是从蔬菜上滚过来的，像一条圆溜溜的大菜虫。

蔬菜篮子被砸翻了。

我在想，是去帮助她还是去帮助菜贩子把蔬菜收进篮子。今天我真是爱心泛滥。可能这跟早晨照进我房间的那些大太阳光有关。它们是彩色的，只需要找一根树枝或者一根铅笔，在眼睛的前方稍微拨一拨光线，再用镜片返照过去，那些散开的阳光就会变成彩色。今天早晨的阳光像全部照进我一个人的房间那样，几乎铺照了每一个角落。

我本身是个抑郁症患者，这个毛病在十几岁的时候就有了，到现在，我已经是个经验丰富的懂得如何逃避抑郁的抑郁症患者。我经常会表现得格外阳光、热情和幸福。所以在那一刻，她摔向我，我那阳光热情的一面忽然就显现了。我想替她解围，准备靠近，伸手相扶。

她的脚扭了，大半天没有抬起头来。我准备扶她的手还停在一边，等着她像蜷曲的虫子那样伸展开。

我说过我不喜欢两手空空地走在大街上。如果我的手可以去做些什么，我就去做。这一趟出来的目的可不是购物，而是想要感受一下，今天走在大街上的中年女人们，她们的脸上和昨天有什么不一样。她们是不是又吵架了，她们是不是又老了一天，或者她们是不是忽然年轻了好几岁，或者她们是不是突然离婚了，或者她们之中的某一个突然当起了算命神婆，也或者某一个疯掉了，边走边骂天骂地。

我看出来了，她并不打算接受任何人的帮忙。今天这个中年女人2号性格冷酷得就像一瓢冷水。也许刚刚她在家里受了什么委屈。看样子她一定是生养过孩子的，那屁股，那腰，那胸部，那脸庞，都应该是属于某个孩子的"先天家园"。反正不管怎么样，她平时也不会特别愿意给人增添麻烦或者别人给她增添麻烦。那种要强的个性的气味是会从身体里钻出来，蔓延到空气中，落入我这样的人的嗅觉中来。

她坐在地上像个圆根萝卜，头发就像被太阳晒黑的萝卜缨子。在地上给自己揉了揉，休息大约两分钟，然后她就站起来（比我这个矮人还要矮一点儿），拍了拍灰尘扬长而去。整个过程中，她没有笑一笑，哪怕是为了舒缓尴尬局面的故意一笑，她没有，她也一句话不说，我都怀疑她根本就把旁边的人包含我在内，全部看成了空气。走到远处，我才注意到她手里握着的一只塑料袋里的肉包子已经变形了。在摔滚的过程中，她也没有丢掉那份粮食。

她不准备过天桥，而是选择从天桥旁边的马路上直接从车流中穿过去。

没有散去的脚部的痛，还有些瘸。她打开那个塑料袋，狼吞虎咽。在咀嚼的过程中，无意或者有意，她回头看了看我。那其实是一张非常漂亮的脸蛋，像个月亮一样的圆脸，不是腮帮子往外扩的那种变形的圆脸，是非常圆满的脸庞，并且还有一双圆满的大眼睛。她有点儿像我年轻时候的二姐姐。如果我有我妈妈那种社交能力，她现在已经是我的亲戚了。

我穿过了天桥。在那边，我看到我的"二姐姐"，就像所有被设定好的缘分那样，我们再一次相遇。她作为饭店的女服务员，而我，一个食客，我们又相见了。

我总算明白她为何在闲余时刻没有任何话语和笑脸，因为她的精力得留在这间饭店里使用。她的笑容，还有那些好听话，会让人觉得她在演练剧本。因为面对刚刚进来的另外几个客人，她也是一模一样的客套话。

会让人怀疑世界上所有的温柔都是假象和泡沫。

会让人伤心我们的人生里，只有不说话和不发笑的时候，才是属于自己的全部生活和表情。

现在好了，一个在我面前跌倒过的女人，在佯装不认识我，而我也必须懂得和尊重这样的发生。如果我这时候跑上去说，您真像是我的二姐姐，我很想跟您拥抱一下。她一定会觉得我是世界上最虚情假意的女骗子。

她根本不需要有人提醒她翻过的跟头。

现在只能这样了，她隐瞒她的大跟头，我收敛我的这份本来也不时刻显现的热情。我们都是彼此的"中年女人2号"。一般情况下，无论是所受的教育还是个人修习，都会促使我们将所有的苦痛自己掩盖起来，像蚕蛹那样，以便经历一切之后还能破茧而出。吃苦的人总会心怀梦想，对吧，"梦想"是给吃苦者准备的福利品，不一定会真正实现，但一定会抱持。所以她怎么可能会坐在那里，甘愿像个可怜虫似的接受一帮人七嘴八舌的同情，她总有自己的盘算、自尊和骄傲。我已经观察仔细了，她就是属于中年女人中比较坚韧的那一类：不动声色地在生活的深渊中攀爬，久经磨炼，情感仿佛麻木但实际上她比谁内心都丰富并且热爱生活，越是摔打，她越是顽抗。这一点我们可以从异类身上看到，比方说猫，它的自尊便是，自己撒完尿之后刨土掩盖，这一系列操作非常熟练得体，然后它就上蹿下跳，柔美又凶猛，把自己的身体扯成一片，去捕捉它的粮食去了。

现在她已经完全从刚才摔跟头的扭伤中恢复过来了。她演练的惯常的热情非常好使，虽然她胖得滚圆滚圆，可她的热情已经像真的热情那样，像真的阳光那样，铺照在她工作的地方。这一家饭店的生意可能是这条街上最好的。这一定不只是在饭店门口有两棵攀枝花树的缘故，不仅仅是因为人们喜欢坐在花树底下吃饭而特意光顾这里。

吃完饭，走出饭店，回头时几乎都要看见她那发着亮光的心灵了。你难以想象她一个人的时候多么沉默，你难以接受她一个人的时候那么冷寂。热情就像刚刚烧开的一锅水（她用甜美的音色说：欢迎您下次光临）。

我这趟出门一样东西都没有买回来，但这次似乎收获最多，像是被理解和被照见了什么。我看到我的影子，一个饱满的、倔强的影子，在道路上狠狠地难看地摔了一跤，然后，她飘浮在天桥对面的巷子，在两棵开花的攀枝花树深处。

夜游症，或蝗虫

这个时候还没有回家的人，就要赶紧回来了。我敢肯定此时街道上，人会越来越多，如果你还有些恍惚，那或许一个人影也看不到，但其实人很多，你只是不再看见和知道。一些人与真正的夜行者是无缘的，与黑夜无缘，哪怕他深陷其中，哪怕总是游荡在街面上，也看见过树叶在深秋中落去，也看见过黑夜里雪色明亮，但永远不会遇到他的同类。如果是女人，那就更难以遇见她的同类。但最热闹的事情永远发生在晚上。很多人厌恶并且又离不开夜色，他们需要这样一种场景才能抚摸什么。天知道他们要抚摸什么。关于人的手，在古老的先人那儿留下过训诫，必须创造和抓握到什么，才算是拥有一双合格的、美丽的、高贵的人手。但现在，谁还会在乎自己的双手是否有所作为。很多人如此忙碌，如此辛劳，如此双手不停，可他们从未坚信自己获得了什么。

有人更愿意剪着双手走在夜道上，放空脑袋，他都懒得伸手去为自己点燃一根香烟，在黑色血管似的道路上，他看上去像个被睡眠放逐的流浪汉。当然啦，没有半分悲伤，也无一点儿脆弱，甚至他好像还挺高兴这样的放逐，如果能一直游荡，不用折回房间，没准儿使他更高兴呢。

夜色之中总会隐藏许多危险，这是肯定的。你如果一定要在外面夜游，进行远足或者仅仅在某个角落发呆，那就最好穿上厚一些的、比寒霜更冷的衣服，夜行人只有比冷更冷。

现在我就走在冰冷的夜路上。当然我并不需要真的走出去。有些路是从自己的心尖上开始的，只要谁愿意，一下子就可以走到二十年前的老路上。我动了动指头，就仿佛摸到大树上一只鸟窝，一只没有翅膀的鸟儿会耸一耸它光秃秃的肩膀，问我要不要去它的树枝上坐一会儿。就是这样，如果我要出去，一定不是以阿微木依萝的样子出去，我一定会是寒夜里最傲慢的一只鸟，却又总会收获那么几只跟我相似的同类的爱，以这样一种形态离开我的房间，会使我更活跃而没有任何负担。这是半夜两点零五分。这个时辰，白天呼叫而过的救护车不再响了，因为夜里的街道上没有病人。

半夜三点钟仍然有太阳从天空中跳出来，只不过它再也不打算暖和任何一个人，它是纯白的，云彩像梳子一样从它的头顶晃过去，逗弄着，有时候它也会露出一点儿悲伤的胡须。它并不想为了谁而大肆地发光发热了，它本身是冷寂的了，它连名字都不叫太阳，它改名为月亮。

我是冷寂的。我也并不想为了谁发光发热。

我有时候梳着自己越来越稀薄的头发，就会想到荒芜的郊野，那些差不多快要落光了叶子的树木，它们在月色中反而更为张扬地露出了骨头。我根本也不用在乎谁的目光了。我现在只需要稍微轻一些使用梳子，不要弄得满地都是我的落发。只有年轻的姑娘们还需要一头秀发，她们还在乎小伙子们的审美，当他们对她说，您还是留长发好看，长发使人看上去更温柔可爱，她们就乖巧地留下了长发。

我不需要温柔可爱，或表现得呆头呆脑，这些元素本身也很难存在于我的生命之中，如果它存在过，也被我消耗完了。

现在我只是个走在夜路上的中年女人，有人在夜色中喊我大姐，但我敢肯定这些人没有一个真正比我年轻，而那些真正年轻的，他们也茫然地喊我阿姨，喊我"您"。也就是说，我像自己所预言的那样，在夜晚的道路上别想遇见真正的同类，只有一群过客会与我打招呼，而交情深厚的人，只会一言不发，相互对望而坐在一棵比黑夜更黑的树荫下。

我真的走在夜路上的时候，是天快亮的现在，这个时候我可以万分肯定地说，我在外间的街道上喝风，喝得都快饱了。我其实应该喝点儿酒再出来。但有人在天黑之前跟我说，一定要多喝点酒，白酒杀毒，烈酒抗寒，这样一说，我反而失去了喝酒的兴致。我愿意放纵自己的时候，经常醉得像一条傻狗，抱着某些路标和电线杆狂吐，披着稀薄的头发，简直丢人现眼，简直是个不能再要的人了。但只有我自己愿意放纵才行。西昌的夜色比其他地方好，如果能用醉眼看它，就会收获天空中的大月亮，一些云下的麦穗，一些明知道是幻影的爱。在不久以前我十分喜欢这里，毕竟它有一半的水土是从我的老家延伸过来的，我并不真的喜欢住在高山我的出生地上，但又不甘心离它太远，真实的希望状态是："仿佛还拥有着故乡。"只要让我葆有这样的感受，就算圆满了。可现在我有点儿不想在此继续住下去，甚至我都不想在这条街道上游晃。可我能去哪儿呢？当然啦，我完全可以去，其实已经离开了，当我动一动手指，就触摸到了百合花，这并不是我所喜爱的，我喜欢的花一直就是火红色的玫瑰和淡色的梨花，偶尔我会偏爱黄色或白色的菊花，就算它时常献给死去的人，从而被活人坚信它除了拿去上坟，摆在家里任何地方都只会增添晦气，可我也仍然会喜欢它。我没有喜欢百合的经历，从前不曾有过，可一定有人在什么时刻告诉我这个花如何美好，如果不是这样，我怎么会到了陌生之地，伸手就触及到了这样一枝本来不讨我欢心的植物。我都不愿意称它为花朵，就好像我如果把它命名为花，就要开启某些旧的回忆，就会想到有一天深夜，一个男人把百合花扛在肩膀上，而他告诉我，这是送给我的，这是他全部的爱。而我不再需要回忆了，记忆远去，就像人在时光下老去。现在我所恍惚抵达的地方，不是西昌的气候，是稍微北方的温度，百合花开在寒夜中，在一片陌生灯光下，有些灰色的雾气和行人的目光笼罩着。这是我觉得这一生之中，踏上的最陌生和寒冷的路径——一股想哭的味道，啊，一阵歌声要冲出喉咙，那么深邃的悲壮感。

在任何地方都会充满夜游症患者，在任何街道上，我们的影子像蝗虫在夜色中时隐时现，本身我们应该成群结队，应该互相关爱，也好像正在成群结队，也好像互相关爱，可实际上每一个都在独行。我都懒散到不愿意跟夜游症同伴们打招呼，就算偶尔我会遇到一两个气味相投的，也仅仅在树荫下短暂地坐上一会儿，便第一个匆匆离开。就像现在这样，天快亮时，抓着最后一片夜色，我回到了房间。但是明天，太阳出来，我就不会承认昨天夜里出过远门，我也确实不会记得出过远门。有些路是心尖上发生和延展的，有些路是旧的，旧路不可回头，旧人不可追忆，不到万不得已（没有万不得已），我的母亲说过，别回头看，要向前看。

挺拔

　　我在砖瓦厂并没有搬过一块砖，而是借住在那里。和别的地方不同，砖厂总有许多用不完的房间，随便跟工头说一声，就能腾出一间给某人的亲戚（而且都是免费的，用不着交房租和水电费，这儿所有工人的水电和房租由包工头或砖厂承担）。我就有亲戚在砖厂里干活。我的两个姑姑已经是砖厂的老员工了，两个姑父的亲戚会承包厂里的一些活。砖厂里也分各种工序，他们会承包其中一项。她们相当于给自己人打工。只要我乐意，只要我的姑姑们始终在砖厂里工作，我常住在砖厂一辈子都行。

　　直到今天，我的姑姑们还时不时跑去砖厂做零工，就像一个人总也摆脱不了固定的梦境那样，她们着了魔似的总喜欢在那里付出劳动。可能经常与泥灰打交道，会让她们觉得始终还在故土上种植粮食，仿佛没有离开家乡，还能保持着一个农民对土地的热情，但矛盾点恰恰在这里，她们明明已经回到家乡了，尤其是现在，年龄大了，已经是晚年了，可以在故乡的土地上种植粮食，但她们仍然梦魇似的还要回砖厂里。那么只能说，她们在外面付出的青春年月，像生命中的脐带那样，始终牵绊着感情，一个人在一个地方住久了，或者长期性地对某一样东西付诸了全部的热情，就很难从中抽脱，仿佛吸鸦片，知道那样不好却又戒不了，应该就是那样一种情结吧。流浪的人对道路无比依赖和依恋，从不出门的人对方寸之地无比依赖和依恋，大概就是这种意思。

一个人把他乡的土壤堆高一寸，故土便荒草萋萋。

她们的房子就是依靠在砖厂里挣到的钱建造起来的，建在自己重新要去热爱的故土上，出门时青壮年，回乡时白发丛生，个中辛苦，几十年光阴，无法计算了。

我在砖厂认识的那位好朋友可长得比我粗壮多了，说起来，我已经算是一个粗手粗脚的小姑娘，但她比我还粗些，几乎要用"膀大腰圆"去形容她了。那时候我刚刚二十岁出头一点点，由于我的童年期基本是在山区里度过，没有什么玩具也没有什么朋友，所以我可能把在外面的每一天都当成了是童年期的某个梦境的显影，因此我总是有些心智不成熟的样子。好心人会把这个说成"单纯"，更多人则会把它说成"傻乎乎"。我不知道单纯是什么，我也不在乎别人说我是傻子，我只是明白确实很多事情或者很多人，我不太会顾及什么礼节什么规则，我带着荒野里的生存模式，带着童年期看待问题的单一性，闯入了这个比较讲究规则和秩序的闹市中。现在想来也可能不是什么荒野模式，而仅仅是我的天性，我们的小学老师不是说了吗，如果是猪，送到北京回来还是猪。我还没有完全把自己变得聪明圆滑，还不能完全应付世事，就被世事吞咽了。

那时候我当然还没有去过北京，可我已经去过很多其他的地方，就算是猪，我也是自己跑过那么多地方的猪。按照我的出生环境，按照我的心智，我是不太可能走到这么远的地方来，结识那么多四面八方的朋友。稍许的自闭症曾经让我的父母非常担忧我的前途。我从不跟人玩耍，不太能接受一大帮人闹哄哄地在那儿游戏。如果一定要有这样一种游戏，那我的心意是，心甘情愿地主动加入他们，而不是他们冒冒失失地一大帮子闯入我的生活里来。

她当然是我愿意结交的朋友了，所以我们相处得还挺好。只是她有些替我担心，看出来我那么幼稚，那么不脚踏实地。

也许她并没有完全把我当成知心的好友，只是一个比较令她操心的熟人。无所谓。我从不强求别人要怎么对待我，如果她对待我的方式令我难受了，大不了就不跟她玩了。但有时我也会自作多情，即便我知道这个朋友早晚有一天也会像我从前认识的那些朋友一样，因为分别，因为无法联系，因为时间，因为遗忘，因为生活的繁杂，我们终究是要回到陌生人的状态，但我会在这段相识的期间表现得仿佛我们是一块儿长大的人。她比我能吃苦我是知道的。一个比我能吃苦的人就算对我抱着一点儿意见，我完全可以接受，承认她就是个与苦难抗衡的"英雄"，一点儿也不丢脸。在她的父母那里，她也一直是个乖孩子，乖孩子的理由当然就是她干活挣钱是一把好手。她很早就辍学了，小学没有毕业。在砖厂周围的某个学校断断续续读了几年。不是这个砖厂，是别的地方的砖厂。这是她辗转的不知道第几个砖厂了。砖厂工人的生活，就像候鸟那样迁徙，好几年在一个地方，或者一年搬迁好几次也很正常。她的整个童年期都是在砖厂里度过的，甚至，她还是在砖厂里出生的人。所以她的名字带有一个"尘"，她的父母叫她尘星。灰尘里的星星的意思吗？父母寄予的厚望，也许就在这个名字里体现了：从尘土里，像一颗星星那样亮晶晶的，那样高高的，那样一束灰扑扑的璀璨之光。

父母最大的心愿是把她送到轻工业厂去吃所谓的"干净饭、轻松饭"，他们认为那里的活儿比砖厂轻松，不用每天埋在灰尘里。如果够幸运的话，他们希望通过工厂某个领导的关系，能把尘星送到更好的地方，比方说，到超市里当收银员。那几乎像是"飞黄腾达"了，再也不用跟灰尘打交道，怀才得遇，终于可以用上她读过的那些文字了。收银员，那是一种与文字沾边的活儿。文字，他们认识得非常少，但坚信这是非常有用的东西，如果不是搬来搬去讨生活，如果不是尘星自己因为这种动荡的生活觉得读书读得一点儿意思都没有，他们还指望她能考个体面的大学，去改变自己的人生路径呢。所以她的父母，由于对"文字"还带着朴素的信仰，就格外希望尘星可以去到砖厂之外的地方发展。一个出生在砖厂的人，整个童年期都和砖厂有关的人，去到外面，去经历不同的人事，那肯定是一件特别了不起的事儿。

就像比着"出生地"生长一样，尘星长得一点儿也不细弱，我说了，她比我还粗手粗脚。我当然可以理解她呀，怎么可能会不知道这种情况呢，没有那样一块好身板，也抵抗不了命运给她的那么多辛劳，搬不动那些灰扑扑的沉重的火砖。她负责每天装车。一块大铁夹子经常挂在她的屁股上，只要一辆货车刹在火砖前，她便一跃而起，上到车厢，弯腰低头，夹子上一块一块的砖头，看上去一点儿也不费力，夹豆腐似的，码放在车厢里。她的技术已经好到不用去测量，凭着感觉就能堆放整齐。而我呢，对这样的体力劳动望尘莫及，也许那时候我已经有点儿像个作家了，会时常把她屁股上的大夹子想象成一块彩色飘带或者蝴蝶的一半翅膀。只是一半翅膀，另一半断了或者残废了。她这种强劲的劳动能力有点儿像我妈妈。她们都是那种很壮实的人，如果仔细去看的话，并不像我所形容的那样膀大腰圆，也并不比我粗手粗脚，只是感受上，给我的样子就是那样一种耕牛的气势。

有时候她会拿我开玩笑，说我这样的人，这也干不好，那也干不好，上个班三天两头跳槽，工友不好相处跳槽，工厂管理者态度不好跳槽，老板脸色不好跳槽，地方太大跳槽，地方太小跳槽，有毒的车间跳槽，太冷的跳槽，太热的跳槽，站着工作的跳槽，久坐的跳槽，上夜班的跳槽，加班的跳槽，太严格的跳槽，不公平的跳槽，这也跳槽那也跳槽，也许上帝本意要将我创造成一只青蛙奈何出了差错做成了人。世界上哪有那么多公平的事儿，既不能像她那样低头卖力，也不能找到更合适的工作，到底要怎么办？难道老天爷把我放到世界上来，就是为了去干每一种工作然后三天两天就跳槽，来看别人怎么接受那些我不能接受的东西，来看她怎么装车？

我也不知道怎么回答，也许我确实应该去当一只青蛙或癞蛤宝。我可能就是一个搞不清自己来世界上干什么的人吧。

我无法像耕牛一样卖力，不甘心继承母亲那些蛮力，传家宝似的，哪怕她忽悠我，力气是世界上最好卖的东西，源源不断的，今天卖完明天又有了，穷人最富有的就是力气。

我妈妈在我出门的时候叮嘱我，做一个勤快卖力的人。

我不做……不，我做过了——实际上，她好像并没有把她的大力气生给我，我都不能一下子扛起超过五十斤的东西，我也不能像尘星那样，拿着一块大夹子反反复复低头弯腰。即便我没有那么多的力气去卖，可我也没闲着呀，我做了很多工作，理发师的小徒弟，针织厂的女工，流水线的"机器人"，电子厂的"科研人员"，哪一样没好好卖力呢，可那始终没有什么作用，我会觉得那些东西在白白消耗我的力气。当然尘星会觉得我在为懒惰找借口。我也确实懒惰，有时候我就恨不得自己是一只流浪狗，假想我在外面走着走着，屁股上突然多出来一条尾巴，我的脑袋变成狗头，我的身体不再顶天立地而是往前后方向撕扯而去，我成为一个真正的、谁也不再认识我的邋遢异类。那样就好了，那样我就用不着胡思乱想，用不着每天用我的人脑子思考"我来世界上干什么"这样一件天大的事儿，我就只需要用狗脑子思考，因为作为一条狗，它的使命可能就比我作为人类单一了。它都被奴役了那么长时间，从古代到现在，从野生的狼变成了家犬，并且已经退化到无法进入丛林生活。如果一只狗还能是理想主义的狗，那它也只能是一只悲伤的理想主义之狗，它无法自力更生，无法真正脱离人群，那它顶多去当一条和别的狗不同的流浪狗，它能做的只能是把整个众多的人群作为依靠，不再单独去依靠其中一个，曲线性地去获取和享受它那神圣崇高的所谓"狗的自由生活"。如果是那样也就好了，有了这样一身皮毛和尾巴，我便不用考虑作为一个高等动物，要去获取什么像样的、自尊独立的生活，要去考虑我的形象，要去顾及我家族的名声，要在外面众多苦涩道路上，按照长辈的意思，活得堂堂正正并且实现某些抱负。

抱负，呵呵，有时候它只是一个包袱。我们的长辈不知道这些道理吗？他们肯定知道。啊，其实，并非我的祖辈要我做一个什么样的人，他们都已经老早就死掉了，当然那些活着的"祖先"对我还有所期望，可这些都不重要，我自己的立场才是主要原因，我的心理作祟：我想成为一个什么样的人。我自己本身才是烦恼的源头。成为一个什么样的人，这件事我从十六岁出门那天就开始考虑了，起先我想成为一个歌唱家或者作词家，卖力地站在当时还没有离开时的我家屋檐底下，顶着凉山州最酷的烈日唱得晕头转向，后来发现我没有这个天赋，要不了几首歌，我的嗓子就干掉了，不会换气，也不会用技巧，还不太识谱，因为贫穷，也没有机会学任何一门乐器。后来，我抓起圆珠笔写歌词，发现我不会，就是在这种梦想的挫败下浑浑噩噩地出了门，我其实是梦游似的出了门，我其实也许只是打算出门走走，就在我家房子周围、某条河边、某个山道前，想想我除了当一个歌唱家和作词家之外还有没有别的事儿擅长，不想我鬼使神差地走远了，拿着一点儿路费，像是赌气那样地，去远方求道那样地，走远了。那些焦虑始终还困扰着我。就是这样，一直走一直也没有想明白。为了不饿死，我卖着最微薄的力气，以此活命，以此继续跟自己较劲也跟生活中每一个我遇到的不公平的事和人较劲。这种个性对我不利的后果已经很明显了。我之所以去过那么多地方，并不是我愿意去那么多地方，是因为我不得不远去，不得不一个一个地方换来换去，原因当然全在于我是个不受管束和受不了委屈的人，并且到现在我还挺纳闷那些责怪我受不得委屈的好心人为何要指责我受不得委屈，我的疑问在于：既然是委屈，难道我一定要受才是对的吗？但他们肯定是不错的，因为他们了解法则，在人群中的生活法则。在人群中生活，你推我搡，你要是个小气包，那你一定有得受了。他们那意思肯定是，所有跟生活法则抗衡追逐真理和绝对公正的人最后可能都去当流浪狗了。没错儿，我现在就是一只站立着走路的秃尾巴狗。凡是我去过的地方，要不了多长时间，顶多一年，就把附近所有的厂都进完了也得罪完了，只要我抱怨管理者的态度一点儿也不尊重我们这些小民工，有时候甚至一点儿人性也没有，他们就毫无人性地把我给安排到最累的岗位上，让我自己吃不了苦，主动辞职走人，因为我是自己走人的，所以他们连遣散费都省了，我就得继续换一个地方，简直像个游击队员。

现在，我好像只能成为一个懒人。我住在砖厂的原因还不就是为了可以省下一笔房租，那样我就可以慢慢在附近的厂子，一个一个去试，看看那其中某个地方，是不是可以找到适合我的工作。当然不仅仅是工资呀，说起来挺复杂的，择偶似的，各种条件都要在我能接受的范围内才行，尊重，真挚，合理的福利，管理者的品调，等等。

哪有那么多适合我的工作呀。老天爷把人丢在巷子里就不管了，你要么顶天立地是个人一样地走出去，要么前后撕扯像个狗一样左右转转。我现在就在砖厂里转转。我真悲观，即使想去做一个异类，即便做成了，也似乎只能成为一条流浪狗，因为狗有狗的命运，它并不比做人舒服多少，在它那些后天造成的不幸之中，一个输给了异类的族群，在这种命运的局限里，它也已经无法脱离人群，无法进入丛林，被迫或者干脆快乐地当起了人类的小伙伴。我已经习惯并且皈依了某种法则，我自己给自己制定的一套活法，既然这样，那又是一种新的痛苦的根源了。我既皈依了某些法则，而在艰涩的生活道路上，这些法则只会限制我。我现在如果要按照自己的理想去生活，想让我的生命有质量，获得纯粹的生命质量，不再投入到那些乱哄哄的金钱的秩序和竞争中，就一定会被说成是一个自私鬼。我也确实不愿意完全堕落成一个自私鬼。我必须承担起一些责任，哪怕力量微弱到几乎无法抗衡那一个一个的磨难和生活意外，可我也必须挺拔起来，这是必须的。每几个月，我得回去看看高山上的父母，给他们一点儿钱，如果我没有攒到钱，就买一点儿外乡的食品带回去，这样是最好的。要么我就干脆几年也不回家，像是逃避责任，就让他们以为我在外面死掉了或者失踪了或者让他们忘记还有我这样一个流浪儿。他们也许可能做得到遗忘。遗忘是人类的一大功能，免除痛苦的功能。在我刚出门之后的那些年月，我们是没有通信设备的，如果我想念家乡了，可以给父母去一封信，可书信的速度比蜗牛的爬行还慢，我春天的书信，等他们收到的时候可能已经秋天了，甚至可能已经寄丢了，什么音信都无，那年头的书信，写信的人都很少抱着及时收到回信的希望。那时候一切都很慢，时间，精力，感情，都慢得像一匹三条腿的白马。那时候他们似乎并不想念我，回家的时候我会从那些话腔里挖掘出那种"遗忘"的味道。当然可能是装出来的遗忘的味道啊，我必须坚信父母之爱，这是不可违背的天理，不可怀疑的人间感情。但肯定多少他们可以做到坦然接受我的"失踪"甚至"一去不再回"。我的父母对我抱着一些远大的期待，尤其是我的母亲，她觉得世界上没有任何一个地方可以比她生活着的那个地方更苦了，也就是我的出生地，她希望我哪怕一去不回，也无所谓了，外面的生活一定好过她见到的。她把我当成一粒蒲公英种子了，随便飘，飘到远地方，不要飘回苦涩的家乡。我的父亲是无所谓的，他的前半生与酒为伍，没准儿他都不知道我是谁，他之外谁是谁，他陷在他自己的困顿中。

如果我只是为了生来享受自己的快乐，那也许可能并不是什么有意思的事儿，对吗？所以我哪怕只有一点点力气，哪怕断断续续的，也必须去出卖力气，对吗？

像尘星那样卖力我做不到，我说了我扛不起超过五十斤的东西。我唯一能轻松扛起的就是我自己的这一颗脑袋。我时常扛起它看着别人，看他们在那些灰尘里，干得像一个一个的泥雕。

我那好朋友的汗滴在火砖上，在车厢对面，我正看着她的脸变成一张泥塑。装载满满一车火砖，她可以和一起装车的工友均分，分得五块钱或者少的时候只有三块五，一天要装十车左右。她年轻的腰，弯下去弯下去，像热浪中风吹的麦穗。夜晚一定有响声从她的腰椎里传来，像耗子在粮食口袋上"嘶嘶"地咬她的"命"。我对这种声音当然熟悉啦，我妈妈的腰椎里最起码藏着三只五只这样的老鼠。但我不能把这个形容说给她听。她又不是我妈妈。

我真羡慕她妈妈在身边，即便在砖厂里，她也可以经常见到她。

我已经很难跟我妈妈交流感情了，我像个老掉的孩子，不会像尘星那样，贴一贴妈妈的脸，甚至这么大了，五大三粗的，还好意思赖在妈妈的怀抱中。那种细腻的表达亲情的方式我没有了。下班之后她们在砖厂里散步，就像闲着没事干一样，去砖厂后面拔草锄地，居然种植了一小片菜。她们很少买菜，随便砖厂的一个角落，她们母女就能把那儿刨成一个菜园。那个时候我真想加入进去。可我从没有加入进去。我咬咬牙站在一旁，心里发酸，尤其当尘星喊我过去跟她一起干活的时候，我酸得更狠，便对她说，干个屁，你家里没有地吗？走到哪儿刨到哪儿。

后来，如愿以偿，我的朋友尘星终于获得了好运。通过砖厂的关系，她到附近一家超市当起了收银员。那是她妈妈最风光的日子，也是尘星最风光的日子。如果我不去注意她身上穿的那件外套，那也是我最为她风光时刻感到高兴的日子。当然我仍然高兴。我提醒自己不要去关注别的，就单纯地，为她的，甚至她父母的扬眉吐气，为她们一家终于从砖厂里走出这样一个年轻人而高兴。

我是第一个知道她要去超市当收银员的人。整个砖厂，她在第一时间只把这个消息告诉了我。许多人只在第二天她父母宴请工友分享喜悦的时刻才知道她的好事儿。我在前一个晚上就知道了。那晚上我们还喝了两瓶啤酒，算是私下里彼此鼓劲，她希望我赶紧脚踏实地在工厂里好好干活，该加班加班，拿几年日夜不休的付出，然后回去开个什么店铺，然后过上平稳的生活。该死的，我当时听完她的安排就非常泄气了，这种人生路径真让人气馁，我不是说这种生活不好，我是说这种生活太他妈好了，好得一点儿意思也没有。当时天气热了，砖厂旁边是一条河，我俩坐在河边喝酒，不知道哪根筋不对，喝了一会儿，我居然把薄外套脱下来在河边洗了起来。第二天早上我的朋友尘星就把我晾在屋檐下的薄外套硬穿着走了，在我的眼前，赞叹着那件衣服，说它长得跟她的气质简直一模一样。我当然明白她这么硬抢，也只是为了保存自己的一点儿自尊心，难道她要可怜巴巴地跟自己的朋友说，她穷得没有一件像样的衣服可以穿着到超市那种干干净净的地方去上班吗？然后它就成了她的衣服。当时，在宴席上，她自己的"庆功宴"上，穿着我的衣服，像我妈妈的另外一个女儿，挺拔地穿梭在人群中。

必须相信，任何时候，有人都比我们更耐苦楚，我妈妈今年六十岁，我四十岁，我还是扛不起超过五十斤的东西，我妈妈仍然还能扛起超过五十斤的东西。她们是比我更耐苦楚的人，我在为了某个工厂的管理的不公、待遇、管理疏漏、有伤尊严之类的问题抗争的时候，她们已经默默长出了一副可以挑起五十斤以上重物的脊梁。因为她们没有精力和时间去辩论那些也许在她们看来，比起贫穷简直不算什么的待遇，她们只要活下去，只要卖力，就去卖。贱卖也卖。

就是这样，我的朋友尘星，她的父母为了让她获得一个比砖厂干净的岗位，还要四处求索，最后他们终于如愿了，在砖厂的尘土中，终于给尘星办起了"庆功宴"。就像灰尘里的星子，终于被点亮了。

我的那些胡思乱想在那个时期暂时停滞了，也许是在尘星举办"庆功宴"的那天停滞的，我的心灵的某些暗处，是在那个时候被"点燃"了。看到微光下的人们，他们必须要不断地沉默地卖力，才能去生活的对岸，才能从砖厂走到收银员那样的对岸。尘星的母亲眼眶还红红的，就好像她女儿考上了大学。后来我也卖力，倒不是为了成为一个收银员，我只是为了到达自己内心的对岸。尘星穿走了我的外衣，就像生活终于脱了我一层皮。如果我有什么梦想，也终于学会了先把它焐在胸口上。在朝着好日子的方向去的这条大路上，浩浩荡荡的人群，他们确实令我动容和震撼，每一双眼睛都是一束火把，有时候他们照自己脚前的路，有时候也照同行者脚前的路，有时候他们相扶，只为了自己陷落在某个道路的坑洼之中，有人也伸手来扶。

后来我就不怎么见到尘星了。

路上认识的朋友，深情还是薄情，早晚是个分别。我们只是小蚂蚁似的，从这里跋涉到那里，轮番去认识和分别不同的小蚂蚁。在这条道路上，其中有些小蚂蚁，它们可以举起超过自己身体很多倍的东西，还能拖行比它们举起来的重量更多倍的东西，拥有了那种近乎超能的力量。

川流不息

屋子可以空得像闹鬼，人也可以穷得像鬼，但无论如何这个穷鬼一定会在自己的客厅里安置一张沙发。

如果是个结了婚的女人，那她更需要一张沙发，夫妻吵架时可以作为其中一方撤退的阵营。

如果是个离了婚的女人，那她也需要一张沙发，自由的懒散日子将把她"焊"在这个沙发上。

这就是生活，细碎得像鸡毛一样轻盈又免不得像狗毛一样乱哄哄，鸡飞狗跳并不是鸡和狗在跳，而是鸡毛和狗毛在跳，但后来是两个人在跳，或者最终一个人也在跳。鸡飞狗跳不一定要伙伴，一个人也照样闹得不可开交，这就是生活的本相。去它的——当你开始爱上爆粗口，那么你领悟生活的智慧或者说能力才终于开启了。当你一开始还抱着梦想和期待的时候，你还只是个被生活捂在大自然的胎盘上的婴儿呢。在某些时候以及某些环境中，任何百分之百的快乐和幸福都是可耻的。当你觉得无比快乐和幸福，你可能还不算是个完整灵魂之上的人类。做人一定是痛苦高于快乐，这是沉重的生活与肉身决定的，因为会死的东西注定会腐朽，就像艺术的深处总是触碰到灵魂的痛处，任何向死而去的肉身和思想都需要深刻地自省、锻造和升华。幸福往往隐在不幸的背后——一小撮甜蜜。

昨天我们还发誓这种单个儿的日子太好了，发誓终生将独身主义捍卫到底，今天肯定会有些动摇，现在是春天了，谁要是不去谈一场恋爱，谁就白白到世间游荡一回。这是最赤裸的抒情。

于是有人就开始谈恋爱，热衷于每个陌生面孔的吸引和排斥：让别人喜欢也让别人排斥，开始挑战自己的承受力。有时候也未必真的就获得了一个完美的爱人，并不是人人都真正愿意踏出房间到门外的世界去等候另一棵树上的灵魂像成熟的果子那样掉下来，跳过外国"思想家"牛顿的脑袋砸在你的脑袋上。没有人主动创造浪漫，没有人走到外面的树下等待谁，我也不创造浪漫，我也不等谁。有时候这一切只发生在客厅的沙发上、一个人躺平的脑海之中，那些川流不息的人间风景"路"过精神世界，如果顺便"带来"一个人的样貌，那就是他了，那将会被理解为"缘分"，那将会被理解为爱情和新的生活。这个时候我应该跳起来感谢上苍，对吗，感谢它终于开始为我今后的日子着想了，新的道路和生活场面又火热地铺在我眼前的人间。就仿佛是这样，即便事实上我的老天爷它什么都没有给我，给我的只是一切空空如也的理想。

可有时候我们并不需要爱具体的哪一个人，仅仅是个影幻，仅仅是你在沙发上躺着点开了一个陌生男人的头像，或者真实的情况是，你根本连个头像都懒得点开，你只是对着暗下去的手机屏幕里映照出来的自己的影像发呆。这才是真正的你的状态。你长期性保持着仿佛与外界绝交的一种状态。这样的生活哪可能诞生有效的爱情，如果它诞生了，那一定属于奇迹的一部分。奇迹是会有的。爱情有时候就是会这么草率地发生，偶尔你会觉得它像一场骗局，如此不真实而又令人向往：你爱着一个空荡荡的不存在的人的灵魂，你对外界谎称爱着世界上最好的一个人。

可时间会碾碎一些东西。

现在你去问问，一个八十岁的老年女人，她年轻时候到底爱过谁，有多少情人或者一个也不曾有，她肯定说不清楚了。

现在你去问问哲学家，去问那个曾经拥抱着马脑袋喊亲兄弟的哲学家，你去问他，爱是什么，问他为什么要把眼泪流给一匹风一样的马。别问为什么用"条"去形容一匹马，因为它是风和幻影。

如果你愿意浪费时间追问这些，那就去追问，一定要问爱是什么，而不是去问爱情是什么。爱情是不可询问的，一问就破碎。当一个人的生活里大谈着爱而刻意回避爱情的时候，这个人的生活一定不算幸福和成功。

可谁还关心这些呢？无所谓的。

现在我只躺在沙发上，如果要到客厅那边的窗口，就得穿过整个客厅。这个客厅并不宽敞，因为它只是一个穷人的客厅。假设我还生活在农村，那我打着泥腿子一步就可以蹿（滑）到墙壁外面去，因为穷人的客厅就是这么空白，里边没有满满当当的障碍物，一步就可以溜冰似的滑到那边去——你会以为我在表演杂技。可我必须又要假装富饶、优雅、娴静，谁会把自己定为一个穷人呢？如果还拥有仰望天空中云的自由，就不能算十足的穷人，必然要挣扎一下。现在就是这样，我把双脚的泥土洗净，佯装自己是一个土生土长的城里人。如果我不去暴露身份，谁知道我出生在农村呢？如果我不去暴露更多往事，并且编造一个高贵的血统和家庭背景，谁知道我一贫如洗呢？没有哪一个穷人有大把的时间躺平在沙发上，除了钱财，我应有的都有；除了爱，我应有的都有；除了硕大的客厅：只要不介意它是租来的，就应有的都有。现在不要继续追问爱情，这个话题我只允许你为难旁人。这是我要抱持的某种真理，我会说，这才是非常严肃的真理，要坚守它，像坚守一个普通女人的贞操。哪怕贞操已经旧了，或者已经被践踏过，可只要内心仍然坚信它的完整，或者说，觉得从未真心将贞操赋予谁，那么，它就一直完整和高贵，只有真心赋予的，才是真正与真理成为一体。在这种观念或者活法当中，你完全有理由骂我像个骗子，可事实就是这样，容不得你过于较真，那些你为之捍卫的原则很多时候被弃之沟渠。有时候你为了捍卫内心里某种真理，就会在外在表现出轻浮和不可信任，你将被传言攻击成是个四处流窜的浪荡妇人。所以贞操总是要被夺取的，你得接受这个现实，早或者晚的事儿，献给此或献给彼的事儿，但必须被以爱的名义，你才会心甘情愿。你毕竟不愿意一直被弃之沟渠。

所以我胆怯吗？让我大胆地把自己交给所谓的命运之神，我会这么做吗？当然不能。当然会在我所生活的环境中努力挣扎。在不知道命运之神是个什么玩意儿的情境下，往往具备着最蛮横而抗拒的勇气。

我在乎我的乐趣。有人说这是极度自私的一种体现。过于在乎自己乐趣的人会忽视更多人的乐趣，有时候甚至将这种乐趣建立在别人的痛苦之上。但是无所谓。他们谁也不能真正了解我。

现在你可以问问，我如今到底寄居何处，没关系，虽然我排斥很多问题，但总有个时候我也期待自己跟大家交心。你可以开始问我了，问我是否真的有家可回，贞操的得失是否在爱的名义内，是否就像我所表现和表达的那样，是否就像新闻里少部分关于我的宣传，一个励志的农村姑娘在她应该上学的年纪因为被贫穷夯了一记闷棍，一棍子打到社会上险些乞讨，她居然没有乞讨而鬼使神差成了一名作家——这开始有点意思了，对吧，世界上就需要这样的例子，它不管你吃了多少苦和累，只要你吃了苦和累最后成了一个所谓有用的人或者光宗耀祖，你那些苦和累就应该吃和值得吃了，于是大家都应该这样坚守，去吃苦和受累，因为有这样一个成功的例子在那儿摆着呢。于是站在最亮的太阳光下，来吧，我需要告诉大家：我曾经是一个被贫穷夯了一记闷棍的小学生！

我知道各种问题会成群结队涌来，这在以往的经历中并不陌生，我就干脆主动回答那些后续里，还没有被真正问出口的问题。

谁也不会关心这些无聊、无休止的回忆和讲述，简直就像一块抹布令你厌倦和作呕；谁也不会关心你讲述完了之后那痛苦的空虚。巨大的虚妄感，让你仿佛坠入深渊，而他人却还在艳羡你的成功或幸福。有人在你的伤疤上重新撕开一块，让你重新闻到过去的生活，但你要是敢说那是恶臭的生活就过分了。你必须说，所有的经历都是值得珍惜的宝藏。于是你必须只说爱，或者爱情，除此之外，你还可以简单说一说放牛和放猪的乐趣，你也可以说高海拔和草原上空的天气质量。实在无事可说的时候，你就可以给他们唱卡拉 OK。你还可以混入广场舞大队，搔首弄姿或张牙舞爪。总之你不要表现得有些不耐烦就对了。你得快活起来,用极大的热情去快活起来。

可对于我来说,这些娱乐项目又太为难我了,首先不谈舞步怎么回事,就那唯一的基础——热情——我都跟不上,显得有点儿病恹恹。骨子里我在质问自己:要是我这么活跃,为何不到河里当一条鱼?

现在你可以问我多长时间或者走多少步,可以穿过客厅到达临街的窗户。

其实我也不知道需要多少时间和多少步,因为这是一个新客厅,就像一条新的道路和新的生活场景。老天爷上个月才赐给我的福气。它总是要想方设法给我一个这样的客厅,这样显得天道酬勤,奖励我对生活的热情。现在只等着我穿过客厅,就像川流不息的大马路上,只要我坚信,生活的变幻无穷没有我的忍耐力和接受挑战的勇气高,我就可以轻松应对,我会幻想自己顶着遮阳伞穿着吊带裙,走到路的那边去。

前提当然是我要从沙发上爬起身,穿过客厅到达那扇窗。前提是我要相信在做了这些对我而言可以称为"远足"的功夫之后,相信那扇窗户外面的生活是我此刻特别羡慕和需要看到的。我必须觉得那扇窗会给我某些力量,当我终于低头去看窗下的路面,最好就看到那路面上热忱的生活图景,如晴朗的夜空下麦芒中飘荡的月光。

如果我不确定，那躺在这个安全的客厅中央的沙发上是最保险的。

如果我不确定，那就不要进入这个陌生的客厅，应该去流浪，应该抛弃客厅安逸的沙发，应该孤零零赤足走在那些带刺的道路上。

可我当然是确定的，昨天我冒着暴雨从一个熟悉的地方登上飞机，然后我就进入了这个陌生的客厅，现在我躺在沙发上，当然是陌生的沙发，据说上一任租客把这张沙发作为她的宠物狗的睡床。她搬走之后，我仿佛就继承了狗的家产，躺在它留有尿渍的睡床上，可能也闯入过它的梦中。

现在只剩下爱，我要去完成这个仪式，起身穿过客厅，大胆一些，去相信我即将穿过客厅抵达的那扇窗户底下，川流不息地上演着真实而美好的生活。我们都需要这样的勇气，不能真的永远只蜷缩在安全的客厅中央的沙发上，必须幻想我们的生活和爱情。人有时候要向前看最美好的东西，也要向后看最美好的东西，对于某些庞杂的忧愁，可以选择主观性屏蔽，人在某些时候，对自己也要睁一只眼闭一只眼，假设这会儿我只有二十五岁，有一身纤瘦的肌肉，那么我就一定会想象到，那是个凉风习习的下午，我穿过客厅走到阳台上，去看望我那一条晒在竹竿上的碎花吊带连衣裙。

蜘蛛网结满房间

我有时会觉得自己住在结满了蜘蛛网的房间。

那都是我身上的脉络，像血液从那些细碎的管线里穿过，在我的对面，靠近窗口的那些位置，在风吹雨淋之后突然跳出夜空的月亮光下，蜘蛛网的脉络清晰，好像许多笑声装在那样细碎的缓流中。

一个人把自己的生命摊开，不就是平面的血色湖泊吗，把自己置于高原上、松林的风中。

有时候女朋友们劝我去爱一场，轰轰烈烈的，趁着自己还有几分姿色，身材也还饱满。她们说得诚恳。这些好意令人神往也心碎。我有时候抱着落魄的执拗，跟自己较劲，人的美为何要挥霍在一场情爱的薄雾中，为何我不置身于更高的山脉上，假设我是一棵松树，或一座雪山，为何不是有人从遥远的地方来看我。但要是我这样表达自己的意见，就会被人孤立，说我如何骄傲和不通情理。而我内心真实的意思只不过是：我需要清静一会儿，所以，我为什么要主动下山去，有意无意去挥霍最后一点儿青春。

过于挥霍和渴求的情感只让心思憔悴，如果可以选择，多数人会选择自己仍然是个处子。如今皮肉松弛，生育后的肚皮像衰老的秋天的稻场，空荡荡的，被收割的痕迹，而头顶长发簌簌而落、日渐稀薄光秃，精神萎靡，忧心忡忡。

有时我也真想去爱一场，为了爱将自己饿瘦，饿成少女之身，饿出我见犹怜，站在明亮的大街上，穿漂亮衣服和高跟鞋，口红鲜艳，形迹可疑却痴心不改，等一场旷古的爱情。也许曾经那么做过，也许就在昨天，有人不管不顾，抛开一切伦理道德去爱过，可无济于事，哪怕曾经翻越千山万水，留下许多美好和伤感的回忆，最后大多数竟徒劳一场。悲观主义者的结局。

中年人空旷的灵魂庄稼地，在稻场上必须燃烧一堆比秋空更高的火焰，才可烧透和拨亮生活的琐碎和疲劳，在灰烬后，看到对方爱或不爱的双目。

某些时候我一定幻想过很多种幸福的相遇和结局，但无法穿越到年轮的对岸，无法从中年这棵树的半腰滑到底部，无法摆脱凡俗的牵绊。爱无可着落，只剩某种执念的信仰。

后来她们放弃将我从所谓孤寂中解救，忽然扭转话题，说起菜市场的鲈鱼，在我们的高原地区，一条一斤三两的鱼要三十六元，一个不大的胖鱼头要四十九元，她们渐渐只热衷于购买廉价的蔬菜，渐渐地，都觉得自己在一个庞大的家庭中活得十分的营养不良。我开始察觉她们偶尔向我投来羡慕的眼神，羡慕我光秃秃的一个人带着一个女儿生活，她们羡慕这种生活的单调，似乎我这样活也更好，至少不用在一个两性关系中被指责和指责别人，怀疑不被爱和珍惜，怀疑爱在消失，怀疑一切的焦虑因为某个人而带来或者自己是焦虑的源头。她们开始不干涉我的状态，有时拐弯抹角悄悄询问，离婚时痛苦不痛苦，拔掉十年之深的日子和习以为常的某个身影，难受不难受，空窗期的绝望程度是否可以忍受，有没有恨意和嫉妒。我无法作答。那些连根拔起，带着皮肉和骨髓抽离般的痛苦，以及模糊混沌的情感问题，只有经历过的人才有共鸣，在无数个失眠的黑夜中，一个中年女人的灵魂在决心散掉家庭之后的仓皇中不得安宁，偶尔叩问心灵，一切是否必要，倔强的性格最后战胜仓皇，劫后余生般从一个一个艰难的黎明中醒来，而这些失魂落魄，很难从我的社交圈子里被发现，我白天那么勇敢，无坚不摧，没心没肺，夜里却要么捂着被子一顿昏哭，要么给最好的朋友打一场电话，电话一接通，不管三七二十一开始大哭，只有我自己和极少的朋友见过我这般撕心裂肺，只有我自己知道被痛苦折磨到心脏衰弱几近猝死，半夜茫然地梦游般起来写遗嘱，看着熟睡中无辜的幼儿充满负罪，仿佛当头一棒，这些总总，如何作答。人必须从精神上死去一次，并且接受死去的精神，才能以必死之心建立新的精神世界而重新活在世上。这就是倔强的代价，覆水不收的代价，选择某种活法和精神以及情感需求的必须的代价。

我当然不后悔如此选择和种种遭遇，痛苦险些置我于死地，让我时常想死，尤其当孩子因缺乏父爱每每念叨想要跟父亲生活，考虑到身心健康，我也只能在条件成熟的情况下放她离开我，就更加悲伤。但从深渊中掉下去，无论如何也只能自己爬出来。人不能在做了选择之后，又做出无力承担的惨样，或妥协将就，企图推翻那些前因，寻找替罪羊或借口，被自己的刀杀穿自己的脖颈，这是很没有尊严的死法。

我也想学习她们那样，转移注意力，下载一堆视频网站，在那些视频中每天去喝一些清浅的情感鸡汤，去骂某些男人，骂他们粗鄙狂妄、负心汉，再转而去听男人骂女人轻浮无情、自私自利，变态地自虐和虐待别人，掐人咽喉自己似乎得以呼吸，多么热闹，以此慰藉。

可我不愿如此消耗。如果身边所有的人注定要离我而去，或者我离他们而去，那只能归咎于某种因果，只能说某些人福分极浅，注定漂泊。又一种执拗左右着我的行为和自尊，一头扎进写作的海洋之中，这似乎不再是文学创作，而是我的麻醉剂和情绪出口。疯狂地写作的确让我获得了自救，令我想起那个可怜的伍尔夫，如果不是文字，她也许死得更早。当我只信任每一颗文字的力量，当我在文字中虚构完美或崩塌的世相，生活的悲痛就在一点点消弭。我当然希望它彻底消弭。

有一天她们关心到了比较重要的社会新闻，这个东西终于有力地帮她们转移了焦虑，不再关心鱼、关心蔬菜和自己的房贷，以及时刻怀疑的感情问题，而是关心更多庞杂的世界上更大的事儿。于是她们又建议我这个以写字为生的人拿起我的笔作为武器，保家卫国。这简直不可思议，我刚刚从乱七八糟的生活里稍微出来透一口气。

她们要我保家卫国，带有命令的口气，如果我不这样干，可能明天就要失去她们这些朋友了。

而昨天她们还劝我去好好爱一场。

不管我如何退缩，她们都坚持要我保家卫国，拿出我的态度，既然我只有一个女儿要养育，就根本谈不上什么后顾之忧，她们怂恿我连夜就写讨伐的文章，说是可以提供给我一支很钢的钢笔。

她们说，世界兴亡，匹夫有责。我说我不是匹夫，我顶多是匹妇。她们说匹妇也有责。

就这样我被押送在风口上了，就像当时押送我去谈恋爱那样。

她们怂恿单身的姑娘和小伙子去反抗那些污水排放者。单身姑娘和小伙子反正是单身，如此更没有后顾之忧，保护地球健康，服务全人类，难道不是更高级的精神追求和信仰吗？她们要求这些人去当精神贵族。她们承认自己的知识理解不了污水造成的更多后果，但十分确定菜市场的海鲜之所以高价，绝对跟污水排入水域影响海鲜生长有关。

她们说生态需要保养，就像女人需要保养。

后来我就长期躲在结满了蜘蛛网的房间，虽然，其实一根蜘蛛网也没有。她们也渐渐不联系我了，尤其当我告诉她们，我决定好好去爱一场，哪怕爱一种不存在的爱。也许她们觉得我可能真的死了。

我偶尔偷偷摸摸鬼鬼祟祟溜下楼买花，生怕被熟人看见，被追问和干扰。我爱红玫瑰，但经常买回来黄玫瑰和百合。无所谓。接受某种随机性。

我从山上下来

　　那天我从山上下来，同学拉我去镇上吃水煮鱼，他说那里啤酒好喝。

　　事实上，他可能并非我的同学，认错人了也说不定。小学时代离我太遥远，压根儿记不起同学之中有这么一号人。他自称是我同学，我又拿不出证据说他不是，那就只能他说什么就什么，争辩也没意思。

　　他身边陪着一位美女，不管美不美，见了女的统一称"美女"总是不错。

　　我们一起进了镇子街道的深处。

　　马粪和牛屎味道从镇区边缘的一家养殖户那里传来，顺带而来的还有秋天才开的某些花的香气。喝饱了纯天然的动物粪味儿之后，到一家水煮鱼馆子门口，茶馆兼餐馆——心灵手巧的人到大城市里生活一段时间后学到的生意经：老板娘冲我们一笑，自然而然，如春风拂面。心情顿时更加好了起来。老板娘年轻有姿色，一看就是社会上锻炼了很久的人，总之，她很会招呼客人，在这个镇区，他们的生意最火爆。

我们三个跨步进去，他们两个走前面，我走后面，我向来有点拘礼，这种时候，又是蹭饭吃的身份，就更加必须拘礼。同学身边的美女屁股滚圆有弹性，年轻娇俏，又很会利用自己的优势，说话发嗲，带一些精灵古怪的城市腔调，温柔到让我怀疑自己不是个女人。她是个外地姑娘，皮肤白皙，平日肯定十分注重保养，就连我们这儿残酷的高紫外线也奈她不何，她神秘一笑，笑得让我顿时有些自卑，我觉得我这辈子所有的笑容加起来都没有她笑得这么好看，她展开这幅令人自卑的笑容，喊我猜她的来处。我一开始不猜，觉得未免无话找话，过于无聊，犹豫了一下，得出一个自认为比较聪明的办法（拍她马屁），对她说，外面的姑娘都比我们本地的姑娘好看。果然她十分满意这个回答。

姑娘一口流利的普通话，不掺杂一丝方言，搞不清她具体是哪个地方的人。用我同学的话说，不管哪个地方的人，现在都是他的人。"他的人"可不止一个两个，关于他的风流韵事，就像山风四处扫荡，随便一桩，都指向不同的姑娘。"他的人"，这句话充满了资本味道，好在我如今不是二十年前那个没头没脑冲动莽撞的家伙了，流落社会最大的好处就是把我变成了一个懂得使用脑子的人，我知道我的某些正义感只会招来反感，这些附带了我个人价值观的主观意见并不是处处所需人人想要，假设我要反驳我同学的某些话，同学本人不计较，姑娘会立马拉下脸和我吵架，毕竟，断人财路，犹如杀人父母。有些爱情并不是真正的爱情，它是各取所需。

"他的人"都不介意，我介意个什么。

"我要努力做一个情绪基本稳定的人。"这是我给自己的决心。下这种决心在于我时常情绪不稳定。我从小到大自父母那里受到的干扰太多，吵吵嚷嚷的原生家庭生活给我造成了某些魔怔和心理伤害，可是关于这一点，我的部分亲人不认同，偶尔连我自己也不认同。假设心情躁郁是一种潜藏性疾病，那么，很多人将死于他人的误解和自我误解。有时候我不能不去想象，我这种毫无病症的病症，会随着时间的流逝而流逝，我会隐藏很多内心深处的悲伤，直到我死去，无从展示的某些病症就得以痊愈。每个人都在修复他们潜藏的病症，我也不例外。所以，对我而言，做一个情绪基本稳定的人，不外放某些令我自己不肯承认也不被亲人承认的病症，就是一项大工程，是极大的考验和必须坚持的信念。我不想覆辙父母的老路，看上去我在随波逐流，实际上又有某个方向，我去社会上走那么多路和吃那么多苦，就是为了摆脱那些魔怔和伤害。我要脱胎换骨。

姑娘显然与我不是一条道上的人，包括这位同学，更加不是一条道上的人。我指的是某些精神上的道路。但今天这种情况，为何要答应跟他们一起吃鱼，则可以称作是一桩神秘事件。世间的人，可能总以彼此厌恶的方式见面，然后一哄而散，发誓再也不用相见了。

姑娘前看凸出后看也凸出，身材美丽，丝毫不介意我同学对她的态度，她小鸟依人，像是获得了世上最好的幸福，走路轻松，腰身比我的细柔多了，这种身材最适合到成都的春熙路晃荡，那儿的美女只穿很少很薄的衣裳，走一走就成了网红。但我敢肯定她不敢去春熙路。她和这位同学的年龄差了不止一大截。同学非常懂得如何体面地说话，他圆滑得像颗鸡蛋。

他们把我领到了二楼一个面对河景的包厢。挺好的位置，风水宝地之中的宝地，坐在这个地方不用吃饭也行了。

挺不好的是，那里面已经坐着另一个"半生不熟"的人，准确地来说，我认识这个人（匆匆在什么场合见过两面），但不知其姓名。也许什么时候有人介绍过他的姓名但我记不住。同学坚持说，那也是我们的同学。

就这样，我仿佛用二十年颠沛流离的运气在一天之内同时遇到两个小学时期的同学。我给他们取名为同学一号和同学二号。我对人际关系的建立和发展完全听天由命，既然他们觉得我们是同学，那就听他们的，反正我总共也只上了六年半的学，别说同学，学校我都没有记得清。在这样一种窘迫的低学历身份之上，有人肯站出来认我是他们的同学，对我而言也是一种激励，起码证明了我确实读了几年书，确实不完全是文盲。

今天是个好天气呀，我对他们三个说。他们赶紧点头附和：是的、是的、是的。

美女吃鱼挺秀气，她一双筷子在鱼的眼睛那儿戳了一下，只沾了一点汤汁（我觉得是这样），就美滋滋地仿佛夹到了一块大肉送进嘴里。在我看来，她也许只夹了一根鱼的眼睫毛。如果鱼有眼睫毛的话。鱼有眼睫毛吗？我对多少能吃的东西存在恍惚不清的认知？人间对我来说可能就是一团迷雾，糊涂地活，是我活着的本质和安全感。

你从哪儿来啊？同学二号问我。他用那种一百八十岁的腔调问我。这种老土的问候，印象中只在山区的老人家口中冒出来。但我一点儿也不反感这种搭腔。

我从山上下来。我给他说，这话回答得还很清醒。那个时候我们好像已经各自喝了两瓶啤酒，在昏醉和清醒之间的爽朗情绪中，开始有了一点说话的欲望和交朋友的心态。

在我们这个小镇，突然流行525喝酒法，就是你喝一半，剩一半给你的好朋友喝，以表达友情深厚。

我的两位同学开启了他们的525喝酒模式。

我和美女对望两眼，最终我们都放弃了这种念头，要是我们谁敢说彼此之间友情天地可鉴，那就好比说我们昨天下午见到了对方死去的太奶奶。

很快他们就喝醉了。真醉假醉不知道，反正是醉了。好好地说着话，突然就开始打架。这个世界上最崩溃的喝酒事故，就是喝完了酒开始摔瓶子。幸亏还算克制，一人只摔了一个。然后他们开始吵架。

同学二号骂一号是暴发户，贪财好色，谎话连篇，阳奉阴违，奴才气质。

一号骂二号最狠也最玄，说他是新型蜘蛛。意思就是，看似横冲直撞，实际上一屁股跌落网中，还不如他贪财好色，谎话连篇，阳奉阴违，奴才气质。最起码他干的这一切都在明面上，而且用不着遮遮掩掩，如果他不想干可以直接不干。二号则不一样，他不会做生意，也不会别的，他没得选。当初选择那份职业就注定了现在的局面。在其位司其职。如果上司需要他代表所从事的单位里所有人去传达爱，他就去传达。同事们也一致认为他最具备亲和力，最适合去传达爱心，哪怕在他内心看来，那些根本不是爱，就是表演爱和表演奉献，他自己累得要死，收他爱心的人也累得要死，每次拿着他给的一点儿微薄爱心，还得配合他合影，还必须配合得高高兴兴，从此以后就走出困顿人生，开始了人生飞跃的样子。职业责任促使他不能不去干那一切，他的同事们还需要他带回去一些现场数据作为宣传资料，所有一号说的那些内容，他都必须"织"在网中，为了保住这份工作，就得咬牙坚持到底，谁叫他当初满怀梦想，而今后悔又无力改变，只能继续这样。

　　一号说话直戳要害，说二号挺个中年期标志性大肚子，仿佛他多么雅量，实际上，他每天把自己困住也困住别人，而且他必须以困住别人方可活自己的命。

　　为啥不干脆说二号是老蜘蛛，而形容他是新型蜘蛛，一号的解释为，二号干了那些他不喜欢干的工作之后晚上会睡不着觉，这表示他没有能力做违心之事又不得已必须做一些，导致其经常焦躁，经常找他诉苦。而诉苦的后果就是眼前这种样子，互相打一架。

　　我以为他们互相揭底搞成这样，一定会掀桌子走人，从此再也不来往。可是不，他们很快就和好了。姑娘之前安慰我，让我放心，第二天他们就不记得今天吵架这件事了。这还不到第二天。

　　我没想到他们会把一餐饭吃成这种模样，也许他们经常吃成这样，也许这就是他们友情天地可鉴的缘由。不是最好的朋友，也做不到互相撕扯灵魂皮肉，以攻击之势剜出腐味儿，让彼此露出疲惫却真实的面容。

　　后来他们相视一笑，仿佛大酒已醒。

　　我只可惜一盘大鱼，还没认真吃呢，飘进去多少口水，到今天我都还怀念那餐鱼。其实并非怀念那一餐鱼，是怀念他们短暂爆发给我的一种生命之力——崩溃和最终弥合。他们有勇气并且幸运地相互击打对方的胸腔，某些块垒松散了，就又能重新面对新的一天。

　　幸亏他们没有一起追讨我，问我为何总是从山上下来。我本身早已不住在山上，甚至连那儿的房子的一块瓦片也不再属于我，可为了证明曾经出生在那儿，我就时常回到那个地方，寄居于兄弟的房屋，造成我始终还是个山民的假象。而实际上，我既不属于城市，也不属于农村，我属于这两地之间的彷徨里。

我们五个

父（失魂者）

前线那些枪林弹雨一生都在我父亲的耳朵里回响，时常沉浸于自己的世界，以至于我母亲觉得他是个冷漠无情的人。她觉得他不会爱（这是偏见，但在她的角度去看是有道理的），也可能他懒得再热衷于细碎的生活（这也是偏见，有些却符合实际），他的生活曾被狠狠震荡过，退伍以后冷寂的生活令他无所适从（没准儿说中了真理）。

我们喊他"三等功臣"农民。刚退伍那几年，我们家的门廊上钉着一块牌匾：退伍不褪色。其实还有另外一块，不过那是继先前那块牌匾之后的事儿了。后面这块牌匾直到我记事都还挂在门上，他自己写的：农业学大寨。

他学了一堆理论知识，却从未在土地上实践。用现在的流行语言去概括他当时的现状，那么，他可能就是他那个年代最早躺平的那个人。所有人都在挥洒汗水，只有他每天无所事事，死了心似的，丢了魂似的，抱着仿佛他亲儿子似的大酒瓶，惶惶然东游西逛。生命中肯定有无人可理解的悲伤和感慨。有的人一生都在找他丢落在别处的魂灵，一生寻找不得。

人的确只能经历自己的那一部分生活，也注定只能煎熬自己的孤独，基于这个标准去概括，世界上没有人可以在情感中获得圆满的幸福，或者说，遇到所谓的知心人的概率为零。而人的悲哀在于他们总怀着这份期待和念想，一生都在寻觅或等待、挣扎和抱怨，一个人在没有更好更高的事业追求的时候，甚至说，穷途末路的时候，便总希望感情是最后的胜算，为此付诸期待和希望，情感依靠成为一根救命稻草。对于像我父亲这样经历了轰轰烈烈九死一生的战争之后，他的事业心往往是散淡的，他的眼睛过早地直视了许多生死，便对生之旺盛感到焦虑，因为也许在他看来，生命的树叶就是簌簌掉落，没有一片叶子可以直飞天空而永远不回到尘土，所以，那所谓的生命的蓬勃之力，在他的理解之中，是多么虚幻和令人心碎，他不会觉得自己可以得到命运之树上最好的一颗苹果。他变得卑微和暴躁，有多卑微就有多暴躁，最后的挣扎可能就是，他希望自己在普通的生活中可以获得一点儿基本的幸福。

而我父母婚后皆觉得自己上当了，对方不是自己想要的人。我父亲仿佛再一次面对了令他赴死的战场，在这个"关系"中，他永远不可能主动撤退，他或许希望我母亲自己撤退。而我母亲没有如他所愿。那个年代的他们幸亏也被苦难的生活绳索给牢牢拴住（这样说有点幸灾乐祸的味道，但只能这样描述），一时间，他们难以摆脱对方去独立生活，不管是惧怕周遭的流言还是惧怕生活的变故难以应付，他们都没有找到合适的时间离婚。总之，像癞皮狗一样生活在一起，吵吵闹闹、打打闹闹度日。我母亲常以悲伤之泪浇灌她的每一天，搞得她有点像个神经质的哲学家，她的许多观点是错误的，包括教给我们对待父亲的态度，让我们选择A（她）和B（父亲），和她一起恨父亲她就很高兴，我们如果替父亲说几句话，她会很伤心。她闲暇之余也没有郑重地教育我们如何成长，以及如何甄别未来某一类青年男子对我们的追求，如何安全正确地对待异性之心，她草率地一概而论，认为世上可能没有几个男人值得女人托付终身。我们三个孩子果然在这种情况下，似乎越长越蠢，越不能理解她的心境了。她对生活和感情的各种感慨和看法，各种对异性的偏见，各种对贫穷的理解和无所展示的梦想，在我们听来都像是她在念经。我父亲呢，他就有更多的见解了，但他一个字也不多说，只在脸上露出那种深邃的不可猜透的奥秘。酗酒是他的爱好，唯一爱好，喝醉了像一条死狗，躺在一条河边，那条河只有一根独木桥，他从未敢在酒醉的时候过独木桥，所以这样说来，我一直就怀疑他压根儿没有真正醉过，他只是做出一些酒后疯狂的样子。他给母亲的脸色永远是阴沉的，给外人则和颜悦色，保持着良好的风度。除此之外，他经常怀念死人，给我们讲述那些死者生前如何英勇抗敌，可这些信息（故事）对我们的吸引力一天弱过一天，再后来，就是我们长大以后，电影电视剧中提供的战争片更能满足我们的感官，他那些故事就更加地、彻底被淘汰了。

"有新的故事再叫我。"兄弟姐妹三人中，我第一个逃走。他对我可能最怨恨。

没有人再为他的讲述感动和追着他的声音哽咽，原因在于他的倾听者——我们——不再是小孩。他的悲伤往事无法再抵达一群已经长大的孩子的心灵。他更喜欢我们小时候。那时候我们是最好糊弄和对故事没有太多要求的听众。

爱情有时不能解决问题，更何况，仓促的喜欢不等于爱。爱情这个东西后来被我父亲认为是某个瞬间精神错乱的表现，他认为爱是不幸的，所有的不幸都诞生于爱，就像所有的幸福也诞生于爱那样，就是这么激烈，就是这么并非所有人都配得上拥有爱情，这当然是他感情失败和不甘心的看法。这些看法倒不算完全没有道理。我父亲没有爱情，我母亲也没有，或者说他们其实都葆有深情，只是不爱对方，在搞清楚不爱对方的时候却已经来不及了。命运总是把轻率的傻子推在一起，为了让他们今后变得聪明，就无限地以爱之名义折磨和锻造他们。他们的婚姻从喜欢开始，仓促跌入生活之后，便形成了巨大的旋涡和漏洞，怎么填，怎么弥补，都没办法正常运行，所有的盐分都在这个旋涡中腌渍和散失，如今剩下些什么呢，谁也搞不清楚。也许剩下很多诅咒，也许剩下我这样一个满身心荒凉的孩子。

老年的父亲有些可怜。我是这么感觉的。有时候我会盯着他那已然失去神采和威力的双眼，这双眼睛在他年轻的时候可带着十二分杀气。现在渐渐变成了皱巴巴的眼睛，渐渐情感散失，恍惚，空洞，微微绝望，眼眶周围的肉松松垮垮，再也支撑不起神气和脾气。我突然很怀念我的小时候，那个时候父亲还很年轻，我常怀疑他可能是个杀猪匠，而他也确实经常帮助邻居杀猪，因此我那时挺有几分骄傲，比那些当官人家的孩子还多出一些自信，因为就算是当官人家的孩子，他们也吃猪肉，也需要杀猪匠，我觉得所有的猪都应该死在我父亲的刀下。他就符合那种杀气腾腾的职业。

他很会排遣寂寞和孤独，也许这其实是一种无助的表现，在六十岁之后他好像突然明白了要从失败的人生中做最后一次跳跃。这个跳跃的方式便是他不再与我母亲继续交流，不再对任何东西抱持期望，放下了所有愿望，去跟花草植物交流心情。

他学会网购，生活可能就是在他学习上网之后开始一天天改变，也明晰了某些道理：人只有尽可能改变自己，而无法要求别人。从前他所执着的，比方说，他希望我母亲是个温柔的女人，对丈夫和颜悦色偶尔还撒个娇，最好鼓励他创造某些事业，关于这个夙愿，他不再坚持了。他接受她是只母老虎，也接受自己在追求事业上莽撞无力，并且经常受到母老虎的各种言语打击。只有很想表达自己观点的时候，他会转发一些打擦边球思想的小视频，劝诫女人要如何关心体贴自己的丈夫，如何获得丈夫的爱。他不知道的是，我母亲连标题都没有耐心看完就给他删除了，她认定这个人除了上战场拼命之外根本干不成任何一件事儿，这不是一个女人给他什么温柔和关心就能够解决的，她坚信他的能力也就剩下脾气暴躁和对生活的高不成低不就，本事没有，脾气挺大，这或许是她得出的不容置疑的结论。两情不相悦，心意难相通，更谈不上相辅相成，他们互有委屈。

我父亲（还有更多同村的老者）枯燥的晚年生活时常让我觉得某些人的一生也许就是这样的，凄凉又乏味，简直像一堆可以丢弃的破烂，让我想到也许有一天（假设我没有人爱或者没有人爱我），我也要经受这样落寞的苦日子，可如果那样，我也许并不会特别后悔，因为我敢肯定，我骨子里和父亲属于同类。他一定也不会后悔今天的状态，哪怕这个状态糟糕到可以坐下来大哭一场。他顶多就是懊恼。懊恼肯定是有的。懊恼的潜在意思就是责备自己当时为何没有果断地去改变命运。我们有相似的固执和坚定的"死不悔改"。很多经历的事情，无论事业还是感情，并不追究是否后悔，只在乎当时到底要不要这样做和选择，选择了就不能悔恨，这是他从军多年锻造的性格。

事实就是，我们无论如何严谨地对待生活，生活始终以它不规则的各种尖角撞击和刺穿我们，让我们在生活的河流中经常遭受意外，而且一不留意，意外不被当时发现，或者发现了不当回事，便造成今后无法避免的漏网之殃。这些才是后来无法改变的永恒烦恼。如果这种烦恼也可以称为"后悔"的一种，那我父亲晚年生活中的某些长吁短叹应该就是对哪些事情后悔的表现。当然他不会承认。换作是我，也不会承认。

一个人如果总往人多的地方去，一定是他在家里过于冷清。我父亲内心是比较开朗活泼的人，甚至还有几分从未因为年龄抹去的天真的孩子气。他是个幼稚的老头，仍然喜欢热闹，并且偶尔还显得像个傻帽。但在我们目前的家庭中，他确实已经是个孤单的老头，招人同情也惹人埋怨，家里经常只有他一个人，一个人做饭吃，一个人喂猪喂鸡，一个人种草养花。我母亲在县城带两个孙女上学，几乎不在家，我妹妹远嫁，我在西昌城里生活，我弟弟和弟媳妇忙于农活、经常住在他们那离家几百米开外的小型养牛场。

有人觉得我们这些孩子应该经常陪在他身边，但那样的话，我们只能一起吃土。有钱人才能做到承欢膝下，穷人只有无尽的漂泊，我们有时必须安慰自己：生命的底色和最后的归途就是孤独和死亡，每个人都漂泊在流向死亡的海面，在这一征途中，所有人的命运是一样的。

或许植物最能"治愈"人的心灵。人愿意和自然相处，自然回馈给他的东西必然比他付出的多（有必要强调的是，自然回馈给他的实际上是打击，比母老虎给他的打击更深，是沉重的一记闷棍，它永远只演示生命的旺盛和凋零，以及人之渺小，在这些兴衰之中，人要么重生，要么颓丧）。他的周围现在桃李满园，那些根本不能算是正经土地的石头旮旯，在他的经营下，也好像可以用"果园"去命名了。他细致地表现出了热爱生活的一面，细致地诠释了生命是空的，人必须要活在事物里面。

果园唯一的天敌是我的亲兄弟，我父亲的亲儿子，他的第二个小孩，也就是那个在小的时候仰望他的各种讲述，并且长大之后第一个站出来嘲笑他的人。父亲给他起名为：南。一个带着方向感的乳名。之所以要这么别扭地形容南，是因为我父亲时常怀疑自己有可能生了两个儿子，或者说，他有没有可能在儿子的成长过程中有所疏忽，导致这个"玩意儿"越长越歪，或者中途被替换了：小时候的儿子和长大后的儿子不像同一个人。总是与他唱对台戏。或许问题出在乳名上，不随心愿，南辕北辙。

我觉得他在自己的精神世界里颠沛流离，无人能走入那样的世界中去，他也仓皇地找不着精神的安放处，情绪时常拥堵，衰老则像秋天，一天高过一天。他所表现的热爱生活的一面，也妨碍了（至少妨碍了他儿子）别人的生活。他那些花草植物在农村的家庭几乎是不必要的，没有人会有闲情逸致和多余的土地去种植没法食用的花草。于是他决定和自己的儿子抗争。每当他的小树苗或者某一株所谓的"名贵花草"被悄悄拔除，他就暗地里暴躁地骂一顿，然后重新下单购买新的种子。

他只做无谓的抵抗，甚至有时候，看着像个寡淡无情的人。更多的牢骚话只在人后像浇花壶那样喷洒，如果有人愿意悄悄躲在他周围听，就会听到他自己一个人在那儿抱怨。当面的时候他一言不发。

他从不给自己的母亲上坟，至于他那死在云南某个山坡上并且就地掩埋的自杀的老父亲，他就更加没有去看过一回。无比冷淡，像一棵荒草，天地间无亲无故，他给我们看到的，就是这样一种苍茫冷寂的心肠。

就连他的亲哥哥，前不久死去时，他也没有落泪。并且在吃饭的时候，摆席场中，饭菜上桌，他居然和远来奔丧的客人一起坐在了第一批吃饭的队伍中，和人寒暄，讨论饭菜，淡漠或动情地说着什么，像是在吃别人家的丧席。

伯父下葬时，我心里暗想：该哭了吧，是时候流两滴眼泪了呀。可是没有。他的眼眶只是空洞、恍惚、微微绝望。如果有人跟他打招呼，他就仰起那张和善的面孔，还要努力带出一些笑容。在自己亲哥哥的入葬地，还能微笑的人可不多见。

但令我意外的一点是，所有人对他仍然是尊敬的。似乎他在我们这些家人不注意的时候，在外面维护了很好的人际关系，大家公认他懒散之外，对他的其余的评价则很高。更多是精神层面的评价和对于那场战斗的英勇付出，大概他们想对我说的就是：你父亲是个了不起的人。

我对他的某些崇拜其实也建立在他那场斗争中所表现的英雄主义。他过早地完成了生命最高的敬礼，而后的生活，则一地鸡毛，不值一提。生命的高地他已经去过了，所以我们眼下看到的这个人，只能是个醉鬼，穿着朴素甚至经常看上去有点邋遢，感情淡漠性格倔强，对生活的热情在年轻时候很长一段时间都表现得十分萧瑟。

一个人一旦把生死埋入内心的宇宙，就很难激荡。所有的眼泪在他今后看来，都是清淡的。因此我如果想让他在他亲哥哥的葬礼上哭得死去活来，那只能期待太阳打西边出来。见过了血肉模糊横飞之后，雨水都是人间的细盐，而所有人只着急哭诉，却从来尝不出雨中盐分。我们用世俗的情感和眼睛去要求他的内心和对某些事情的表达，在他想来是幼稚和毫无意义的。他不带任何情感，就知道什么样的雨水在什么时候是咸的。但我们仍然只看到他无情寡淡的一面，并且有时候，我还会嘲讽几句：为什么你不哭你大哥两声，为什么呢？

哭有什么意思？他给我的回答就是这个。把问题扔过来的手势毫不犹豫，像扔手榴弹。至今你也不会看到他对这句话怀有半分愧疚的意思。而在葬礼当时，我们这些晚辈，在伯父按照彝族的规矩佩戴了英雄帽，再按照汉族的礼制入葬时，所有人哭得像狗。在他看来一定是虚情假意的，因为伯父活着的时候，也不见多少人去病床跟前尽孝。事实上也的确虚情假意，我们跪在那儿的时候只觉得膝盖挺疼的，又碍于旁人的观察，不好不遵守礼制，一个个都是中年孝男孝女，胖得无法形容，哭得矫揉造作，必须依靠其他人制造伤感的氛围才能带出自己的眼泪，跪拜更是艰难，只期待丧礼赶快结束，好让膝盖好受一点儿。倒不如干脆就去和远方客人寒暄，去吃第一批饭，但谁有这种勇气呢，那可是顶着"薄情寡义"的流言去吃的饭。第一批饭永远是不好去吃的，不是谁都可以吃得起。

他最让人大跌眼镜的一次，就是他的远房表妹的儿子意外死亡时，他居然在网络群里让表妹第一时间出来报告一下，对，他用的是"报告"二字，就像战场上报告伤亡情况那种报告。他表妹也没有生气，真的出来"报告"了情况。然后他的安慰是：算了，死都死了，你该吃吃该喝喝，人早晚是要死的。

就是这样一个人，我父亲，一生动荡也平静，简单也复杂，感情深厚也寡淡，又天真又睿智，如四季的一半，一季秋风，一季冰。总体而言，生命韵味呈冷色调。

母（造梦者）

使我记忆深刻的就是我母亲那些山歌，她年轻的容貌我已记不明白，声音却还崭新。早年在农村的山地上，一边干活一边大唱特唱的人就是她了，村干部们最喜欢这样的农村女人，某些采访人员需要了解和考察一下农村生活图景的时候，她的山歌就派上了用场，那些人会站在山歌嘹亮的地方——听去吧，一片好生活！我母亲自己都不知道她的山歌还起到这种作用，应该算得上农村生活的代言人了，如果有人愿意给她颁发代言人资格证书之类的话。

举贤不避亲地说，她确有一副好嗓子，在歌唱方面多少有些天赋。但"天赋"这种东西，如果不使用和挖掘、坚持下去，多半是难产的货，久而久之，也好比快刀不打磨，终究是一堆废铁。她应该是中音偏上的音域，这个区域的声音唱歌很耐听。这么好的声音用来唱山歌，多少是有点浪费。

据说她上小学四年级的时候，歌舞团下来选"苗子"（这个事情我已经不止一次在散文中写过），她被选中了，为了今后在音乐道路领域学习和理解力更好，也不耽误她基本的受教育需求，希望她读完五年级再去歌舞团接受正规训练，他们到时候会亲自来接人，培养她走上正规歌唱家的道路。这个消息对她一个普通农民家庭的女孩子而言简直是天上掉馅饼，那在当年也成了一件全校轰动（至少她家里轰动）的大事，她一下子就成了个红人。以我对她的了解，那段时间她走路应该都是"飘"的，自我宣传这种事儿她总会想办法完成。全校选了两个女学生，其中之一是她，那应该是她这辈子最感到荣耀和存在感的时刻。却没有高兴太久，最终当不成歌唱家，因为辍学了，排除万难支持她读书的我外公，在她上四年级的这一年突然生病去世，命运的刀子割断了她的好前程，她被歌舞团"录用"的这一年是她的希望之年，也是她人生的至暗时刻。"录用"她作为歌唱苗子是在四年级的上半学期，而她四年级下半期就辍学了，一切希望就这样泡汤了，五年级的大门永远也踏不进去。我外婆是个极其传统的女人，即便她出身于大家庭，也可能正因为出身于大家庭，在她的某个时期遭受过某种生活和精神方面的戕害，导致其一生胆小如鼠，只想躲避，思想刻板又固执，她决定的事情很难改变，她不支持女孩子读书（她就是我外公要排除的"万难"），因此，我外公的离世，就意味着我母亲读书这条路兼她歌唱家这条道路，从此也就断送了。

据说外公丧礼上的那场哭丧，我母亲除了哭她父亲，主要是在哭她自己。幸福还没完全驾到，悲哀抢先一步，从此我母亲就是个平凡的吃苦耐劳并且牢骚满腹的农民了。她性格可能比我父亲更加复杂，情绪不稳，也胆小怕事，由于我外婆没有教给她什么东西，她好像也就显得除了唱歌和干农活之外，无法再有别的情致和抱负，时而卑微时而骄傲，时而聪明时而糊涂，有时候却突然间尤其显出想要干出一番大事的男儿志，但最终，她软弱的一面泥石流般总会狠狠地拖垮自己。难以概括。她的某些理想或者人生计划，大多数只能作为她吹牛的谈资和笑料。她成年之后嫁给我的父亲，像是最后彻底在命运的枪口下的一记沉默和沉重的低头。然后我们就诞生了，在她匆匆忙忙的婚姻生活的选择中，我们（我、弟弟和妹妹）这些"结果"一下子来到她的世界上。

我们就是诞生在我母亲失败的人生废墟上的新希望，她肯定抱着这样的期待，而且是满怀期待，以为我们这些人会给她带来什么好运。我父亲在那个时候也处于人生的低谷期，退伍之后工作没有落实清楚，颓废丧志，搞不清明天怎么过，在这个情景下的两个人，就像两只蚂蚱撞到一起，发觉对方身上的气味儿与自己相同，便干脆相约同路。总之我们就这样诞生了，带着我母亲的各种"许愿"降临，她前前后后生了三个孩子，仿佛是三个许愿瓶。她期待我们三个其中有人可以替代她去追求未完成的梦想，有时我不怀好意地猜度她为何要生下三个孩子，一定是为了多有两份保障，三个之中假设有一个热爱音乐，她就赌赢了。这种顽固念头有时候会让人几乎理解了某些弱势生命的起源真相：一部分人类为何热衷和草率地创造下一代，正是因为上一代报废了人生的理想，崩塌了他们的生活信念，于是玩了一套跟命运交错乱战的花拳绣腿，"生"出一些新的"我"，以此数量和抱负，抵抗千千万万种不幸的命运，与之作对到底。

可我和弟弟妹妹，没有一个人去实现歌唱家的梦想。首先我们缺乏熏陶的条件，也缺乏"金嗓子"的完美继承。可见，龙生龙凤生凤，老鼠的儿子未必会打洞。她失败的人生又再一次失败了，这回失败的程度更大。我以为这个打击一定会把她搞得恨不得去死。但是没有。她把梦想直接跨过我们这一代，"链接"丢给了孙女那一代了。

孙女五音不全。真可惜。

我的两个侄女压根儿搞不明白唱歌是怎么回事。唯有我的小侄女——我称她为"侄女2号"——有点喜欢跳舞，身体的柔韧性挺好，长相也挺好，动不动就要劈个"一字马"给我们看。可"侄女2号"对唱歌的兴趣也不大，如果她将来的职业跟音乐有点关系，那也最有可能成为舞蹈家（这个条件还必须满足身高要求）。"侄女1号"长相大气又清甜，但唱歌跑调，一口气能跑五公里那种跑调。我母亲的梦想在这里又完蛋了。终于，一系列失败的打击，把她逼成了一杆大烟枪。

她一边抽烟一边想了个办法，决定改变梦想。成了造梦者。既然这一个梦想完成不了，那就换一个。于是她希望我们三个，当官的当官，发财的发财，让她干脆当个富翁妈妈也好。

又失败了。也许不算完全失败。我们兄弟姐妹三个，一个卖字（我），一个卖力（弟弟），一个卖玉（这个是她的小女儿，最接近她后来设定的梦想）。

一个人用她一生的时光去梦想的边缘试探，也仍然没有试探出最符合梦想的模样。至于她的婚姻，跟我父亲终于过成了仇人。我以为我最了解她的心性和理解其一生的苦楚，内心也确实有很多话想要表达，以为写她的记事能写到几万字，可现在，只在两千多字的时候就写不下去了。一生之壮阔的遗憾，竟也像现实中许多人群那样，沉默无语，结束在一声叹息上。想起她无数交错繁复的愁闷经历，想起雨夜借钱买米，大雨倾盆的夜路上，我们抱头前行，浑身湿透，粮食也湿透，竟再也不想写下去，写出这样一个失败的结尾，我这个不抽烟的人，也想抽根烟解闷。

苦大，愁深（升）。

罢了。

弟弟（草率的理想主义者）

小的时候我就觉得弟弟嘴笨，长大了果然验证那个看法不错，一直嘴笨，却很会博同情，尤其遇到什么伤心的事情，或者单纯地跟我们吵架，他的眼泪会比语言先一步到来，搞得我们这些姐姐妹妹无法应对这样一张男孩子的脸，以及某种令他爆泪的事件，需要花一些时间思考为什么这件事值得他哭。当我们面无表情去猜测让他掉泪的缘由时，父母就先一步给我们定了罪，在片面论据上，谁先哭谁有理，父母有时候草率地爱着他，并且坚决偏袒到底，觉得他们的儿子铁定是受了极大委屈，不然为何会哭呢？男孩子是不容易哭的。所以，如果我们心里想给他抽一张纸巾递过去擦眼泪，立刻就会被另一种想法取代：算了，他脸宽，费纸。

弟弟的到来更讨我母亲喜欢，小时候她的预言是这个孩子会当官，她给每个孩子都先预言一遍，但对弟弟的指望偏高。至于父亲，谈不上喜不喜欢，他对每一个孩子的热情（也可以说是冷淡）都差不多，不分性别，不分长幼，显示着一种冷静和理智的公平。

我母亲的预言一个也没有中。她可能就是世界上最失败的预言家。

　　长大之后的弟弟走了母亲的老路，当农民，而且自认为比我母亲更会当农民，因为他种植的土地更多，作物的播种类别也多，所以几乎不缺柴米油盐。但他过分的是，素日里总是一张严肃无情的面庞，并且不是故意摆出的，而是天生如此，天知道他怎么会在成长过程中把小时候那个漂亮的脸蛋长歪了，面容几乎不含笑，可以用"拉着一张马脸"去形容。所有的孩子都怕他，包括他结婚后自己生的两个女儿。这样一个冷面家伙，很少有人会相信他的眼泪，他那些敏感的表达令人怀疑，动不动就飙泪的行为还有点讨人嫌，觉得他在演戏，博取同情还是什么，总之他比我们更能直接将人类最有用的武器——眼泪——用得比我们这些女的还熟练。事实上很多时候他确实在演戏，骨子里自我迷恋，并存在很多幻想，当然肯定也有满肚子委屈。而且有可能，他后来这么吃苦耐劳、任劳任怨，对某些事情特别宽容和满怀善意，多半就是被我和妹妹压制的，他在母亲那里获得多少偏爱，我们就把他打一顿讨回来。他自己可能也觉得过意不去，毕竟他确实在小的时候仗着母亲在跟前，狠狠地欺负我们，背地里，我们就把他揍得忍气吞声，因为他告状的结果往往是，会被我们重新再打一遍，怀着嫉妒的拳头是很有力量的，人很容易，并且总是暴打受老天爷偏爱的那个孩子，不是这样吗？

幸亏我们并没有真的记恨他获得的偏爱，即使打也真打了，但是如果有人欺负他，我和妹妹会一起帮他努力打回去。

可能正是不善言辞导致他只能用眼泪挥洒某种论据，一直就是这种习惯，大概现在也是。当然现在欺负他的不是我和妹妹，而是生活。奇怪的在于，他从不在生存的各种逆境中哭诉，生活所造成的巨大压力，没有使他哭，而是默默地，一天一点力气去换取一天一点口粮。这些当然可能跟历练也有关系，毕竟，从小就吃苦的人，从不惧怕风暴将自己的庄稼卷到天上，他们会重新播种，在巨大的压力下，人总以最微小的力量，以不抵抗之姿做抵抗。

他总算还有几分英俊，即使脸庞拉成马脸的形状，也还是英俊的一张马脸。总的来说，接触时间久了以后，大家都看出来这是一只纸老虎，骨子里有挺多的担当和责任心。

他寻找野蜂蜜卖钱贴补家用，然后用余下的钱买了四头牛，一年一年"攒牛"，到现在十五头牛加二十几头猪，河沟里种满了牛草，人手就他和妻子两个，父母都有老年病，基本帮不上什么大忙，他的每一天都在割牛草喂牛、割猪草喂猪的道路上来回折腾。

至于生活环境，根本没有力气打理，乱糟糟的居住环境，到处脏兮兮的衣服鞋子，到处摆着的没有归拢的农具，让人从来怀疑这是个大杂院，而不是一个朴素简洁的农村家庭。有时候会怀疑女主人没有讲究卫生和布置家庭的能力，有时我也会这么想，但住在农村的人才知道农活的细碎以及人的精力有限。除了干不完的农活永远是干不完的农活，人的双眼照到灰灰的土地，回到家看到灰灰的家庭，似乎也没有什么不适应，一种疲倦感始终充斥在每个角落，除了干农活，其余的时间只够用来做饭吃和喘气，而且"人多话多、马多屁多"。这是一句当地的粗犷方言，形容事情复杂，人的意见无法统一，闲话一堆，闲事一沓，不得要领，大家对生活条件的要求和需求也不一样，干脆视而不见、得过且过。反正就算有人"灵感"来了，突然想起来收拾出一个整洁的家庭环境，要不了几分钟，大家又会恢复如旧。

我母亲从不承认自己不太喜欢收拾房间并且收拾了也体现不出什么好效果这一缺点。只能说，爱整洁这件事和不爱整洁这件事，会相互传染，有时候也跟审美能力和有没有条件去布置，以及有没有多余的力气去打理有关，就像贫穷有时也会传染，并一发不可收。

比瘟疫更可怕的是思想的瘟疫。一个人传播给另一个人懒散的精神状态时，另一个人必然萎靡不振。我长期保持某种警觉和疏离，正因为我对生活环境有些小小的要求，比方说我需要一点鲜花点缀房屋之时，会被认为是不切实际，小资情调，而我这些"毛病"是父亲传给我的，但我没有他的勇气和耐心跟家里人争取一小片天地，甚至不愿为此而闹出什么不愉快。当我发现自己受到某种不好的干扰并且无法左右和改变，甚至有被带入不良情绪的危险时，我就会匆忙暂时退出那种"磁场"。

无法责备哪一个人是不勤劳和不爱生活、不付出和不经营居住环境，而是很多时候，生活把人推在了悬崖边上，这个人在这个位置用尽全力只能保证活在眼下和当前而不掉入深渊，他只能用尽每一分力气保持生存，而不是有闲情挂在那个地方欣赏他周围的美景。他只想省点力气，为明天拂晓时分的牛草和猪草忙碌，为了土地上的庄稼，为了一日三餐，为了某些不可回避的人情往来，不然呢，谁愿意生活在一堆杂乱的荒物之上呢？谁都愿意自己的院子里开满洁净的百合和鲜艳的玫瑰花。

我弟弟是无法退出那种乱糟糟的环境了。他只能保证自己卖蜂蜜的那个过滤房间整洁干净，那就像他最后的阵地，偶尔他会一个人待在那个房间里听歌。我有时萌出一个念头，怀疑这个家伙会不会在听到某一首歌的时候突然出门对家人宣布他要出去闯荡了，要重新离家出走。离家出走曾经是我们的梦想呢。曾经我们觉得兄弟姐妹三个，不应该一窝蜂待在这个山旮旯儿，我们应该出去碰碰运气，三个人三份梦想，如果出去闯荡，没准儿有一个人会实现三分之一的愿望。而且我们还想拯救世界，难点当然在于我们一直搞不清世界有什么可拯救的，找不出能拯救的细节，反而自己越来越需要被拯救，混得一天不如一天，前途一日暗过一日。我们后来才活明白，如果世界真的需要拯救，那么，去拯救的这些人必须先吃饱饭。他小学四年级辍学，没有学历，退伍之后四处谋生，后来打道回府，结束了在外漂泊的日子。如今终于"攒"了几头牛，刚好站在乱糟糟的生活之上看到一点曙光，怎么可能有力气享受舒服的环境，他没法退出来，也不会退，只能尽量督促家里的女人勤快一点。有时候他喜欢喝茶，但经常丢失茶杯——他自己也被传染了，懒散和忘性。

难得的闲散时候，他会扛着音响到山顶唱歌，选择在五月的某一天，那时候山花明亮，山脉上气温清凉。我说他是草率的理想主义者，也许是不贴切的，用"失败的理想主义者"可能更恰当。他的梦想是长大了当一位诗人或者流浪歌手（幸亏没有当成，否则现在过得一定更讨嫌）。

现在他过的生活，几乎是可以一眼看到尽头的生活，可以预知一般的富贵或可抵抗的贫穷、平凡和稳定、琐碎日常，就像茫茫航海上，一个舵手已经测算了所有的风浪和路程，摇定了普普通通的方向。他用一张严肃的马脸，把生活过得和大家一样，不偏不倚，至少表面上看着，的确是这样一种"继承者"的踏实。他学习先人的生活学问，不多说一言，只埋头向前。内心的泥石流，那是他自己的风暴和雨天，那是他自己的情绪了。当初要拯救世界的人，最后可能都在拯救自己。

妹妹（火暴的狮子座）

只有她拼了命地不想上学，跟她相比，我几次跟老师写"不上学申请书"不值一提。她游说父母不要送她去学校，最后威胁他们如果坚持这么做的结果只能是钱财打了水漂，等于受了打劫。这一招很见效，我们家本身也穷得叮当响，不过，本着父母职责和义务，他们还是坚持了一下，把她送到了学校门口：民族中学的大门口。那时候她读初二，深秋时分，天气凉得像一颗光头，很适合一个人做出最冷静和坚决的选择，学期马上结束，眼看就要升读。第二天下午她就从学校逃跑回来了，从学校的深秋一直跑到了山上父母家里的深秋，像个水泥工人那样，扛着许多行李，到家后，行李一秒钟就扔到了地上，然后一屁股坐在那时候还是几块石头堆积的院子里其中一块平头石包上。父母惊愕，一时没准备好骂她的话，就一言不发地看着她，仿佛看着一个未成年要饭人闯入我家的院子。这是我父母第一次表现出了"一条心"的样子，目光和心同时关注着一件事。她抬眼瞟了一下我们，不先说话，但已经胸有成竹，为了渲染她即将要诉的苦，她把先前的笑容一把抹掉，脸色沉下，做出无比悲痛模样。垂头丧气，让人看了也不想去上学了。

上学肯定是她一生中最痛苦的事情，没有之一。上了八年的学，她得出的结论就是这个。

她质问父母，难道世界上只有读书这条路了吗？世界那么大，可以搬砖，可以种地，可以放牧，做什么不能活下去？要知道所有的人，有人喜欢读书，有人就不喜欢，她就不能不喜欢吗？这"屎"书非读不可吗？（她用"屎"去形容，觉得自己每天读书读得像吃屎那么难受）。如果非要读，她敢百分之百肯定自己读是读不好了，也实在读不进去，干脆就请父母大人给她的脑袋上面凿开一个洞，把书本全部直接塞进去吧，只有这么一个方法了，否则她无能为力。为了上这样的学（说到这一处，她声泪俱下，表演力极强，都快把我们也说哽咽了：父母伸了伸脖子），读那些莫名其妙的天书，她已经忍耐了八年，八年哪，她的成绩一直在中等偏下，而现在，一直偏下，都偏到踩底，偏到面子都挂不住了。而她是个非常要面子的人。一个人读书读得一点面子都没有了，那这个书还有没有必要读？她的质问非常有力量。

这就让人为难了。继续让她读，又怕她读疯；不让她读，这年龄大不大、小不小，出去打工没人要，放在眼前又讨厌。父母面面相觑，不得办法。最后，仍然是这位坚决不上学的女壮士从石包上站起来拍了拍她的大腿，扫了扫屁股上的灰尘，安慰道：放心吧，不读书也饿不死人的。

　　说到做到，翻过春节，也就是第二年春天，和我当初十六岁出门打工那样，她也在这个年纪出门了。而且比我当年还稍微小半岁的样子，十五岁多一点。她把行李包中的书本全部挖出来丢在家里，装进去几件旧衣服，闹闹哄哄地跟着我去了外地。那时候外地有很多小作坊，基本上都是"手上活路"，农村人将这种不用什么技术的活儿称为"大眼活儿"，也就是看一遍就会做的意思。确实也不需要什么技术含量，跟着一些老太太，两眼盯准了她们，跟着学。学不会也学。她一个年轻小女娃，倒是学得很认真，学做玻璃相框组装，手脚麻利，工资计件，倒确实没有饿死她，并且还添了些新衣裳。她一辈子喜欢打扮，爱漂亮衣服和美食，喜欢长得帅气的明星，喜欢看三个以上的帅男人都喜欢同一个姑娘。乍一看觉得她很幼稚，实际上她很聪明，而且对未来的规划向来比我明晰。她可从没有想过要给工厂当一辈子小帮手。她想的是如何攒钱赚钱，方便实现她的老板梦。最让她喜欢的职业是在某江边湖畔开一家非常文艺的客栈，每日鸟语花香，清风习习，摆放一些书籍给别人去读，她只负责在客栈二楼看江水的那边，看四季山色，看月升日落。满肚子幻想，可最终没有一个实现。婚后从事玉雕行业，每天摆摊做生意，开客栈的理想遥远，身材忙得越来越胖，饭量越来越大，颜值越来越低，低到面子也快挂不住了。她再也不能舒舒服服地、恣意地，像从前对待父母那样对待命运给她的一系列暴击，对命运的咆哮是无用的，命运端坐高处，无声无形，从不搭理任何人。如今她风风火火挂在嘴巴上的是减肥口号，或者，是不减肥的口号。但不管咋样，她倒也确实当上了老板娘。脾气暴躁，甚至偶尔不讲道理，偶尔也不太聪明，可从不管顾这些，潦潦草草的，也似乎活出了一片快活。

　　婚后的日子是她自己的。那是她的另一种生活内容，与我们没有多少关系的内容。我最怀念的是那些一起漂泊的日子，那是属于我们两个的窘迫日子，是可以留到老年之后一起感叹的经历。流落在异乡的我们两个，经常被"穷"字敲打脑门儿，动不动就吃了上顿没下顿，身无分文，彼此画饼充饥，走路无精打采，相依为命。当然那是我们身材最好的时期。根本不用担心吃什么东西会长胖，因为压根儿吃不饱。

　　有一天晚上，半夜肚子饿，忍无可忍，我们一骨碌爬起来，决定出门去薅菜。那时候浙江的野外全是田地，当时地里铺满了他们那个地方的蔬菜，白天去地里散步时有意无意地观察了很多长势挺好的，反正也叫不出本地菜的名字，长得像萝卜又不是萝卜，到现在我也叫不出这个菜的姓名，总之那天晚上我们就冲着那些奇异的菜去了。可是走错了路。灯光不明也不敢打开手机的手电筒，一顿瞎走，走到了陌生人的坟地。发现是坟地后，吓得险些尿裤子，但即便如此害怕，可见饿也是饿得很凶，如此慌乱之中，仍然随手随地拔了一棵菜就跑，回来一看，收获还不小呢，各自都拔了一棵，而且品种还不一样，等于凭空得了两个菜。连夜炒着吃了。感觉把陌生人的鬼魂也炒着吃了。反正夜里做梦，梦见有鬼追我们，跑也跑不动，飞也飞不走，睡眠糟糕，累了一夜。为了打消恐惧，第二天她非要再去现场看一看那座坟，非要看得令自己不害怕了才行。于是我们第二天去看了，那不过就是个小房子，好像也挺穷的一只鬼，屋檐都塌了一边，门口杂草丛生，幸亏我们两个贼夜间屁滚尿流从这儿过了一遍，好歹把门口那些草压扁了，仿佛锄了一遍。偷菜还觉得自己偷出来一点功德，就这样，看过坟地之后，确实没有再做鬼梦了。

　　怀有老板梦想的她，后来在夜市中摆地摊卖拖鞋，十五元进货十八元卖，赚那么三块钱作为将来开客栈的资本。熬夜，这是她的长项，经常熬夜到十二点钟收摊睡觉，第二天一早，六点钟，又去小作坊上班。那时候她称自己为"熬鹰小能手"。

　　当时租住的房子是七楼顶上的阁楼，没有厨房，没有卧室，就一个偏顶小房间加一个卫生间，一进门的过道边是一块水泥台子，在那个地方放一台电饭锅煮饭吃，只能煮饭不能炒菜，因为烟雾出不去。贴着地板的一个小窗户只能算作这个房间的鼻孔，而不是窗户，它不具备排烟作用。整栋房子没有电梯，吃水要到楼底下买桶装水。我身高一米五五，她身高一米五，我们可以一人扛一桶水上七楼。为了掩饰贫穷，保留一点面子，我们当时用的就是身高"优势"，坚持跟房东租这间房子而不是听从房东的另一个建议，租旁边正常的房间，我们说我们的个头很符合住这样的阁楼，整个浙江省都没有比这个房间更适合我们住的了。房东欣然答应，以八十元一个月的租金，把房子交给了我们。为何我三番五次在文章中提到这个阁楼，实在是因为，我们曾经住过的房子，没有哪一间房子像它那样执着，总是把我们的脑壳撞出很多包块，前包未消后包又起，这些包，不在她脑壳上就在我脑壳上。不管有多小心，住在阁楼，脑袋就要够硬，够耐撞，忍得住头晕眼花。

现在回头去看，那就是我们满脑袋大包小包的青春形象，主要是她的青春形象。她从不后悔不上学这件事，在她看来，那也是满脑袋大包小包的、令人毛躁的道路。

她活得任性，火暴，贵在选择之后，懒得去后悔。

哦，我们那时候也经常吵架，经常发誓这辈子再也不往来了。

我（悲观的理想主义者）

对我辍学这件事，父亲是后来才感到愧疚，他自己大概已经忘记了，在我少年期的某天下午，有雨水在屋檐上滴落，我倚靠在门框边，听他在那儿说，我上学给他造成的压力太大，就算我考上了中学，他也供不起，反正我最多也就读个初中毕业，再往上就别想了。这件事我印象深刻，并且在那一天之后我开始放弃上大学的念想。大概是在发现我突然写起小说之后，他觉得当初我应该多读一点书，最起码读到高中，可能会比现在混得更好。他用"混"字来形容作家这个行业。也许他是对的，作家这个队伍之中，的确有许多混日子的人。并非我不看重或者贬低这个行业，相反，一直以来，我认为真正热爱写作的人骨子里都有许多理想主义和天真，我愿意跟这样一些人成为灵魂至交，觉得这些人多少还算是明白人，具备了某些聪明才智也具备了某些神经质，可以静下来思考和讲述以及站起来打闹。

一开始我父亲并不特别赞成我写作，尤其在看到我为了某些题材的构思发呆或突然一惊一乍，他就瘆得慌，旁敲侧击试探我的精神是不是出了问题。一个疯子和一个作家的区别可能就在于，疯子把乱七八糟的话说给了每一个路人，而作家则躲起来把乱七八糟的话理顺了写给众人。

好歹我后来还是勉强当上了作家，如果没有什么特别标准的话，要按照我父亲的标准，那么我算是当成了作家。这在一个农民家庭是值得炫耀的，所以在很多场合，根本也没有人关心他家里到底出没出作家，他都主动告诉别人，我是这个家里的"星星"，目前为止，我这个小学生已经出了九本书并且抱回去一个全国四大奖项之一：骏马奖。这些他认为光宗耀祖的奖杯让他放在了神龛上供着，按照他的理想，他要将它"孵化"出一个更大的奖项来，就像老母鸡孵蛋，需要一个引窝蛋，用前面的"蛋"引后面的蛋。我不知道这个滑稽的行为是不是已经引起了别人的不适和嘲笑，并且将他的这种宣传动机视为得意忘形，反正他就一厢情愿坚决地那么做了，就好像我不是当上了作家，而是当上了某个地方的省委书记。而我的希望则是，他在宣传我的时候不要当着我的面，那实在是一种无以言说的尴尬。在我们那个山区，很多人根本也搞不清作家是什么。那时候他多少是带着很多骄傲的，如果我后来不突然批评他过去（年轻时候）那些荒唐行为的话，我们可以是一对比较能聊得来的父女。

我父亲的才智一直高于母亲，情感的丰富可能也高于母亲，因此，造成了他们的婚姻生活仿佛建立在废墟上，他年轻时候被什么人喜欢以及他非常悲伤地喜欢某个女的，最后不得不分手之类，我都一清二楚，而关于这个，我从来不去责备他是否对母亲和婚姻忠诚，我认为感情是比较私密的个人自由，可能是个人最高的自由，只要他自己可以承担后果并且不因此而毁灭，什么人又有资格说三道四和进行评点呢？我支持他去爱，如果他有能力处理自己的家庭，结束和诞生新的生活，我就支持他争取幸福。可是显然他没有那样的条件和时机。那时候他只能在不死不活的婚姻生活里挣扎。我母亲呢，她没有过高的感情热度，却也一定有她自己喜欢的人，这是一个机密，是我同样不能深说的话题。他们各有苦情。所以在很早的时候，我大概已经明白了，人类的自由是被绳索牵扯的，就包括在母体的时候，我们也只能被脐带牵着才能活命，这也就是为何造成了我最后成为一个不屈不挠与命运抗争到底，但骨子里满是悲观情绪的极其矛盾的人。我有多乐观，就有多悲观，我有多争气，同样就有多不争气，我给父母带去多少荣耀，就同样会给他们带去多少麻烦，我一辈子是个听话的小孩，也一辈子干着叛逆的事儿，他们给我指导的路，我都会上前走一段，走一段之后又突然不走了。

无论见识和胸怀，父亲都高于母亲，但这属于我个人的看法。她也从来不认为我父亲身上还具备什么优点。

我辍学之后在社会上流浪了二十年，即便这期间我结婚又离婚，从单身到拥有家庭，又从拥有家庭到单身，一系列变故，仿佛在生涯里飘荡的毛毛草，拥有和失去，都让我感到一种妥帖的悲壮感。是的，我从来不认为自己获得了幸福，并且可以获得幸福。拖着一只行李箱在大大小小的城市，拉拉杂杂的街巷寻找糊口的工作，好像才是我的宿命，而且这一生仿佛都逃不开那种流浪途径中的风声，是的，流浪是有风声的，周而复始，微微弱弱，脑海中无时无刻不被那些风声敲响。在我小时候上学的路上，风吹松林，带着草植物的香气，但那特别遥远了，最初的风声的味道已经变了，要说幸福，可能在那个时候，我还不知道人情苦楚的时候，我是幸福的。我一生所寻找的，就是能够和我在这样一条道路上听到微微弱弱风声的人，当我在晴朗的夜空下抬头望天，他不会问我是不是脖颈发酸，而是问我，是否看到这一天的晚空中半个月亮的脸，以及白云生处潜藏着苍翠的松林。

当然并不是说，我一点儿斗志都没有，要堕落成一个毫无追求的人，或者成为一个变态的完美主义者。我尽量平淡地生活，接受很多挫折和悲哀，我深信，一个人从泥潭中站起来的样子，多少具备了一点英雄主义的气概。

最初我选择在出生地周围的小县城谋生，胆子还比较小，不敢去大的城市。而且刚刚从山区下到城市的我还闹出了不少笑话。第一次去公共澡堂洗澡，抱着一套衣服进去，以为里面是单独的隔间，结果全是赤裸裸的女人，老少皆有，披头散发，浑身湿漉漉，她们滑溜溜的凹凸的身体，说说笑笑无比自然地站在一片水的烟雾中，我觉得我的眼珠子都要暴出来，看得很慌张很尴尬，她们一眼就知道我是某个山旮旯来的小土包子，对我一顿嘲笑之后喊我大胆地脱衣服，其中一个更是带着我妈妈那种严厉的口吻：都是女的，有什么不好意思？我倔强地说自己搞错了，其实我只需要洗个头，没必要跑这儿来洗头，我是走错了地方。于是在门口那个水龙头上，我顶着她们的一片笑声，狠狠地洗了个头，抱着衣服又回了宿舍。而最使我难堪的是，根本搞不清十字路口的红绿灯，不会看，也不会区分行车道和斑马线，这些东西都是交警把我从车流中拖到人行道上进行现场普及的。这是我初入社会撞到的两个"奇景"，一个是女性开化的身体，一个是秩序的道路。这两样东西对我而言是一种预示，人在社会之中，立身立足的两大思想和根本条件。我在一些散文里写过关于澡堂子和道路遭遇的事情，实在是印象深刻。

胆子大了一些之后，我逐渐往远一点的地方走（还是没有出省），走得小心翼翼，我伯父当年交代：小心驶得万年船。我特别小心，按照他们的交代，赶路途中，绝不沾别人给的食物，不轻信别人的话，不接受无端的帮助，自己有目标和去向，如果遇到不认识的道路和麻烦就去找警察叔叔。靠着这些嘱咐，我还确实没有被什么人拐骗过，在当年，少年出门是很危险的。我自己一个人扒火车。那时候的绿皮火车每个小站都要停一下，人满为患，我的行李就是个双肩帆布包，几件衣服加一本《新华字典》（那是我的常备读物，为了认字以及学习一些比较难的字词，我有读字典的习惯），里面也塞满了一些零食和水，经常在火车一声鸣笛后，我就把它甩到后背，并且下端用绳子绑在腰上，免得扒火车的时候甩来甩去不好操作。我从不需要窗口里面的人伸手拉我，因为瘦，也因为年纪小，身手敏捷，只需他们给我留出一个差不多的小缝隙，就能翻进去。扒火车的人很多都需要上车补票，之所以选择从窗口翻进去，而不是走正门检票，大多也是穷，身无分文，又不得不借助火车出去找工作。有时候查票能查到我，有时候不能。这些技能都是途中萍水相逢的人告诉我的，要活下去，就不要讲究和顾及那么多，面子算什么？尤其是那些半道上搭车卖农产品（煮熟的玉米棒子和烧土豆之类）的小商贩，她们教我如何扒火车如何逃票，大多是一些中年妇女，社会生存能力强悍，到了车厢里，遇到查票的时辰，我就跟她们一起钻到座位底下藏起来，有时候也藏在卫生间不出来，她们把我看作自己的孩子，告诫我，假设查票的时候查到我了，有钱就给，没钱就低头求情（百般宽慰我，这一招很管用，一定要常用和演好）。我这辈子求情的话，只在火车上使用过，并且每次使用都见效，有时候乘务员会主动给我垫付，在这个时候我内心很愧疚，觉得不该扒火车和逃票，可身无分文的时候又太多，导致我的愧疚一次一次表现得仿佛更加厚颜无耻。

伯父还有一句比较文学的话是，世上好酒千千万万，醉了多少少年郎。他现在已经死啦，恐怕也不会有几个人觉得这些话有什么稀罕。伯父是有几分文艺气息，自私和小气的成分也有，火烧火燎的脾气，尤其在喝醉了之后，跟我父亲打架打到天亮。我现在偶尔也爱喝几杯，有时候觉得不是在喝酒，纯粹就是在喝一种茫茫记忆，最糟糕的是，我发现自己喝醉了会撒酒疯，这是最近刚发现的，要不是有人给我拍了酒后视频，我都不知道我是这样的，喝醉后闹着要去死，给别人发各种遗言，歇斯底里，毫无体面，第二天总是还活着，并完全不记得干了什么，砸坏很多东西，手机屏幕至今已更换好几个。

浙江和广东是我待得最久的两个地方，曾一度差点儿在某些城市定居。为了下决心定居，我还在某些发表的文章的个人简介里多情地加上一句：现定居某某城市。我用"定居"二字稳固信心。可是后来，我没有定居在外面的某些城市，仍然选择回故乡州府买了一套小房子。反倒是如今，我不敢再说自己会"定居"在何处了。人活了半世才明白，时间对我们的作用，以及世间对我们的作用，无非是一条长长的路途和经过，恐怕没有人能做到真正的定居。如果人有魂灵，坟墓也是多余的。

从事写作之后，我极少出门，有时候的确会让人以为我是个无业游民，疑点肯定在于为何我没有饿死。如果没有人了解我的职业，他们就可能怀疑我是个女贼。

当作家对我来说最大的好处就是不用再出门，只需要一个房间就可以把我所有的生活装载起来。而实现这些的条件在于，我付出了二十二年的辛劳漂泊和不计其数的委屈。险些露宿街头的情景我也有过，在浙江某个城市的傍晚我抵达那里，昏昏的天色，人们已经酒足饭饱，而我饥肠辘辘刚从火车上蓬头垢面地下来，没有住客店的钱和吃饭的钱，没有工作地点，完全被什么东西抛弃在一个陌生地方，必须在三个小时之内找到一家包吃住的作坊成为他们的员工，这样才可以暂时解决温饱。那个傍晚差点儿就错失了工作机会，女老板非常犹豫要不要多招一个员工，可见她当时的针织作坊效益并不乐观。但是最后，一定是我的落魄把她的心软化了。这是我喜欢浙江姑娘的一个原因，满含包容和情分。

但是当作家最大的坏处可能也是不出门（我这里说的不出门，不代表是双脚的行动，而是一些思想的深浅和远近），这意味着在房间里的生活的局限性，思想的消磨和考验。而这些，在不久之前，我还很固执地捍卫"不出门是对的"这条道理。我现在不这么看了。

当作家的另一个好处在于会时不时推翻旧的自我，建立新的自我，规范和升华一个接近健全的灵魂。有时感觉一个脑袋都不够用，必须多长几个。学习如何生活，其实就是学习如何写作，很多时候有人去开一场一场的讲座，有人觉得他们好像掌握了真正的技能，实际上并没有什么技能，只是一部分人活得更细腻，懂得在生活中挑拣艺术的成分，他们在分享这些经验的时候重新获取经验。

要是一直不出门，那多半就是缺乏脚力和悟性。一头驴子每天围着磨盘转圈，还以为自己行了几万里路。显然是不对的。问题是，如果不围着磨盘转圈，那就一步路都没有前进了，因为作为一头驴子，人们是不可能让它走上另一条不推磨的道路的。这就是文学，这就是作家的宿命。他们都蒙着眼睛拖着磨盘，给人推磨，但又不能不假想自己所行的道路的深远，不得不幻想高空和明月。无非就是在深渊中练习飞翔，而痛苦在于，明知道自己没有翅膀，却在做飞翔的梦。

我的困境在于，我很想出去走一走，甚至如果有这么一种幸福的际遇，那我愿意一走了之，这是相当刺激的，就好像我妈把我生了一遍，命运又把我另生了一遍，让我重新开始，不再出现于熟悉的朋友当中。我这是在打比方，我在形容一种荒诞的可能现象。我的意思是，写作就是冲开自己内心一道一道的防线，从熟悉之地到陌生之境，甚至六亲寡淡，孤独无涯，不仅仅是内心的防线，还有更多的阻碍，最后幸运地抵达某个未知，在那里探索到新大陆又重新启程，这才是有意义的写作。问题是我没有这种条件，也可以理解为，我的房间并不特别舒适，写作需要提供的周边环境过于嘈杂，影响创作。这个事情要怎么说才能好听一点儿呢？我不知道怎么说。我父亲认为写作就是编故事，瞎编也是编，谎言拯救世界，但事实又是，谎言不能拯救世界。我总不能在作家这个行业中，活得像个败家子儿，那样是不行的。有时候我必须和驴子一样，在没有找到摆脱推磨这个宿命之前，没有找到属于我的翅膀之前，便只能韬光养晦，一圈一圈地推磨，加深万里道路。

我还必须跟过去的生活和解，跟我的父母亲人重新建立更牢靠的亲情，事实上这是最难做到的。一个人只要还顾及个人的感受，所谓的和谐共处就是悖论。当我们开始回忆，矛盾就来了，当我跟回忆里的事物忏悔，低头跟每一只童年时期踩死的蚂蚁认错，悲伤就填满心灵，就会活不下去。

中年人有很多难题需要解决，年轻的时候我们对自己的要求和对他人的要求都不会过于严格，中年以后，突然认了死理，明白了人生是单行道，各种生活的矛盾在人与人之间产生，价值判断，误解和偏见，要么选择容忍，要么选择过滤，选择过滤，分歧就产生了，孤独也就产生了，这种难题如果不是身为一个作家，他将难以抵抗摧残，但如果身为一个作家，则又时刻受着摧残。世界上不会有人完全理解你，包括亲人。假设当你选择结束一段过去的生活，尤其是结束某些关系，跟过去的人说再见，要重新面对和再次建立新的生活，他们就会劝你放弃这种念头，他们坚信另一种生活更冒险，并且抛开过去的生活和人情，就像干了一件缺德事儿，这是不对的。他们也不知道你过得怎么样，只觉得你过得还可以，所有人都在接受"还可以"的生活，为什么你不能？为什么我不能，我也想知道为什么我不能。既然所有人都在接受，都在平静的日子里重复着相似的内容，为什么我不能。我曾经在某个小说里写过，一个人千万不要习惯孤独和漂泊，千万不可太有个性以及要强，这些随便坚持一样，你都不会对生活妥协。过得好的人和过得不好的人，幸运和不幸运的人，是同一种类型的人。

今天早上我突然来了兴致，祈祷世界上有人可以理解我，就像祈祷今天晚上下雨的天空中等一会儿冒出半张月亮的脸。刚祈祷完的结果却是：算了，随便吧。

而这时候我站在阳台，秋天深得像一口古井。